本书为中国社会科学院登峰战略重点学科建设
“中国神话学”的阶段性成果

盘瓠神话源流研究

吴晓东 著

盘瓠神话丛书 吴晓东 主编

學苑出版社

图书在版编目（CIP）数据

盘瓠神话源流研究 / 吴晓东著 . — 北京：学苑出版社，2019.10（2020.11 重印）

（盘瓠神话丛书 / 吴晓东主编）

ISBN 978-7-5077-5839-9

Ⅰ. ①盘… Ⅱ. ①吴… Ⅲ. ①神话—文学研究—中国—古代 Ⅳ. ①I207.73

中国版本图书馆CIP数据核字（2019）第237183号

责任编辑： 陈　佳
封面设计： 齐立娟
版式设计： 逸品书装
出版发行： 学苑出版社
社　　址： 北京市丰台区南方庄 2 号院 1 号楼
邮政编码： 100079
网　　址： www.book001.com
电子信箱： xueyuanpress@163.com
联系电话： 010-67601101（营销部）、010-67603091（总编室）
印 刷 厂： 北京建宏印刷有限公司
开本尺寸： 880mm × 1230mm　1/32
印　　张： 9
字　　数： 198 千字
版　　次： 2019 年 10 月第 1 版
印　　次： 2020 年 11 月第 2 次印刷
定　　价： 45.00 元

《盘瓠神话丛书》
总　序

何为盘瓠神话？有狭义与广义两种不同的界定。从学术史来看，最初的盘瓠神话仅指应劭《风俗通义》、干宝《搜神记》等文献中所记载的那个神话类型，即有“许诺—立功—嫁女—繁衍后代”等主要母题的神话类型。这个类型在艾伯华的《中国民间故事类型》中被称为“狗的传说”。这一类型的主角一般是一只犬，有的区域也演变为蛙。就名称来说，犬往往称为盘瓠，也有别的名称，比如翼洛、邦尕等。随着田野调查的深入，与盘瓠有关的神话新资料不断出现，比如瑶族中流传的渡海神话。此神话说到瑶族先民在迁徙渡海时遭遇大风大浪，在祈求盘瓠保佑之后，得以平安逃生，从此瑶人过盘王节以酬谢盘王。这个用来阐释盘王节来源的神话明显不属于传统上盘瓠神话所指的那个类型，但因与盘瓠有关，也被学者们纳入盘瓠神话的范畴，不过已经不是传统意义上的狭义的盘瓠神话，而是广义的盘瓠神话。凡是与盘瓠相关的神话，都可以纳入广义盘瓠神话的范畴。

自东汉应劭在其《风俗通义》中记载盘瓠神话以来，一直受到历代文人的关注与研究。宋代罗泌在《路史》中就有《论盘瓠之妄》，比较详细地论证盘瓠神话之非真实性。但是，盘瓠神话的历史虽然不短，许多问题却远未解决，有关其起源、流变、接受、认同、仪式等等问题，至今依然众说纷纭。而这些问题与流传此神话的民族息息相关，亟须加以研究，比如在瑶族某些地区，盘瓠问题依然敏感。之所以敏感，是因为盘瓠神话被视为族源神话，而盘瓠是犬。历史上到底发生了什么？为什么会发展到目前这种状况，其来龙去脉是怎样的？至今仍然没有一个满意的答案。

盘瓠神话不仅至今依然与流传地区的民众息息相关，而且在神话学中影响也很大，但是在梳理盘瓠神话研究的学术史过程中，发现盘瓠神话的研究与它的影响并不相匹配。目前的研究主要集中在零散的论文、调研报告，以及不多的几本论文集。截至2018年7月5日，在中国知网上用篇名搜索“盘瓠”一词，出来的文章也就202篇，用主题搜索则为627篇。论文集有3种，即1988年泸溪县民族事务委员会编的《盘瓠研究与传说》，1990年张永安主编的《盘瓠研究》，以及2017年“中国神话学”课题组编的《盘瓠神话文论集》。比较系统地研究盘瓠神话的专著相当少，仅有农学冠的《盘瓠神话新探》（1994）。因此，很有必要加强盘瓠神话的系统研究。2017年，中国社会科学院启动了学科建设的登峰战略，此计划分为优势学科、重点学科、特殊学科三类。民族文学研究所承担的重点学科名为“中国神话学”，课题组由吴晓东、王宪昭、毛巧晖、周翔、李斯颖等五人组成。中国神话学的研究范畴很广，其方方面面的研究要靠学界同人一起一点一点地添砖加瓦，我们课题组只能从某个点切入，由点及面，逐渐铺开。经过多次讨论，选择了从影响深远的盘瓠神话入手，并准备编写一套“盘瓠神话丛书”，以此来带动盘瓠神话的系统研究。

这套丛书拟从资料汇编、学术史梳理、文本分析、语境研究等几个方面进行编辑与撰写，以构建盘瓠神话研究的小型“专题库”。

每一类型神话的研究，都离不开其所依赖的文本资料基础。盘瓠神话的资料除了历代汉文献的记载之外，还有田野调查中从各个民族搜集到的大量口头文本与图像。就目前掌握的资料看，盘瓠神话不仅在众人所熟知的苗族、瑶族、畲族当中流传，而且在黎族、彝族、仡佬族以及台湾少数民族等其他诸多民族中均有存在，甚至在日本、朝鲜、东南亚诸国也有发现。从近些年的研究看，绝大多数学者的研究资料局限于苗、瑶、畲这三个民族。资料的不足，势必会影响学者的判断，得出不科学的结论。本套丛书中的《盘瓠神话资料汇编》，即对传统上狭义的盘瓠神话类型进行了全面搜集，展示不同民族、不同地区的异文，为盘瓠神话研究夯实基础。

任何专业的研究，都需要在厘清其学术史的前提下进行。不仅要理解前人是在怎样的国家话语下从事这方面的研究，更要了解前人在哪些方面提出了问题，提出了什么样的观点，这些观点是否已经解决了问题，如果没有解决，缺陷在哪里，应该做怎样的修补，等等。学术犹如建高楼，一层一层往上垒砌，直至封顶。

神话是一种叙事，它是故事性的、文学性的，文本分析是神话研究的核心内容。纵观神话学史，无论是为了解释某一神话的起源、流变，抑或别的目的，都离不开神话文本的分析。文本分析促成了许多学派的产生，比如芬兰的历史地理学派，此学派广泛搜集故事异文，通过比较研究故事情节之差异，从地理上确定这些故事最初的发源地和传播路线，同时根据故事情节由简到繁的变化，探寻其原型。此学派造就了诸如阿尔奈（Antti Aarne）、安德森（Walter Anderson）、汤普森（Stith Thompson）这样的一些民间文艺学大师。再比如以列维–斯特劳斯（Clande Lévi-Strauss）为代表的结构主义学派，此学派通过文本分析，发现规律与秩序，在神话研究中取得了十分显著的成绩。盘瓠神话的系统研究，显然不可能脱离文本分析这一核心内容。

盘瓠神话目前依然在诸多民族中流传，是活态神话。在流传的过程中，有许多与之相随相伴的民俗事象，比如盘王祭祀、跳黄泥鼓舞等。神话文本与民俗事象互为表里，往往是同一内容的不同表述。民俗事象可以视为神话文本的语境，对语境的研究，可以更为准确地解释神话本身的内涵。这方面研究成绩显著的有以弗雷泽（James George Frazer）为代表的仪式学派——弗雷泽透过仪式来理解神话，将神话的起源、意义、本质与仪式紧密地联系在一起。显然，在盘瓠神话的研究中，民俗事象的借用，必定是一把利器。

吴晓东

2018 年 7 月于北京

目录

导　言　/ 001

第一章　盘瓠神话的构成及其分布　/ 005

第一节　盘瓠神话的构成　/ 005

一　类型界定　/ 005

二　典型文本与非典型文本　/ 007

第二节　盘瓠神话的分布　/ 012

一　民族与地理分布　/ 013

二　地理分布的变迁　/ 028

三　流传度与文化生境　/ 037

第二章　早期蚕马神话到盘瓠神话的演变　/ 046

第一节　盘瓠神话起源研究史　/ 046

第二节　早期蚕马神话演变为盘瓠神话　/ 054

第三章　盘瓠神话源于中原　/ 078

第一节　盘瓠神话中的中原文化元素　/ 078

一　帝喾高辛　/ 080

二　敌方名称或取谷种处名称　/ 083

三　泥泥狗与伏羲　/ 088
第二节　“盘瓠”及其变异名称的来源　/ 093
一　“盘瓠”及其变异名称的来源　/ 095
二　盘瓠神话主角的附会及演变　/ 108
第三节　盘瓠神话中的姓氏以及家族祭祀　/ 120
第四节　并非单一民族的起源神话　/ 123

第四章　盘瓠神话的传播与接纳　/ 130
第一节　汉人的南迁及其与南方民族的融合　/ 130
第二节　汉传民间信仰在接纳中的作用　/ 143
第三节　盘瓠神话的他者叙事到自我叙事　/ 152

第五章　盘瓠神话的演变　/ 156
第一节　文献记载的变异　/ 156
第二节　狗与蛙：主角的演变　/ 163
一　蛙、狗的形成　/ 167
二　咬头情节与狗、蛙吃日月　/ 174
第三节　立功的演变　/ 190
一　立战功：失肤到失父　/ 191
二　治病：失肤到肤疮　/ 198
三　取谷种：“狗”到“谷”　/ 203
四　播鼓：“狗”到“鼓”　/ 214
五　找皇印：“衣”到“印”　/ 217

第四节 盘瓠神话的延展性变异与
变异节点 / 220

第六章 蚕蜕皮神话的几条演变路线 / 228
第一节 牛郎织女 / 230
一 蚕蜕皮与牛郎织女故事结构 / 230
二 从“五彩皮”到“乌鹊桥” / 237
三 两组牛、女星的转换 / 242
第二节 毛衣女 / 247
第三节 田螺姑娘 / 252

参考文献 / 257
后 记 / 271

导　言

盘瓠神话是中国神话中影响比较大的一个类型，受到比较多的关注。这可能是此神话的相关文化生境依然存在，比如瑶族目前依然有盘瓠信仰，每年要过盘王节祭祀盘瓠。正是因为这相关的信仰，此神话中所叙说的故事，在民间往往被视为真实历史，盘瓠神话也往往被称为盘瓠传说。

也正因为盘瓠的故事被视为历史真实，所以在一些民族中造成某些纠结，犬毕竟在某种程度上含有贬义。为此，弄清盘瓠神话的来源，不仅在神话学上具有学术意义，在民间也可以正本清源，让民众理解盘瓠神话的来龙去脉。

本书分为六章：一、盘瓠神话的构成及其分布；二、早期蚕马神话到盘瓠神话的演变；三、盘瓠神话源于中原；四、盘瓠神话的传播与接纳；五、盘瓠神话的演变；六、蚕蜕皮神话的几条演变路线。

第一章介绍盘瓠神话的构成及其分布。所谓构成，主要是类型界定，不仅确定主要的情节单元，也确定典型文本，并将一些以蛙为主角的文本也纳入到盘瓠神话类型里来。本章还梳理了文献中记载的盘瓠神话分布，以窥探盘瓠神话在历史中的分布变迁。另外，本章还探讨了盘瓠神话流传度与文化生境问题，这是以往在探讨神话的流传时较少关注的。

第二章探讨盘瓠神话的原型问题，认为盘瓠神话来源于早期蚕马神话即蚕蜕皮神话，换言之，盘瓠神话的原型为蚕蜕皮。文中主要采用故事结构比较的方法，将盘瓠神话与蚕马神话的情节单元一一对照，再加以细节分析的方法，比如盘瓠的诞生与蚕的关系，盘瓠的死与树的关系。

第三章提出盘瓠神话源于中原的汉族地区。这一观点的论证主要集中于从汉语语音上梳理了“盘瓠”名称与其他变异名称的相关关系，以及这些名称的共同来源。本章还探讨了盘瓠神话所带有的一些中原元素，比如“高辛”的名称，另外就是中原所遗存的盘瓠神话的相关信仰、民俗，比如泥泥狗。

第四章要解决的问题是，既然盘瓠神话源于中原的汉族地区，那么这一神话是怎样传播到少数民族地区的，少数民族为什么会接受这一神话，并将其视为自己的族源神话？本章强调盘瓠神话的传入主要是民族融合造成的，在这一传播过程中，民间信仰起了非常重要的作用。但要意识到，盘瓠神话不是一次性传播完成，而是随着汉族多次迁徙而多次重复传播。盘瓠的不同名称是多次传播的痕迹，其中“盘瓠”一词的传播应该是最晚的一次传播。

第五章梳理了盘瓠神话的演变。盘瓠神话的演变很多很复杂，包括主角形象的演变。本章从语音的视角解释了为什么盘瓠神话的主角会是犬与蛙，以及日食月食传说中蛙、狗吃日月与盘瓠神话中狗咬敌首头颅的情节来源。本章也解释了盘瓠立功几种方式的来源，即怎样由蚕蜕皮（失肤）演化到失父再到立战功（寻父或为父报仇），蚕蜕皮怎样演化到治皮肤病，蚕蜕皮怎样演化到失衣再到失印，以及狗怎样因为与谷、鼓的语音相同而演化出狗取谷种或擂响石鼓。另外，还梳理了盘瓠神话的一些延展性变异，以及主要由什么节点延展出来的。

第六章梳理了几条蚕蜕皮神话演变的路线，也就是牛郎织女、毛衣女、田螺姑娘等神话故事的演变。这主要是想把盘瓠神话放到一个故事丛里，这个故事丛能体现各自之间的关系。虽然故事的研究多采用类型分析的方法，但现实世界里并没有明确分类，分类是人类为了认知世界，才对世界进行切割，民间故事也是一样，并不是一类一类地存在，而是相互交错，网状存在的。我们对其进行分类，只是便以认知而已。在进行研究的时候，类型只是一个参考。盘瓠神话与蚕马神话、嫘祖神话、蛤蟆儿子神话、牛郎织女神话、毛衣女神话、田螺姑娘神话等等构成一个故事丛。

本书使用的方法主要是利用语音演变的语言学方法，但具体运用上与传统的方式有所不同，笔者称之为语言基因。语言基因法强调语音演变的体系性与连贯性，这一点在本书中有比较多的体现，比如在阐释“盘瓠”一词的来源，以及盘瓠神话中其他名称的来源，是把这些名称放在一个小体系内来进行阐释，这些名称相互具有关联性，构成一个小体系。

本书主要贡献在于提出了盘瓠神话的原型是蚕蜕皮，盘瓠神话是从早期的蚕马神话即蚕蜕皮神话演变过来的，同时也提出了其起源的民族为汉族。在汉族南下的民族融合过程中，盘瓠神话得到传播与接纳。本书还从语音上解决了盘瓠型神话主角为什么会出现狗和蛙两种形象，以及为什么盘瓠的立功会出现立战功、治病立功、取谷种立功、擂响石鼓立功、找到玉玺立功等多种方式。

第一章　盘瓠神话的构成及其分布

第一节　盘瓠神话的构成

一　类型界定

何为盘瓠神话？[①] 有两种界定的方式，一种是以类型来界定，即与《搜神记》记载的典型盘瓠神话结构相似的那类神话；另一种是以名称来界定，即凡是讲述盘瓠的神话都属于盘瓠神话。

从传统来看，所谓的盘瓠神话主要是从类型来说的，最初的盘瓠神话仅指《搜神记》《后汉书》等文献中所记载的那个神话类型，即以“诞生—许诺—立功—悔约—婚配—繁衍后代”为主要情节单元的神话类型。这个类型在丁乃通的《中国民间故事类

① 关于此故事的真假有不同的看法，所以也有称为传说的。

型索引》里没有收入，[①] 在艾伯华的《中国民间故事类型》中被称为“狗的传说”。他把盘瓠神话分为六个情节单元：1. 皇帝与敌国打仗，不能战胜敌人。2. 他许诺，谁能斩敌酋首级进献，就把公主许配给他。3. 一只狗咬死敌人的头领，将首级献来，并要求纳公主为妻。4. 在公主的催促下，皇帝允婚。5. 她随狗迁往山区。6. 他们的孩子相互成亲，他们成为一个家族的祖先。[②]

情节单元的切分在很大程度上是主观人为的，所谓的“最小情节单元”说法在现实中很难实践，只是一种理想的概念。为了方便讨论，其中的第 1、2 情节单元也可以合并为一个情节单元，称为“许诺”。而第 5、6 情节单元也可以合为一个情节单元，称为“繁衍后代”。有一点值得注意，就是艾伯华所列的情节单元没有包括盘瓠“诞生”以及“悔约”，而这两个情节在典型文本中经常出现，特别是“悔约”情节，在故事的推进中起着很重要的作用。这一类型的主角一般是一只犬，有的区域也演变为蛙。[③] 就名称来说，犬往往称为盘瓠，也有别的名称，比如翼洛、邦尕、更狗、盘匏等。“狗的传说”这一类型名称难以体现盘瓠神话的概况，所以本书采用“盘瓠型神话”来代替，文中“盘瓠神话”与“盘瓠型神话”是相等同的，但会随着需要交互使用。通常情况下均采用“盘瓠神话”，只有在需要强调的时候才采用“盘

① 因为丁乃通采用狭义的“民间故事”概念，不包括神话。为此艾伯华曾撰文就此问题与之商榷。

② [德] 艾伯华著，王燕生、周祖生译：《中国民间故事类型》，北京：商务印书馆，2017 年，第 69 页。

③ 在中国台湾也出现一个主角为猴的文本，但只是孤例，且是用来解释美国人来源的，应该比较晚近才出现。

瓠型神话”。

另一种界定是以名称来进行的，也就是说，凡是故事中出现有与盘瓠相关的内容，都可视为盘瓠神话，比如瑶族中流传的渡海神话。此神话说到瑶族先民在迁徙渡海时遭遇大风大浪，在祈求盘瓠保佑之后，得以平安逃生，从此瑶人过盘王节以酬谢盘瓠王。这样的神话在瑶族地区不仅有散文体的，还有大量韵文体的。这个用来阐释盘王节来源的神话明显不属于传统上盘瓠神话所指的那个类型，也就是艾伯华《中国民间故事类型》中“狗的传说”那个类型，但因与盘瓠有关，也常常被学者们纳入盘瓠神话的范畴。不过，学者们更习惯于称其为渡海神话，而很少直接说它是盘瓠神话。

本论著所讨论的盘瓠神话，只限于艾伯华《中国民间故事类型》里“狗的传说”这个类型，其他类型不加以讨论，但为了更好地讨论盘瓠神话的来源，笔者把艾伯华单列出的“青蛙皇帝”“蛤蟆儿子”也纳入盘瓠型神话之中。

二　典型文本与非典型文本

传统上说的盘瓠神话倾向于指在文献中出现频率相对比较高、比较早的文本，这些文本可称为典型的盘瓠神话。典型文本完全是一种先入为主、约定俗成的人为结果，而非客观存在。晋干宝《搜神记》所记述的盘瓠神话在文献中出现得比较早，情节比较详细，不断被人们反复引用，出现频率比较高，只要人们一说到盘瓠神话，就自然而然地会想到这个文本所包含的内容，所以我们说这是一个典型文本，其故事原文如下：

> 高辛氏有老妇人居于王宫，得耳疾历时。医为挑治，出顶虫，大如茧。妇人去后，置以瓠篱，覆之以盘。俄尔顶虫乃化为犬，其文五色，因名“盘瓠”，遂畜之。时戎吴强盛，数侵边境。遣将征讨，不能擒胜。乃募天下有能得戎吴将军首者，赠金千斤，封邑万户，又赐以少女。后盘瓠衔得一头，将造王阙。王诊视之，即是戎吴。为之奈何？群臣皆曰：“盘瓠是畜，不可官秩，又不可妻，虽有功，无施也。”少女闻之，启王曰：“大王既以我许天下矣，盘瓠衔首而来，为国除害，此天命使然，岂狗之智力哉！王者重言，伯者重信，不可以女子微躯，而负明约于天下，国之祸也。”王惧而从之，令少女从盘瓠。盘瓠将女上南山，草木茂盛，无人行迹。于是女解去衣裳，为仆竖之结，着独力之衣，随盘瓠升山入谷，止于石室之中。王悲思之，遣往视觅，天辄风雨，岭震云晦，往者莫至。盖经三年，产六男六女。盘瓠死后，自相配偶，因为夫妇。织绩木皮，染以草实。好五色衣服，裁制皆有尾形。后母归，以语王。王遣使迎诸男女，天不复雨。衣服褊裢，言语侏离，饮食蹲踞，好山恶都。王顺其意，赐以名山广泽，号曰“蛮夷”。①

《搜神记》这个文本不仅包括了“许诺”“立功”“婚配”“繁衍后代”等情节单元，与艾伯华“狗的传说”相比，还多出了“盘瓠诞生”“悔约”“父王遣人看望”“自相婚配”“习俗变异”“封地”

① [晋]干宝著，黄涤明译注：《搜神记全译》，贵阳：贵州人民出版社，1991年，第382页。

等情节。但毋庸置疑，无论是艾伯华所列出的故事，还是《搜神记》文本，都是学者们经常引用的，是典型文本。

这里之所以要提及典型文本这个概念，是因为在研究的过程中会遇到一些具体的文本，需要判断它们是否属于盘瓠神话，而判断一则文本是否属于盘瓠神话，就得以典型文本为参考，看它与典型文本的相似程度。相似程度越高的越容易认定为盘瓠神话，相似程度很小的也容易认定为不属于盘瓠神话，而最难以判断的是处于边缘状态的那些文本。

每一个故事类型都会有很多异文，与典型文本相比，这些异文的变异会表现在情节单元的增加、减少、顺序的颠倒以及故事情节与角色的变异等等。

彝族有一则盘瓠神话，在讲述完犬立功娶得女子、生子繁衍后代之后，添加了黄狗被误杀的情节："一天，在树林繁盛的地方追逐野兽，老黄狗也乱跳乱跑地在树林中寻觅被杀的兽类，他们兄弟见了，误为是兽，箭声响处，老黄狗受伤了，大叫一声，滚到一个山岩上挂住了。跑过去看，使他们大吃一惊，但也没有法子收拾，只有悲叹一番。回到家里，他们的母亲因问及黄狗，弟兄们即以实告，她便大哭起来，乃以实情对儿子们说，于是全家都悲悼起来。过了几天，弟兄们商量好到山间去埋葬老黄狗的尸体，走到岩边，只见尸已腐烂，臭气腥人，乌鸦正啄肉吃，但人又去不得，蛆一个个地滚到岩下，他们过去都一一蹉死，并用石子投击乌鸦。这样过了几天，尸体吃完了，乌鸦也飞走了，今日夷人开丧时要举行'蹉蛆'的仪式，就是当日'蹉蛆赶老鸦'的意思。”[①] 因为前面已经有了比较完整的一些盘瓠型神话的主要情节单元，即使后面添加的这一情节在典型文本中没有详细讲述，学者们也不会认为这不属于盘瓠神话。

应劭在《风俗通义》里引用的“高辛氏之犬名曰盘瓠，妻帝之女，乃生六男六女，自相夫妇”可以说是目前见到的最短的盘瓠神话文本，情节单元比前文说的典型文本要少，没有了“许诺”“立功”等十分关键的情节单元，但历来被视为盘瓠神话。究其缘由，最主要的是故事主角名为“盘瓠”，而且主人是与后世文本吻合的“高辛”，加上人兽婚，以及自相繁殖的情节。从这个文本看，决定一个文本是否属于某个故事类型，因素并非那么简单，但有一点不可否认，就是主观因素很重要，传统的力量也不可忽略。

在越南八姓瑶中流传这样一个故事：古时，居住在崇山峻岭的八姓瑶人，有一年闹饥荒，有位妇女因饥荒而死，留下一个女婴，无奶喂养，全靠一只母狗的奶喂养长大。在一次抵御外侮的战斗中，这只母狗为保护女孩而牺牲，人们认为这只母狗很有人性、德行，敬仰狗，从此八姓瑶不吃狗肉。[②] 这个故事我们还能看到一点战争的元素，狗在抵御外侮的战斗中立功，但与典型盘瓠神话中的立功有所不同，整体上已经偏离了盘瓠神话，很难让人再把它归入盘瓠神话了。

从功能上说，主角的变异不应该是影响人们判断是否属于某

---

① 马绍房、傅玉声：《宣威河东营调查记》，《西南边疆》1940年3月第8期。

② 范宏贵、刘志强：《中越跨境民族研究》，北京：社会科学文献出版社，2015年，第126页。

个故事类型的因素，但实际上人们常常受到它的左右。蚕马神话与盘瓠神话十分相似，其故事梗概大致是说有一个女孩的父亲被别人抓走当兵了，女孩很思念父亲，就对马说，你要是能帮我把父亲找回来，我就嫁给你。马果真跑出去帮女孩把他父亲找了回来，但她父亲不肯将女儿嫁给马，并把马杀了，将马皮挂在绳子上。有一天，马皮飞起来裹走了女孩。过几天，家人在桑树下找到马皮，女孩已经变成了桑蚕在树上吃树叶。这个神话具有“许诺”“立功”“悔约”“结合”等盘瓠神话故事所具有的主要情节单元，但是很少有学者将它视为盘瓠神话。最大的原因估计就是主角的变异，是马而不是犬。可是，在决定是否属于某一故事类型的时候，这种变异往往不成其为障碍，比如天鹅处女型故事，其主角可以是天鹅，也可以是仙鹤，或别的什么，学者们从来没有因为主角的变异而将其视为不同的故事类型。本书没有将蚕马神话归为盘瓠型神话，但这仅仅是屈从于传统的约定俗成，并不是理论上的。

与典型盘瓠神话非常接近的还有瑶族流传的《甘基王》，这个神话讲的是皇帝许诺谁打败么理国就把三公主嫁给他，结果一只蛤蟆通过吐火把么理国打败了，皇帝起初想要毁约，后来蛤蟆脱去蛙皮，变成了英俊小伙，便与三公主成了婚。从情节单元的构成、顺序，这个故事都足以归入盘瓠型神话，但与蚕马神话一样，很少有学者这样做，比如艾伯华在他的《中国民间故事类型》中就单独列为“青蛙皇帝”，最主要的原因，依然是主角不同，是蛙而不是犬。本书将要讨论故事主角为狗与蛙的来源，为了方便，本书将这类以蛙为故事主角的文本也纳为盘瓠型神话。

彝族的《谷种的来历》也可以作为一个案例。故事说阿合木呷是衣吾山寨的英雄，他去海中的一个岛上为人们盗取海龙王伯哈的谷种。半路上他得到山神尼米的指点，并获得尼米赐予的一粒珠宝。他趁卫兵睡着的时候，潜入堆放谷种的地方盗取谷种，可是一不小心，一脚踏在守门的卫士身上，被发现了，伯哈把他变成了一条黑色的卷毛狗。卷毛狗借助尼米赠予的珠宝，用万道金光射瞎了伯哈的眼睛才得以逃脱。卷毛狗沿着一条大河来到了邛州，并赢得张家三姑娘的爱情，终于变回了人身。为了感谢卷毛狗带来了谷种，每年收割时，彝族人都要吃新米饭，叫作“尝新”，尝新时，先要给狗吃碗新米饭。[①] 这则神话故事具有“立功（取粮种）”“变狗”“婚配”“敬狗”等情节单元，它与盘瓠神话的关系隐约可见，但大多数学者都难以判断它是否属于盘瓠型神话，究其原因，是这一神话没有关键的“许诺”情节，大大地削弱了盘瓠型神话的特征，使学者们在做判断时处于两难的境界。类似这样的故事还有很多，它们处于盘瓠型神话与非盘瓠型神话之间，处于一个模糊地带，对模糊地带故事的不同处理，会在盘瓠型神话的民族分布和地理分布问题上，得出不同的结论。

第二节　盘瓠神话的分布

盘瓠神话的分布可以从民族与地理两个方面来分析。民族分

① 徐华龙、吴菊芬编：《中国民间风俗传说》，昆明：云南人民出版社，1985 年，第 446—452 页。

布即什么民族有这个类型的神话，地理分布即分布在什么地方。这两个维度在很大程度上有重合，但也不完全一致，比如瑶族有盘瓠神话，但这并不意味所有的瑶族支系都有分布，只有盘瑶及部分红瑶、青瑶（也称为青裤瑶或黑瑶）才有盘瓠神话流传，这也就意味着并不是凡是有瑶族的地方都有盘瓠神话流传。

关于盘瓠神话的分布，牵涉到盘瓠神话的界定，哪些文本算盘瓠神话，哪些不算，只有把这个问题弄清楚了，才能进一步讨论哪些民族和哪些地方分布有盘瓠神话。本书所说的盘瓠神话，是前文所界定的以类型为标准的各种相关文本，但正如前文所说，这又是一个现实中难以完成的命题，有的文本难以断定它是否属于盘瓠神话，所以关于盘瓠神话分布的描述，只能是一个大概，而不是绝对的。

一　民族与地理分布

就目前搜集到的资料来看，盘瓠神话不仅出现在中国境内，也出现在境外；不仅出现在中国的民族中，也出现在外国的民族。就民族来说，盘瓠神话出现在汉藏语系、阿尔泰语系、南岛语系的各民族中，具体来说，汉藏语系有汉族，苗瑶语族中的瑶族、畲族、苗族，藏缅语族中的土家族、彝族，壮侗语族中的黎族、壮族、仡佬族；阿尔泰语系中的朝鲜族；南岛语系中的高山族太鲁阁人、布农人；以及语系不确定的琉球人。就地区来说，国内主要分布在中国的广西、广东、福建、浙江、湖南、贵州、云南、台湾，国外分布在朝鲜半岛、日本、越南、老挝、泰国、美国等。

苗瑶语族的盘瓠神话流传最盛，尤其是瑶族与畲族，但具体分布在内部有一定的差异，比如在瑶族中分布就很不均匀。

瑶族分别说四种语言：勉语、布努语、拉珈语与汉语。其中勉语属于苗瑶语族瑶语支，布努语属于苗瑶语族苗语支，拉珈语属于壮侗语族侗水语支。说拉珈语与汉语的瑶族是由于长期与其他民族杂居，慢慢地放弃自己原先的语言，改说了其他民族的语言，即拉珈语与汉语。布努瑶所说的布努语与苗语更接近，划归苗语支，但说布努语的人依然划归瑶族，所以说布努瑶划归瑶族只是人为划分的结果。在分别说四种语言的瑶族中，说勉语的瑶族有盘瓠传说，具有盘瓠崇拜；在说布努语的瑶族中，分布于广西龙胜的红瑶与分布于贵州荔波的青瑶发现有此类型神话，其他地区的红瑶与青瑶则没有发现。

勉语又分为三种方言：勉金方言、标敏方言、藻敏方言。在这三种方言中，又只有说勉金方言的瑶族才有盘瓠神话，具有盘瓠崇拜，而说标敏方言与藻敏方言的瑶族却未发现有盘瓠神话流传，虽然说标敏方言的瑶族所在的广西全州、灌阳以及说藻敏方言瑶族所在的广东连南等地都有流传盘瓠神话的其他瑶族支系。

勉金方言又分为优勉土语与金门土语，其中优勉土语一般流传的是犬形象的盘瓠型神话，而金门方言有一部分流传蛙形象的盘瓠型神话，一部分没有盘瓠型神话。需要注意的是，发现有蛙形象盘瓠型神话的说金门土语的人群，目前是划归苗族而不是瑶族。

说优勉土语的瑶语有很多他称：过山瑶、盘古瑶、红头瑶、顶板瑶、大板瑶、土瑶、本地瑶、坳瑶、小板瑶、花裤瑶、广东瑶、广西瑶、角瑶。

过山瑶分布最广，这是因为过山瑶原来过着游耕的生活，所以迁徙很快，其名称也由此而得。目前过山瑶在中国的江西、湖南、广西、广东、云南，以及越南、老挝、泰国、美国、法国、加拿大等地都有分布。在中国过山瑶分布的地区，都有盘瓠神话流传。过山瑶迁徙到越南、老挝、泰国的历史比较长了，但也发现有盘瓠神话流传。虽然近些年泰国不再发现有盘瓠神话的流传，但在 20 世纪时是存在的。在泰国，瑶族有 3 万多人，主要分布在清莱、清迈、帕夭、难府、南邦、甘烹碧、素可泰等 7 个府，39 个县，159 个村，[①] 其中主要是过山瑶。广西民族学院陈永昌等一行 5 人曾于 1989 年 2 月 17 日至 4 月 4 日考察了泰国瑶族。目前发现的 132 份《评皇券牒》，其中中国有 126 份，泰国 4 份，越南 2 份。在泰国仅存的四份《评皇券牒》散布在清莱府夜庄县米沙瑶寨、帕夭府班卡乡、帕夭府班卡乡的班劈村、清近府和难府巴岗乡，陈永昌考察一行都看到了，从其在之后所著书中附的三份《评皇券牒》来看，里面都提到盘瓠，且其中两份有完整的盘瓠神话故事。他们在泰国瑶族地区发现的这四份《评皇券牒》，均属宋景定元年的作品。[②] 日本学者竹村卓二在清莱府的瑶族也发现有盘瓠神话流传，故事情节与典型的盘瓠神话差不多，不同的是，我方是“中国皇帝”，敌人被说成是苗族，狗咬死的是苗族首领。[③] 过山瑶迁

① 广西民族学院赴泰国考察组编著：《泰国瑶族考察》，南宁：广西人民出版社，1992 年，第 9 页。

② 广西民族学院赴泰国考察组编著：《泰国瑶族考察》，南宁：广西人民出版社，1992 年，第 61 页。

③ [日] 竹村卓二著，金少萍、朱桂昌译：《瑶族的历史和文化——华南、东南亚山地民族的社会人类学研究》，北京：民族出版社，2003 年，第 246—247 页。

徙到美国等西方国家是在 1975 年越南战争以后，他们原先大多是居住在老挝，所以他们迁徙到这些国家之后依然保留有盘瓠神话。

盘古瑶也叫盘瑶，也是一种说优勉土语的瑶族，分布比较广，在中国主要分布于广西的大瑶山，另外在越南、老挝、泰国、美国等国家也有分布。红头瑶主要居住在云南河口、金平。顶板瑶在云南西双版纳州的勐腊。大板瑶在广西那坡、西林、防城，云南麻栗坡、富宁、广南，湖南新田、宜章。土瑶分布在广西贺州。本地瑶在广西罗城、湖南蓝山、江华。坳瑶在广西金秀。小板瑶在广西防城。花裤瑶在云南绿春。角瑶在越南与中国云南麻栗坡。广东瑶、广西瑶、贵州瑶都在云南金平。以上地区，便是瑶族中犬形象盘瓠神话的分布区。说勉语的瑶族的盘瓠神话是众人最为熟悉的，这里就不多介绍了。

在说金门土语的瑶族中，目前没有发现盘瓠神话的流传。在海南说金门土语的人群划为苗族，在他们当中发现有蛙形象的盘瓠型神话流传，至于他们是否有以犬为主角的盘瓠型神话，说法不一，笔者做过调查，有的人说曾经有，而有的人说没有。

说布努语的瑶族中有一种他称为青瑶、青裤瑶或黑瑶的，自称为努茂，居住在贵州荔波的瑶麓乡，也发现有盘瓠神话的流传。说是古时候长毛贼扰乱天下，北京皇帝贴出布告说谁在三天之内打退长毛贼就把最小的女儿嫁给他，结果一只狼狗去把长毛贼的首级咬来了，皇帝想翻悔，女儿却坚持要嫁给狼狗，便骑着狼狗跑到了荔波县，结婚之后，产生了现在的瑶人。①

① 岑家梧：《瑶麓社会》，载于《岑家梧民族研究文集》，北京：民族出版社，1992 年，第 253 页。

分布于广西龙胜的红瑶，说的是布努语，也发现有盘瓠神话：从前有个寨子和敌人为争土地山场打仗，人少打不过敌人。寨老有三个漂亮的女儿，讲要是哪个能取回敌人寨老的头，就把最好看的三女儿嫁给他。没有人敢答应，没想到寨老养的神狗听到了，飞走到敌人寨子里，敌方的寨老正当醉大酒不省人事，神狗趁没人在，乘机一口咬下他的头，回去交给寨老。讲话算话，三女儿主动提出和神狗配夫（婚配），但又觉得没有脸面，要求隐居深山安家。过了几年，他们生养六男六女，一家人回寨子看父母，母亲看到女儿生的仔女是人，觉得奇怪。半夜趁他们睡觉时偷偷到窗外偷看，看见郎仔（女婿）脱下狗皮挂在墙上，变成一个体面的后生。母亲害怕了，怕他是什么妖怪，想办法悄悄把狗皮偷出来烧了。神狗没得了皮壳，再也回不了原就死了（还有一说是神狗为人种禾种树，被大树压死）。仔女们自己配夫，置出十二姓大瑶，七十四姓小瑶。盘瑶先走有角，红瑶后走有尾。[①]

畲族自称“山哈”，“哈”即客人，“山哈”即山里的客人。公元十三世纪中期，即南宋末年，史书上才开始出现“畲民”的称呼。畲族主要分布在福建、浙江、广东、江西、安徽、贵州等省。浙江畲族主要分布在温州、丽水、金华等地区，广东畲族主要分布在潮州。畲意为刀耕火种，畲民是一个历史上长期过着游耕生活的民族。在语言方面，99% 以上的畲族操汉语客家方言，居住在广东惠阳、海丰、增城、博罗一带的畲族操苗瑶语族苗语支的布努语。

① 冯智明：《瑶族盘瓠神话及其崇拜流变——基于对广西红瑶的考察》，《文化遗产》2014 年第 1 期。

除了贵州，其他地区的畲族都有盘瓠神话流传。周翔编著的《盘瓠神话资料汇编》(学苑出版社,2018)收集了畲族文本20篇：福建柘荣县的《畲族姓氏及世居山脚的来历》，福安市的《畲族女人衫里有两个皇帝印》《畲女衫内两个皇帝印》，宁德市的《凤凰装束的由来》《猎捕舞》，霞浦、福安的《福建福安县、霞浦县畲族盘瓠神话》；广东潮州的《高辛和龙王》《龙犬驸马》，增城的《畲族祖先盆大护》，潮安的《广东潮安县凤凰镇石古坪村畲族盘瓠神话》；江西兴国县的《盘瓠王》；浙江丽水市的《三公主的传说》，文成县的《亢金龙》《盘瓠出世》《柴爿舞的由来》，兰溪市的《盘瓠的传说》《祭祖舞的由来》，金华市的《三公主的凤凰装》《高辛皇帝封畲氏》，苍南县的《浙江苍南县畲族盘瓠神话》。这基本反映了畲族各地的盘瓠神话分布情况，虽然未选入安徽畲族的盘瓠神话文本，但据孟令法的调查，安徽宁国的云梯乡也有盘瓠神话，族谱中有一些，只是其人口较少，流传不广，也未见到《高皇歌》。畲族也是盘瓠神话流传的主要民族，大家也比较熟悉，这里也不深入介绍。

苗族是一个人口众多的民族，国内外加起来已经超过一千万。苗族的分布也十分广泛，在湖南、湖北、贵州、云南、广西、海南、四川、重庆等省市都有聚居区，尤其以贵州、湖南、云南为最多。苗族有三大聚居区，这三个大聚居区分别说三种方言，湖南的湘西土家族苗族自治州以及贵州铜仁地区是苗族东部方言区，贵州黔东南是中部方言区，云南文山壮族苗族自治州是西部方言区。相对来说，西部方言区覆盖的范围比较大，除了云南文山为主要聚居区之外，重庆、川南、黔西北、黔西南等广大地区都有分布。在苗族中，发现有盘瓠神话流传的地区主要集中在东部方言区，特别是湘西的泸溪、凤凰、花垣以及贵州的松桃。在海南，湘南地区的绥宁，贵州的黄平、贵阳、遵义等地也有少量发现。其中海南苗族说的是瑶语支勉语的金门方言，绥宁、黄平的苗族说的是苗语的中部方言，而贵阳、遵义的苗族说的是苗语的西部方言。

湖南湘西泸溪县盘瓠神话流传最盛，其《辛女岩》《盘瓠与辛女》等都广为流传，盘瓠立功的方式也有多种，包括立战功、寻找玉玺、取谷种等。最具有本地特色的是将盘瓠神话附会到当地的风物，解释当地辛女岩、辛女溪、黄狗坨等一系列地名的来源。

凤凰学者吴曦云在他的论著《红苗风俗》中将他搜集到的盘瓠神话称为“乃拐妈苟”，并翻译为“官母犬父”。吴曦云是在凤凰县山江镇搜集到的这则相关神话，情节和典型盘瓠神话相当。[①]

龙炳文编著的《苗族民间文学故事选》收集有盘瓠神话《神母狗父》，其流传地是在湖南湘西花垣、贵州松桃等地。

湖南绥宁苗族流传的盘瓠神话有两种亚型，一种是狗取谷种立功，一种是狗在战争中立功。前一种的故事梗概是这样的：因大洪水粮食全部被卷走，大王下圣旨，若谁找来粮种，将以公主许他。神犬接旨后去往西凉国，偷来谷种。大王将三公主嫁给神犬。晚上神犬变为一位美少年。神犬与公主子孙繁多，有十二支迁往湘、川、黔一带。[②] 另一亚型的故事梗概是：一条毒蛇兴风

① 吴曦云：《苗族与凤凰》，香港：香港天马出版有限公司，2006年，第22—24页。

② 吴荣臻、杨章柏、罗晓宁：《古苗疆绥宁》，成都：四川民族出版社，1993 年，第 242 页。

作浪，天下不太平，无人能退蛇精的兵。国王许诺谁能退兵，将许公主。娄金狗下凡的黄犬去到蛇洞，将蛇头咬了回来。国王只好将公主嫁给黄犬。黄犬带着公主离开国王，到了阳平居住，生了十二个孩子。①

苗族学者今旦在1987年写了一篇叫《台江苗族的盘瓠传说》的文章，发表在《贵州民族研究》上。这篇文章里提供了一则盘瓠神话，情节如下：很久以前，有一个王，他正登基接位。这时，有位非常凶猛的敌人来攻打他。朝中没有一个人能够抵挡，死伤的人很多。大家都没了法儿，王这才把他的大官小官（文臣武将）们叫来商量。他说："谁要是把这个敌将杀了，我就把女儿嫁给他。"结果还是没人能够战胜。不久，那王的脸上忽然长了个肉瘤，越长越大，后来自个儿掉下来了。他拿了顶帽子将它盖在桌子上。过后不久，王揭开帽子一看，肉瘤变成了一条小狗，王就给它起个名字叫"邦尕"。后来小狗慢慢长成了大狗，有一天它把那个敌将的头衔了来，王见了敌人的头反倒没了主张，又把他的文臣武将们叫来商量，看看怎么办好。可是众人谁也不敢说该怎样办。还是王的姑娘自己出来说："只要我爹的天下太平，我嫁鸡随鸡，嫁狗随狗，这是我的命。"她觉得再住家里也不好意思，就带着狗顺河向西方来了。日久天长，王不知道他们上哪去了，也把他们忘了。②

苗族西部方言区在贵阳、遵义也发现有盘瓠神话。《中国民

① 吴荣臻、杨章柏、罗晓宁：《古苗疆绥宁》，成都：四川民族出版社，1993年，第243—245页。

② 今旦：《台江苗族的盘瓠传说》，《贵州民族研究》1987年第3期。

间故事集成·贵州省贵阳市花溪区卷》收录了一则《神犬揭榜》，情节与典型文本大致相同。笔者 2017 年在贵州仁怀做调查时，听仁怀民间文艺家协会的吕世旺说苗族也有盘瓠神话，但他讲不完整故事了，只是小时候听过。故事与赵匡胤有关联，说故事中的狗叫赵黑狗，故事梗概大致也是狗立功娶妻。

在海南岛有一些苗族，他们是明代弘治十四年（1501 年）从广西调去镇压儋州坊峒符南蛇起义的。《光绪崖州志》记载："又有一种曰苗黎，凡数百家，常徙移于东西黎境姑偷郎、抱扛之间，性最恭顺。时出城市贸易，从无滋事。盖前明时，剿平罗活、抱由二峒，建乐定营，调广西苗兵防守，号为药弩手。后营汛废，子孙散居山谷，仍以苗名，至今犹善用药弩。辫发衣履与民人同，惟妇女黎装。皆能升木如猱。不供赋税，不耕平土，仅伐岭为园，以种山稻。黎人仿之。一年一徙，岭茂复归。死则火化，或悬树杪风化。善制毒药着弩末，射物，虽不见血亦死。兼有邪术，能以符法制伏人禽，最为生熟黎岐所畏服。"[①] 他们与广西的部分瑶族一样，每年祭祀盘皇，跳盘皇舞。笔者与同事杨杰宏等人 2012 年 4 月 1 日在海南省五指山市南圣镇什拱村访谈过村民陈秀兴，当问到是否有关于狗咬掉敌人首领的头颅而娶了公主的故事，他说没有，但说了一个蛤蟆立功娶公主的故事。这个故事说以前两个国家打仗，其中一个没能打赢，即将被占领，国王出榜悬赏，谁能把敌人打败，就把第三个女儿嫁给他。一只蛤蟆揭了榜，它把三篼豆子一撒，全部变成了兵。蛤蟆嘴巴可以吐

① [清] 钟元棣创修：《光绪崖州志》（上册），海口：海南出版社，2006 年，第 331 页。

火，熊熊火焰把那个国家烧了，国王把三女儿嫁给了蛤蟆。这与盘瓠神话在情节上基本是一样的，只不过故事的主角换成了蛤蟆。因此，海南苗族也流传盘瓠型神话。

苗族在越南、老挝、泰国以及美国等西方国家也有分布，其中说中部方言的苗族是从柳州地区经靖西去到越南，说西部方言的苗族是从云南文山先去到越南，再从越南迁徙到老挝、泰国，并在 1975 年之后迁往美国等西方国家。目前在这些地区的苗族都没有发现盘瓠神话的流传。

壮侗语族分三个语支：壮傣语支（又称台语支）、侗水语支和黎语支。壮傣语支的民族包括壮族、布依族、傣族。侗水语支的民族包括侗族、水族、仫佬族、毛南族、仡佬族。黎语支的民族只有黎族。目前在黎语支的黎族、壮傣语支的壮族以及侗水语支的仡佬族发现有盘瓠型神话，其中黎族、仡佬族的是犬形象的盘瓠型神话，而壮族的是蛙形象的盘瓠型神话，壮侗语族的其他民族均未发现有盘瓠型神话流传。

黎族主要聚居在海南省的陵水、保亭、三亚、乐东、东方、昌江、白沙、琼中、五指山等县市，其余散居在海南省境内的万宁、儋州、屯昌、琼海等县市。在黎族聚居的地区，几乎都有盘瓠型神话的流传。

早在民国二十三年，刘威在《海南黎人文身之研究》一文中就记载了一则盘瓠型神话。1980 年，广东民族学院中文系黎族学生李和弟在海南三亚的崖城和田独地区搜集了黎族创世史诗《五指山传》，这部史诗的第一章便是盘瓠神话，讲述天狗在天上很有威望，他救过南蛇和蜂王。在它们的帮助下，天狗克服了重重困难，多次治好了天帝之女婺女的脚伤。婺女不顾父皇的反对，与天狗下凡成婚。[①] 同年，许和达、易福州在通什市通什镇搜集了《青青和红红》。1981 年，冠军在崖县田独公社安罗大队从村民李亚游那里搜集了《天狗》。[②] 1986 年，黄元师在白沙县细水区罗任村黎族村民王亚板那里搜集了与《天狗》大同小异的故事。

1980 年，唐文新从贵州遵义县平正乡仡佬族 82 岁的巫师陈保和那里采录到盘瓠神话《十兄弟》，说的是娄星狗下凡变成大黄狗，女星下凡变成土王的女儿，女子生疮无人能医好，土王便许诺谁治好女儿的病就将女儿嫁给他。结果大黄狗治好了女子的病，娶走女子，生下十个儿子，发展成汉族和少数民族。[③]

藏缅语族是汉藏语系里民族最多的一个语族，包括 4 个语支：藏语支、景颇语支、彝语支、缅语支。藏语支的民族包括藏族、门巴族；景颇语支的民族包括景颇族等；彝语支的民族包括彝族、傈僳族、哈尼族、拉祜族、纳西族、基诺族；缅语支的民族包括阿昌族等。由于语言情况比较复杂，有些语言的系属尚未确定或尚未取得一致的意见，如羌语、白语、土家语、怒语、独龙语、珞巴语、普米语、僜语等，说这些语言的民族划归哪一个语族也尚未确定。在如此众多的民族中，发现有盘瓠型神话流传的民族却不多，目前搜集到资料的只有彝族与土家族。

1940 年，马绍房、傅玉声发表的一篇文章中有一则云南宣

① 孙有康、李和弟搜集整理：《五指山传：黎族创世史诗》，北京：中国国际广播出版社，2016 年。

②《中国民间故事集成·海南卷》，北京：中国 ISBN 中心，2002 年，第 18—21 页。

③ 参见周翔编著：《盘瓠神话资料汇编》，北京：学苑出版社，2018 年，第 32—34 页。

威彝族的盘瓠神话，故事同样是战争、皇帝许诺、狗咬敌首级、狗娶女子、生子等，故事的独特之处是孩子与狗一起去打猎时误杀了狗，狗滚到一个山岩上挂住了，当弟兄们几天后去收尸时，乌鸦正吃尸体，蛆也一个个滚落下来，他们过去将蛆一一蹉死，并用石子赶乌鸦。后来夷（彝）人开丧时举行的蹉蛆仪式，就是这样来的。[①] 1984 年，李荣昌从云南洱源大松甸村民艾玉花那里搜集到一则《彝家人为什么不吃狗肉》的文本，故事情节大同小异，只不过故事的重点在于解释彝族为什么不吃狗肉。[②]

2007 年 7 月 13 日，杨杰宏在云南丽江龙蟠乡兴文村从纳西族村民严子潘那里采录到一则《彝族为什么住在高山上》的盘瓠神话，严子潘又是从文海彝族人那里听来的。这个故事说一个彝族小伙子帮助一位神仙变化的白胡子老头，神仙为了成全小伙子的姻缘，就把他暂时先变成了一只狗，狗在战争中立功，咬了敌人首领的头颅，娶了国王女儿为妻，并远离平地，住在高山上，繁衍后代，这就是彝族为什么住高山的由来。[③]

在贵州岑巩县的土家族也有发现盘瓠神话。1985 年，田花在岑巩县从土家族代国才那里采录了一个取名为《狗带谷种》的故事，故事说的是大洪水之后粮食吃光了，又没谷种，人们忍饥挨饿，寨老这才张榜告示，谁取来谷种，就将女儿翠翠嫁给他。后来狗游过东海去取来了谷种，并娶了翠翠。[④]

---

① 马绍房、傅玉声：《宣威河东营调查记》，《西南边疆》1940 年第 8 期。

②《中国民间故事全书·云南洱源卷》，北京：知识产权出版社，2005 年，第 57—58 页。

③ 周翔编著：《盘瓠神话资料汇编》，北京：学苑出版社，2018 年，第 209—211 页。

④《中国民间故事集成·贵州卷》，北京：中国 ISBN 中心，2003 年，第 67—68 页。

随着调查的深入，汉族地区也发现了依然在流传的活态盘瓠神话。在河南的商丘，帝喾陵附近的村民有这样的神话：“帝喾都商丘时，遭到了火山国和开荒国两个‘国家’的侵略。帝喾想尽办法也无法战胜这两个强大的敌人。危难之际，一只五彩天狗降临，它吞灭了火山国发出的火焰，用吼声驱散了开荒国驱使的野兽，最终帮助帝喾战胜了敌人。于是，帝喾将女儿许配给了这只天狗，以感谢它的帮助。”[①] 另一个神话是这样的：“帝喾不能胜敌，就贴出皇榜，以授之高官厚禄，封许为驸马为奖赏，悬赏贤者助战。皇榜贴出后无人敢揭，只有他饲养的一条名叫盘瓠的狗用嘴揭了皇榜。盘瓠接皇榜的第二天，就衔着敌方主要将领的人头回来了。帝喾大喜，既想对其封赏，却又不愿将女儿许配给一只狗。帝喾女儿这时站了出来，劝帝喾不可戏言，主动要求嫁给盘瓠。帝喾最终履行了承诺。”[②]

离商丘不远的淮阳也有类似的神话：“远古时，淮阳有个宛丘国，一次，宛丘被敌方重兵包围，国王召集众臣求退兵之计，并以许嫁公主为条件。这时从蔡河上来了一条狗，站在白龟背上，冲着敌兵叫了两声，顷刻间狂风大作，飞沙走石，敌兵被打得大败而退。事后，狗要国王兑现诺言，国王十分为难。有位大臣献计：这狗既能退兵，一定是天神下凡，只要把它扣在缸里七七四十九天，就能变为人形。国王照办，但到三九二十七天时，公主放心不下，打开来看，缸里闪出一道金光，只看到一个人头狗身的神人，还没有完全变成人形，于是就叫他‘伏

① 贾若晨：《从商丘走出的盘瓠》，《京九晚报》2016 年 7 月 1 日。

② 贾若晨：《从商丘走出的盘瓠》，《京九晚报》2016 年 7 月 1 日。

羲’。”[①]2017年，笔者与河南大学吴效群及其学生在淮阳调研时，也采录到故事情节类似的盘瓠神话，特殊之处是故事主角被说成是朱元璋的狗，这只狗揭了榜，立了战功，协助它的主人朱元璋当上了皇帝。

河南南阳在1984年也搜集到一则盘瓠神话叫《盘葫》，其故事梗概与典型盘瓠神话差不多，只是强调从肉瘤切出来的小狗是装在葫芦里，再放在盘子上，所以起名叫盘葫。[②]

1988年，在广东省海康县采录到一则盘瓠神话《神犬》，这则神话讲的是一个白胡子老人带着一只神犬揭了皇榜，让神犬给公主治好了病，皇帝想毁约，但公主不听父亲的劝告，跟神犬进了山，后来公主生了四个孩子，他们长大后分别朝东、南、西、北四个方向下了山，成了不同部落的首领。[③]

在广东还有蛙形象的盘瓠型神话流传。艾伯华在《中国民间故事类型》类型“43. 青蛙皇帝”之“出处”中列了三项，一项地区不详，两项都是广东翁源，即：a. 三将军，第1—8页（广东，翁源），b. 海龙王的女儿，第19—25页（广东，翁源）。[④]

在四川三台县汉族地区也采录到一则盘瓠神话，这则盘瓠神话的故事结构与典型的盘瓠神话大体一致，特殊之处在于犬立功的方式是敲响一面石鼓。这是迄今为止中国境内发现的唯一一

① 王爱平：《淮阳“泥泥狗”：远古文化的“活化石”》，《寻根》1994年第1期。

② 张振犁编著：《中原神话通鉴》第三卷，郑州：河南大学出版社，2017年，第960、961页。

③ 周翔编著：《盘瓠神话资料汇编》，北京：学苑出版社，2018年，第36—38页。

④［德］艾伯华著，王燕生、周祖生译：《中国民间故事类型》，北京：商务印书馆，2017年，第74页。

例，这一亚型在朝鲜半岛的朝鲜族也有发现。

在台湾的布农人也发现有盘瓠神话的存在。1992 年，台湾人达西乌拉弯·毕马与俄罗斯学者李福清于南投县信义乡地利村采录到一则盘瓠神话，口述者是一位叫全绍仁（Nakas）的男子。布农人的盘瓠神话讲的是布农人头目生下了一位公主，公主患了皮肤病，头目说，只要是能治好公主皮肤病的人，即使是乞丐，公主也一定许配给他。有一只公狗把公告用爪撕掉，溜进公主的房间，用它的舌头舔公主的全身上下，公主的病就痊愈了。头目对狗说，如果你能够变成人，我的女儿，一定许配给你。狗走进一个大石洞，变成了人，便娶了女子。他们来到了台湾的鹿港，在那里定居下来，生下了孩子，后代子孙越来越多。[①] 布农人不仅有盘瓠神话流传，并认为狗是他们的祖先。台湾的太鲁阁人流传的《太鲁阁人的来历》也是一则盘瓠神话，而且犬立功的方式也是治病。[②]

日本冲绳宫古岛也流传盘瓠神话。稻田浩二、小泽俊夫主编的《日本昔话通观》记录了 7 个盘瓠神话写本，故事一是具志川市的丰原讲的，说的是一个叫阿卡的狗治好了女主人的病，娶了她的女儿，成了宫古、八重山人的祖先。故事二是具志川市的江州讲的，说的是狗打败敌人，娶了武士的女儿，之后乘船到宫古。故事三也是具志川市的丰原讲的，狗是通过使裁判官虚弱的妻子健康起来，因此娶了裁判官的女儿，之后到了宫古白滨，成

① 李福清：《神话与鬼话——台湾原住民神话故事比较研究》，北京：社会科学文献出版社，2001 年，第 351—353 页。

② 周翔编著：《盘瓠神话资料汇编》，北京：学苑出版社，2018 年，第 150 页。

了宫古人的祖先。故事四也是具志川市的丰原讲的，讲的是狗引领村长找到水源，为此娶了村长的女儿。他们乘船到宫古，生儿育女，成了宫古人的祖先。故事五是中头郡读谷村的大湾讲的，说的是两员大将争斗，一方大将的狗将对方大将的首级咬了，大将便将女儿嫁给它，他们来到宫古八重獭，狗进入池子，变成了小伙子。故事六讲述者是中头郡读谷村的高志保，狗立功的行为是清理女子的粪便，女子长大后便嫁给它。故事七讲述者是宫古郡依良部村人，狗娶女子的理由是立战功，狗变成人时也是被姑娘提早去看它，所以留下了尾巴。①

正如前文所提及，朝鲜半岛的朝鲜族也曾发现有盘瓠神话，故事情节与典型盘瓠神话基本一致，其特点在于犬娶到女子是因为它敲响了一面石鼓。②

由此可见，盘瓠型神话的地理与民族分布具有广泛性与复杂性，研究盘瓠神话的起源与流变时，要充分考虑到这种广泛性与复杂性。

二　地理分布的变迁

盘瓠神话的地理分布有时代的差异，每个时代的分布都会有所变化。干宝的《搜神记》在描述完盘瓠神话之后补充说："蛮夷者，外痴内黠，安土重旧，以其受异气于天命，故待以不常之

① 周翔编著：《盘瓠神话资料汇编》，北京：学苑出版社，2018年，第454—459页。

② [日]今西龙：《朱蒙传说与老獭稚传说》，载西田直二郎主编《内藤博士颂寿史学论丛》，弘文堂，1930年。

律。田作贾贩，无关繻符传，租税之赋。有邑君长，皆赐印绶。冠用獭皮，取其游食于水，今即梁、汉、巴、蜀、武陵、长沙、庐江郡夷是也。用糁杂鱼肉，叩槽而号，以祭盘瓠，其俗至今。故世称‘赤髀横裙盘瓠子孙’。”[①] 文中明确说明当时梁、汉、巴、蜀、武陵、长沙、庐江等郡的蛮夷都是盘瓠子孙，都祭祀盘瓠。

由于受目前盘瓠神话分布的影响，学者的眼光多有所选择地盯到武陵、长沙郡，有意无意地将目前很少发现有盘瓠神话的梁、汉、巴、蜀、庐江等郡忽略掉。干宝（284—351 年）是东晋时新蔡（今河南省新蔡县）人，后迁居海宁盐官之灵泉乡（今属浙江），是当时著名的文学家与史学家。他在《搜神记》中既然说“今即梁、汉、巴、蜀、武陵、长沙、庐江郡夷是也”，那就说明东晋时期盘瓠神话以及盘瓠信仰不仅在武陵、长沙两郡有，在梁、汉、巴、蜀、庐江等郡也都有分布。

梁郡是一个非常值得关注的郡，东晋时它指现河南省商丘市一带。此郡可追溯到西汉高祖五年（202 年）刘武所建的梁国，当时国都在睢阳（今河南商丘），属豫州。三国魏文帝黄初元年（220 年），改梁国称梁郡。后赵、前燕、前秦、后燕时仍为梁郡。后秦时（384—417 年），梁郡改名为徐州（治今商丘市区）。东晋为梁郡。可见，在东晋的时候，商丘的盘瓠神话依然盛传。

《魏书·蛮獠》云：“蛮之种类，盖盘瓠之后，其来自久，习俗叛服，前史具之，在江淮之间，依托险阻，部落滋蔓，布于数州，东连寿春，西通上洛，北接汝颍，往往有焉。其于魏氏之

① [晋] 干宝：《搜神记》卷十四，明津逮秘书本，第 52 页。

时，不甚为患，至晋之末，稍以繁昌，渐为寇暴矣。”[①]《魏书》是北齐人魏收所著的一部纪传体断代史书，记载了公元4世纪末至6世纪中叶北魏王朝的历史。由唐朝令狐德棻主编的《周书·蛮獠》与《魏书》所记载的相差无几：“蛮者，盘瓠之后，族类蕃衍，散处江、淮之间，汝、豫之郡，凭险作梗，世为寇乱，逮魏人失驭，其暴滋甚。”[②]《周书》是记载了北周宇文氏建立的周朝（557—581年）的纪传体史书，这说明在6世纪前，盘瓠蛮还“处江、淮之间，汝、豫之郡凭险作梗”，江淮之间都是盘瓠之后。

《后汉书》是南朝宋时期范晔所写，故事多延续《搜神记》，但认定盘瓠后裔却有所不同，《后汉书》在描述完盘瓠故事之后说：“盘瓠死后，因自相夫妻，织绩木皮，染以草实，好五色衣服，制裁皆有尾形。其母后归，以状白帝，于是使迎致。诸子衣裳班兰，语言侏离，好入山壑，不乐平旷。帝顺其意，赐以名山广泽。其后滋蔓，号曰蛮夷，外痴内黠，安土重旧。以先父有功，母帝之女，田作贾贩，无关梁符传、租税之赋。有邑君长，皆赐印绶，冠用獭皮，名渠帅曰精夫，相呼为姎徒。今长沙、武陵蛮是也。”[③]与《搜神记》相比，这里把盘瓠后裔的范围缩小到了“长沙、武陵蛮”。南北朝郦道元《水经注》的认定则更加小，只说“今武陵郡夷，即盘瓠之种落也”[④]。虽不能直接下结论说在南

---

① [南北朝]魏收：《魏书》卷一百一，清乾隆武英殿刻本，第1060页。

② [唐]令狐德棻：《周书》卷四十九列传第四十一异域上，清乾隆武英殿刻本，第335页。

③ [南北朝]范晔：《后汉书·南蛮西南夷列传》，百衲本景宋绍熙刻本，第1155页。

④ [南北朝]郦道元：《水经注》，清武英殿聚珍版丛书本，第483页。

北朝时就只剩下长沙、武陵一带流传盘瓠神话，信仰盘瓠，但有可能当时这些地方比较突出，其他地区趋于式微。

唐朝时，杜佑撰有《通典》，其中专门解释什么是“盘瓠种”，先引用盘瓠神话，然后说“长沙、黔中五溪蛮皆是也”[①]。与《搜神记》《后汉书》等不同，这里出现了“黔中”这个概念。黔中可追溯到战国时楚所置的黔中郡。秦楚战争之后，秦国将楚国的黔中郡和巫郡合并成新的黔中郡，郡治在原巫郡所在地（今湖南怀化市以南的黔城），辖今湖南西部及毗连的渝、黔区域，但不包括沅陵和常德。西汉改为武陵郡，包括常德和沅陵。唐曾以黔州为黔中郡，五溪在这个范围之内。

唐张守节《史记正义》云：“今朗州楚黔中郡，其故城在辰州西二十里，皆盘瓠后也。”[②]“又《后汉书》云：‘犬戎盘瓠之后也’，今长沙武陵之郡大半是也。”[③] 朗州辖境相当今湖南常德市及汉寿、桃源县地，与武陵郡大致一样。《旧唐书·地理志》云：“武德四年平肖铣置朗州，天宝元年改为武陵郡，干元元年复为朗州。天宝初割属山南东道。”[④]唐代著名诗人刘禹锡与柳宗元一道实行改革，改革失败后被贬朗州做司马达十年之久，作《蛮子歌》，其中提到祭祀盘瓠：“蛮语钩辀音，蛮衣斑斓布。熏狸掘沙鼠，时节祠盘瓠。忽闻乘马客，恍若惊麏顾。腰斧上高山，意行

① [唐] 杜佑：《通典》卷一百八十七边防三，清武英殿刻本，第 1983 页。

② [汉] 司马迁撰，[刘宋] 裴骃集解，[唐] 司马贞索隐，[唐] 张守节正义：《史记》卷六十九，清乾隆四年武英殿刻本，第 772 页。

③ [汉] 司马迁撰，[刘宋] 裴骃集解，[唐] 司马贞索隐，[唐] 张守节正义：《史记》卷四，清乾隆四年武英殿刻本，第 65 页。

④ [五代] 刘昫：《旧唐书》卷四十志第二十，清乾隆武英殿刻本，第 774 页。

无旧路。”[①] 可见在唐朝时期常德一带的盘瓠文化非常兴盛。

宋李昉《太平御览》引《唐书》云：“黄国公册安昌者，盘瓠之苗裔也。世为巴东蛮师，与田、李、向、邓各分盘瓠一礼。世传其皮盛以金函，四时致祭。”[②]《唐书》是五代后晋时刘昫、张昭远等所撰，书中所说的情况，很可能是五代后晋时期的。

宋李昉《太平御览》引《荆州记》云：“阮陵县居酉口，有上就、武阳二乡，唯此是盘瓠子孙，狗种也。二郡在武陵溪之北。”[③]《荆州记》是南朝时期的作品，此书亡佚既久。书中的阮陵县大致也在目前湖南的沅陵县一带，上就、武阳二乡当时的盘瓠文化很盛。

宋王存《元丰九域志》云：“古迹：壶头山、明月山、酉阳古城、盘瓠神庙、善卷先生冢。”[④] 这一句是处在“下辰州泸溪郡军事”这一章节，说的是泸溪郡的事情，这说明在宋代，泸溪郡有盘瓠庙。

湖北地区目前几乎不再听说有盘瓠神话流传，但以前曾经有过。南朝梁沈约所撰的《宋书·夷蛮传》说：“荆、雍州蛮，盘瓠之后也。分建种落，布在诸郡县。荆州置南蛮，雍州置宁蛮校尉以领之。世祖初，罢南蛮并大府，而宁蛮如故。蛮民顺附者，一户输谷数斛，其余无杂调，而宋民赋役严苦，贫者不复堪命，多

① 吴在庆编选：《刘禹锡集》，南京：凤凰出版社，2014 年，第 81 页。

② [宋]李昉：《太平御览》卷第七百八十五四，四部丛刊三编景宋本，第 4623 页。

③ [宋]李昉：《太平御览》卷第七百八十五四，四部丛刊三编景宋本，第 4623 页。

④ [宋]王存：《元丰九域志》卷六，清文渊阁四库全书本，第 123 页。

逃亡入蛮。”[①]雍州原来是中国古九州之一，其名来自于陕西省凤翔县境内的雍山、雍水。管辖区域一直在今西北部的陕西、甘肃一带，东晋和南朝将雍州侨置襄阳。《宋书》是一部记述南朝刘宋一代历史的纪传体史书，此时所说的雍州当在今湖北襄阳地区。

唐樊绰《蛮书》云：“按王通明《广异记》云：‘高辛时，人家生一犬，初如小特，主怪之，弃于道下。七日不死，禽兽乳之，其形继日而大，主人复收之。当初弃道下之时，以盘盛，叶覆之，因以为瑞，遂献于帝，以盘瓠为名也。后立功，啮得戎寇吴将军头，帝妻以公主，封盘瓠为定边侯。公主分娩七块肉，割之有七男，长大各认一姓，今巴东姓田、雷、再、向、蒙、旻、叔孙氏也。其后苗裔炽盛，从黔南逾昆湘高丽之地，自为一国。幽王为犬戎所杀，即其后也。盘瓠皮骨，今见在黔中，田、雷等家时祀之。’”[②]王通明是唐代人，他所撰写的《广异记》已经遗失，[③]樊绰《蛮书》引《广异记》明确说巴东的田、雷、再、向、蒙、旻、叔孙等七姓是盘瓠的子孙。巴国是先秦时期位处中原西南面、长江上游地区的一个国家，国都为江州，即今重庆渝中区。始于先夏时期，于夏初加入夏王朝，成为一个诸侯国，在周武王伐纣时有功，被封为子国。因首领为巴子，叫巴子国，简称巴国。巴国鼎盛时期疆域包含今重庆全境、四川东部、陕西南部、湖北西部、贵州北部等地，直至公元前316年灭于秦国。

① [南北朝]沈约：《宋书》卷九十七列传第五十七，清乾隆武英殿刻本，第1077页。

② [唐]樊绰：《蛮书》卷十，清武英殿聚珍版丛书本，第30页。

③ 李剑国：《唐五代志怪传奇叙录》(上册)，天津：南开大学出版社，1993年，第183页。

《广异记》说巴东七姓是盘瓠子孙，说明当时在巴东一带是有盘瓠信仰与神话故事流传的。“盘瓠皮骨，今见在黔中，田、雷等家时祀之”也是一条很重要的记载，说明当时黔中的田、雷是祭祀盘瓠的。

西南地区目前虽然也有盘瓠神话零星发现，但毕竟不多，汉文献的记载证明盘瓠文化在此区域以前还是比较兴盛的。宋王象之《舆地纪胜》云：“西南君长以十数，夜郎最大。四塞重复，嗜好居处颇与巴渝同俗。本其所出，承盘瓠之后。服章多以班布为饰，蛮皆盘瓠之余种，故其族类尚有犵狑、犵獠之号。”[①] 作者认为夜郎之地的“犵狑、犵獠”是盘瓠后裔，而犵狑、犵獠基本被认定是壮侗语族的先民。

元陶宗仪撰《游志续编》云：“苗则三苗之裔也，其一曰猺，所谓山猺也；其一曰犵狑；其一曰犵狫；皆盘瓠之种也。”[②] 这一记载与宋王象之《舆地纪胜》基本相同。

明嘉靖郑普刻本的《大明一统赋》在注释“三苗国”时说：“今贵州夷人父老则卖之，名卖爷苗。又有东苗、西苗、紫姜苗、红仡佬、花仡佬。文，五溪之蛮，曰猫，曰猺，曰獠，曰犵狑，曰犵狫，字皆从犬，尽盘瓠种也。”[③] 作者所说的“字皆从犬，尽盘瓠种也”并非是因为那些名称皆为犬字旁就推断这些民族为盘瓠种，而是因为认为他们都是盘瓠种，才加上犬字旁。这些民族近些年依然发现有盘瓠神话流传，比如东苗，它是苗族的一

① [宋] 王象之：《舆地纪胜》卷第七十二，清影宋钞本，第 921 页。

② [元] 陶宗仪：《游志续编》卷上，清嘉庆宛委别藏本，第 31 页。

③ [明] 莫旦：《大明一统赋》卷上，明嘉靖郑普刻本，第 35 页。

支，名称始见于明代。这支苗族操苗语川黔滇方言，主要分布在贵州省平越（今福泉）、麻哈（今麻江）、龙里、清镇、贵筑（今贵阳）、修文等地。1987 年，杨正荣等人在贵阳花溪区从王庆云那里搜集到一则盘瓠神话文本。又比如花仡佬，又称花革老、花仡、花兜苗，族称始见于明代，清代及民国沿袭之，今皆统称为仡佬族，以其服装用花布或五色布为衣裙而得名。20 世纪 80 年代曾在贵州遵义的平正仡佬族乡采录到盘瓠神话《十兄弟》与《缕金狗的传说》。可见，在今贵州区域，明代的时候诸多民族依然被认为是"盘瓠种"，其盘瓠信仰应远胜于当今。

明杜应芳辑《补续全蜀艺文志》云："九丝都蛮，剽分古夜郎裔也，实盘瓠流蔓西入者。"① 这里说的九丝，是指今四川省兴文县的九丝城，明代成化年间"都掌蛮"人曾因不满官府勒索，相聚依山筑城，称"九丝城"。作者说九丝都蛮实际上是盘瓠流入西部的。当然这只是作者的个人观点，但也是值得我们注意的，因为目前在离这一带不远的贵州仁怀，也发现有盘瓠神话流传，正如前文所提及，笔者 2017 年在贵州仁怀做调查时，听仁怀民间文艺家协会的吕世旺说苗族也有盘瓠神话，故事大致也是犬立功娶妻，只是他讲不完整，没能记录下来。

清鄂尔泰修《云南通志》介绍云南的"马龙州"历朝所属，提到此地曾为盘瓠后裔所居："汉益州郡律高县地，三国汉属兴古郡，晋律高县，又析置西安县，齐为西中县，唐为麻州，后没于蛮夷，名曰撒匡。昔白刺居此，后盘瓠裔纳垢部逐而有其地。元

① [明] 杜应芳辑：《补续全蜀艺文志》卷二十九记类，明万历刻本，第 267 页。

初内附置纳垢千户，至元中改为马龙州。”[①] 马龙州现在为曲靖市马龙区。清代《云南通志》介绍罗平州时又说：“汉牂牁郡漏卧宛温二县地，三国汉属兴古郡，晋因之，唐没于蛮，名塔敝纳夷甸，相传盘瓠后裔罗雄居此，因名部为罗雄。元初内附隶普摩千户，至元十三年，割夜苴部并入，改为罗雄州，隶曲靖路。明万历中改土设流，为罗平州。”[②] 罗平离马龙不远，元代之前盘瓠后裔迁徙至此，曾带来盘瓠文化。

清乾隆的《贵州通志》云：“猺人，黔省原无，自雍正二年，有自粤西迁至贵定之平伐。居无常处，必择溪边近水者，以大树皮接续渡水至家，不用桶瓮出汲。男女衣尚青，长不过膝，所祀之神曰盘瓠。勤耕种，暇则入山采药，沿村寨行医，有书各榜簿，皆圆印篆文，其义不解，珍为秘藏，俗长厚。见遗不拾。”[③] 贵定属于黔南州，目前没有发现盘瓠神话流传，清乾隆时期祭祀盘瓠，当时必定流传盘瓠神话，只不过现在消失了。

清乾隆的《贵州通志》说荔波一带也有盘瓠信仰：“犭伔、㺔、狑、㺜、猺、獞六种杂居荔波县。雍正十年，自粤西辖于黔之都匀府，其俗衣服虽有各别，语言嗜好不甚相远，岁首致祭盘瓠，杂鱼肉酒饭，男女成列，连袂而舞，相悦者负之而去，遂婚媾焉。皆编入版籍，略供赋役。”[④] 目前荔波地区依然有青瑶信仰盘

① [清]鄂尔泰修：《云南通志》卷四，清文渊阁四库全书本，第77页。

② [清]鄂尔泰修：《云南通志》卷四，清文渊阁四库全书本，第78页。

③ [清]鄂尔泰修，杜诠纂：《贵州通志》卷七，清乾隆六年刻嘉庆修补本，第148页。

④ [清]鄂尔泰修，杜诠纂：《贵州通志》卷七，清乾隆六年刻嘉庆修补本，第149页。

瓠，流传盘瓠神话故事。

清徐宗亮撰《(光绪)重修天津府志》引《黎岐纪闻》云："苗猺黎种相类也，黎人则居琼山海岛中，其从来不可考矣。世传狗尾王之说，事虽近诞，而以其尻验之，似非无据者。其俗贱男贵女，有事则女为政。"① 这是对海南黎族盘瓠文化的记载。

由此可见，原来中国境内的盘瓠信仰分布范围十分广泛，曾经北及中原，后又退宿到江淮之间"依托险阻，部落滋蔓"。目前靠近中原的湖北，以及西南地区的重庆、贵州、四川等地只有盘瓠神话的零星发现，但从汉文献记载看，这些地区以前的盘瓠文化远比现在兴盛。汉文献没有记载中国境外的盘瓠文化情况，但从20世纪以来的调查资料我们知道，由于瑶族的迁徙，盘瓠信仰与盘瓠神话被带到了境外，盘瓠文化在境内范围缩小的同时，在境外又有所扩大。

三　流传度与文化生境

前文分析了当今与历史上盘瓠神话的民族与地理分布，这只是一种定性说明，而非定量研究。也就是说，这些地区与民族有或曾经有盘瓠神话流传，但流传的情况怎样不甚明了。我们往往忽略了度的问题，即流传的深度与广度。在很多资料集里，一般都标注了某一则故事被搜集的地点、时间、讲述人、搜集者等信息，但很少涉及在所搜集的点的流传深度与广度，因为搜集到某

① [清]徐宗亮撰:《(光绪)重修天津府志》卷三十七考二十八艺文一，清光绪二十五年刻本，第826页。

一故事较为容易，只要打听到某一位会讲此故事的人，让他讲一讲，记录下来，工作便完成了，但要知道这个故事的流传度，知道这个故事的流传状况，工作量就要大很多，调查的面要广，涉及的因素也要多很多。在少数资料集里偶尔也会出现“在 ×× 市、×× 县等地区广泛流传”的字样，这也是关于深度与广度的一些信息，从此类说明，我们便能知道此故事在某一区域的流传度怎样。

流传度不仅表现在会说故事的人的多少，年龄跨度的大小，还表现在当地是否有相关的信仰、祭祀庙堂与仪式等等，也就是文化生存环境怎样。就盘瓠神话来说，目前流传度比较高，文化生境比较好的地区与民族有广西、湖南地区的瑶族，福建、浙江、广东地区的畲族，湖南地区的苗族，海南地区的黎族，广西地区红水河流域的壮族。①

湖南资兴瑶族有还盘王愿仪式作为盘瓠信仰的仪式空间。在资兴市碑记乡茶坪村附近山腰上，尚保留一座清朝时期的盘瓠庙，该庙是当地瑶族村民盘王节庆典活动的地方，此庙宇为土木结构，庙堂三间，布局较简单，房顶上伸出一个小阁楼，阁楼前面写有“盘王庙”三个大字。主殿内原供有盘瓠夫妇等 12 尊瑶族祖先的木制雕像，现只剩 8 尊。此盘王庙始建于 1795 年，历经 1867 年、1943 年两次重建，至今基本保存完好。后来由于挖矿把盘王庙一带都给挖空了，造成塌陷，就把茶坪村的瑶民都迁到了县城郊区的唐洞街道，并在此兴建了一个新的盘王殿，其规模

① 广西天峨县地区的盘瓠型神话主角为青蛙，一般未被学者视为盘瓠神话，但从故事类型学的角度来看，主角的差异并不影响其类型归属。

要大很多。资兴瑶族祭祀盘瓠原来是要七天七夜，目前时间一般会缩短到三天三夜，但整个仪式环节依然完整，只是所念诵的经文要少一些。笔者曾经两次到湖南资兴调查、拍摄当地瑶族的还盘王愿，一次是在 2016 年，一次是在 2017 年，两次都看到比较完整的还盘王愿，祭祀盘王。

图 1　湖南资兴碑记乡茶坪村老盘王庙（吴晓东摄，2016 年）

广西金秀瑶族的盘瓠神话流传比较盛行，这里有四个盘王庙，一个是在莲花山风景区，这个盘王庙是为了旅游才新建的，时间不长。时间比较长的有三个：一个在六巷乡上古呈，另两个在罗香乡的军龙屯、罗运屯。2017 年 3 月 2 日，笔者与同事王宪昭、毛巧晖、周翔、李斯颖一起到六巷乡的上古呈调研考察了这里的盘王庙。六巷曾是费孝通与王同惠在金秀做田野调查的田野点，路非常不好走，我们驱车花了一个上午的时间到上古呈，找到村民盘志强，他带我们去看盘王庙。盘王庙离村子不远，在一条小溪的边上，确切地说是一个小亭子，四根柱子加上一个顶，没有封墙。亭子里有祭台，台上有一尊盘王的塑像。盘王是坐着的，双手放在膝盖上，头上为平顶，顶上有一尖尖的帽子。塑像前放有一个香炉，炉灰上还插着一些香，可以看出经常有人来上香，说明这里依然有以神性方式存在的盘瓠神话信仰，具有信仰层面的文化空间。盘志强的汉语表达不是很好，但他依然完整地给我们讲述了当地流传的盘瓠神话。

图 2　广西金秀六巷乡上古呈盘瓠庙（吴晓东摄，2017 年）

在金秀，除了有盘王庙，还有其他形式来承载盘瓠神话，比如在瑶都广场上就有一座高大的盘瓠塑像。盘王身穿瑶族服装，端坐着。塑像基座的前面写着“瑶族始祖盘王”几个大字，背后是关于盘王节的文字简介。在调研期间，我们住的一家酒店叫盘王谷，其 logo 便是以犬加两人身的组合，这些也都是盘瓠神话的叙事，说明这里的盘瓠神话具有较为浓厚的文化氛围。

江华处于金秀的北面，这里瑶族的盘瓠文化氛围也很浓厚。最显著的是在县城里有一座雄伟的盘王殿。殿内有一尊高大的盘王塑像，两面是盘王后裔的塑像，并有盘瓠神话与盘王后裔的文字介绍：于远古时代，商周纷争，评王榜示，招贤御敌，盘瓠揭榜，剪除敌困。凯旋归来，公主婚配。所生六男六女，评王闻之喜悦，传下圣旨，封盘瓠为始祖盘王。六男六女，皆为王瑶子孙。评王赐长男姓盘名启龙，二男姓沈名飞凤，三男姓包名进朝，四男姓黄名明虎，五男姓李名应瑞，六男姓邓名连安，长女姓周名文旺，二女姓赵名才昌，三女姓胡名元香，四女姓唐名寿瑞，五女姓雷名元祥，六女姓冯名世瑞。江华还有一个盘瓠广场，广场四周有盘瓠的壁画。盘瓠的形象虽然不是完全的犬的形象，但犬形的痕迹依然清晰可见，这些都能使人们很容易地想起盘瓠神话故事。

图 3　湖南江华盘王庙（吴晓东摄，2017 年）

湖南的江永与广西的灌阳是邻县，两地都号称是瑶族传说中千家峒的所在地。江永的千家峒有一个很大的广场，广场上塑有一座高大的盘王像。雕像下面写有“瑶族始祖盘王”几个大字，并有一副对联：慎终追远祭先祖，寻根溯源拜盘王。灌阳的千家峒所在地没有江永那么具体，范围比较大，但同样有一个洞被传说古时是一条通道，瑶族祖先即从这里进入。灌阳不仅声称自己是千家峒所在地，同时这里还有婆王庙遗址。婆王庙也叫婆皇庙，传说是祭祀盘瓠妻子三公主的地方。与灌阳接壤的恭城也是瑶族聚居地，这里更是有一座目前国内规模最大的盘王庙。

瑶族不仅依然有相关的庙堂祭祀盘瓠，同时还保留有其他民族所没有的《评皇卷牒》。《评皇卷牒》，又有《过山榜》《盘古皇圣牒》等二十几种不同叫法，迄今已在中国、越南、老挝、泰国、美国等地区发现百余件。有木刻印、石印、油印三种印刷形式的本子，也有的是手抄本。装帧分折叠、卷幅、书本式三种，有纸、布、绢等不同质料。篇幅长短不一，长的有一万多字，最短的只有数百字。所标注的年代也各不相同，有东汉，也有隋、唐、宋、元、明、清及民国的。内容大同小异，多是记述瑶族的起源、生产方式、迁徙路线等等，而且大多记载了盘瓠神话，将盘瓠立功作为瑶族免徭役的理由。

除了瑶族，盘瓠文化保留比较好的还有畲族。韩伯泉在介绍粤东畲族盘瓠文化状况时做过一个概括，这一概括其实不仅适用粤东畲族，同时也适用畲族分布的整个地区：一、口碑型盘瓠文化，包括故事型盘瓠文化与韵文型盘瓠文化；二、笔传型之盘瓠文化，指流传于畲民中以汉文记载其族源历史之书面材料，其记述形式有二，一是“祖图”之前言，二是族（家）谱；三、图像型之盘瓠文化，指以画像之形式再现盘瓠一生之经历和业绩，故畲民俗称之为“祖图”；四、每逢春节、端阳等节日，在本氏族之祠堂中央悬挂祖公（盘瓠王）图，由各家各户备齐三牲、红色米饭、香烛前来拜祭。[①]

苗族盘瓠文化主要集中在湘西、湘西南。湖南湘西苗族的盘瓠信仰以泸溪县为最盛，当地有盘瓠庙、辛女祠，以及一系列的风物传说，比如《盘瓠和辛女》就用盘瓠神话来解释诸多地名：“寻找丈夫尸体，她哭干了眼泪，变成了一个石人，人们叫它辛女娘娘岩。托天、托地俩见母亲对黄狗这样情深，就沿江往下寻找。路上有人告诉他们黄狗已流过滩了，那滩便叫流狗滩。兄弟俩追呀追呀，来到一个深潭边，看见了黄狗的尸体，可一股漩水把它漩下了潭底，再也没见出来了，这潭便叫沉狗潭。”[②]泸溪瓦乡人还有相应的跳香仪式作为其文化生存的依托，这个仪式所祭祀的主神便是盘瓠与辛女。凤凰县麻冲村有一个被当地苗族称为窟下兮（kud bleat xit）的山洞，这个山洞传说是盘瓠与辛女当年居住的地方。

麻阳苗族的盘瓠信仰也十分兴盛，这里有很多盘瓠庙的遗迹，也有保存完整的漫水村盘瓠庙，里面供奉有盘瓠的牌位。每年农历十五至十六，麻阳苗族还要划龙舟来纪念盘瓠。

在《中国节日志·蚂蜴节》中对蚂蜴节的地理区域介绍得很清楚：“祭祀蚂蜴的习俗在中国、缅甸、泰国等国家都有流传，其中在中国主要流布在广西红水河流域的东兰、天峨、南丹、凤山、巴马等县。红水河流域地处桂西北，与贵州南部接壤，是云

---

① 韩伯泉：《粤东畲族盘瓠文化研究》，《中南民族学院学报》，1991年第3期。

②《中国民间故事集成·湖南卷》，北京：中国ISBN中心，2002年，第20页。

贵高原的边缘地带，有凤凰山、东风岭、都阳山三条西高东低走向的山脉，流传壮族蚂蜗节的村落就分布在这三条山脉之中。”[①]也就是说，在这些地区，壮族的盘瓠型神话依然具有较为浓厚的文化生存环境，具有使之有所依附的民间信仰。不过，举办蚂蜗节的地区范围正在缩减，过去河池、凤山、巴马等地都有过壮族蚂蜗节的习俗，如民国八年（1919 年）《河池县志》载：“各哨村民皆埋模拐（蚂蜗），众铙鼓送之，坟上遍插色旗，至除夕，发现模拐骨色，以卜来岁祥祲。”[②]但现在河池、凤山、巴马等地已经不再举办壮族蚂蜗节，即便是壮族蚂蜗节最为盛行的东兰县也有不少乡村逐渐减少举办壮族蚂蜗节的活动。

以蛙为主角的盘瓠型神话除了分布于以上介绍的壮族地区，还分布于海南的苗族地区。不过，海南的苗族虽然流传同亚类型的盘瓠型神话，但没有类似的文化生境，也就是说，没有类似的蚂蜗节。海南苗族祭祀盘王，“每年二月初二日和六月初六日，家家祭盘古王，祭品有肉和粽粑，富裕者杀鸡祭祀。全家人团聚或邀亲友欢聚，席间讲盘王的故事，唱《盘皇歌》等”[③]。但海南苗族并不认为盘王即蛙。这可能是因为“盘瓠”一词是晚近才慢慢渗透到南方少数民族中，在接受这一词汇时，只有流传犬形象盘瓠型神话的地区，才将自己原来流传的神话主角改为“盘瓠”，而流传蛙形象盘瓠型神话的地区则不会接受这个名称。

---

① 廖明君主编：《中国节日志·蚂蜗节》，北京：光明日报出版社，2014 年，第 17 页。

② 范宏贵、顾有识：《壮族论稿》，南宁：广西人民出版社，1989 年，第 315 页。

③ 中国社会科学院民族研究所民族学研究室：《民族学资料丛编·南方民族的文化习俗》，昆明：云南人民出版社，1991 年，第 325 页。

黎族所流传的《吞德剖》也属于盘瓠型神话，目前在黎族民间依然有不少老人会演唱，笔者 2012 年曾经在海南黎族地区搜集资料，被访谈的很多人都知道盘瓠神话。在三亚，尚有比较优秀的《吞德剖》演唱艺人。

第二章　早期蚕马神话到盘瓠神话的演变

第一节　盘瓠神话起源研究史

在盘瓠神话研究中，源流研究占有相当大的比例。这是神话研究的一个特点，学者总是希望先弄清楚一个神话的起源与流变问题，盘瓠神话的研究也不例外。

关于盘瓠神话的起源，涉及地域与民族的问题，即起源于什么地区，起源于什么民族。从地域来分析，盘瓠神话起源有南方说、东南说、北方说，西北说，在追溯起源地域的同时，往往会结合起源于什么民族，南方说与南蛮有关，西北说、北方说与犬戎有关，东南说与越人有关。

（一）起源于南方说

从宋代罗泌《路史》中的间接引述可知，盘瓠神话最早是东汉应劭记载的："按经有言，卞明生白犬，白犬有二，自相牝牡，郭氏以为自相配合盖若今之婆罗门半释迦者，而应劭书遂以为高辛氏之犬名曰盘瓠，妻帝之女，乃生六男六女，自相夫妇，是为南蛮，则知其说原衍于此。”① 应劭的“是为南蛮”几个字十分关键，直接将盘瓠说是南蛮的祖先，人们在研究盘瓠神话的时候，自然而然就会将眼光引向南方，引向南蛮。这使得南蛮起源说成为盘瓠神话起源研究的主流观点。

在追溯盘瓠神话起源的论文中，多认为盘瓠神话是一种图腾神话。图腾是一个来自美洲印第安文化的概念，即古代原始部落、氏族视某种动物或自然物为本部落或氏族的亲属、祖先、保护神等，而用来做本部落或氏族的徽号、象征，比如某部落认为熊为本部落的祖先或亲属，熊便是此部落的图腾。近代中国学者在接受了图腾概念之后，广泛运用于中国本土文化的研究之中，用来阐释本土人群对某种动物或自然物崇拜的根源。在盘瓠神话的研究中，图腾概念被广泛接受，将犬阐释为各民族的图腾成了主流观点。

早在 1933 年，何子星在《东方杂志》发表文章《畲民问题》，便提出作为犬的盘瓠是瑶、壮、畲民的图腾：“现湖广等地的瑶獞，闽浙的畲民，乃奉他们最崇拜的盘瓠，为其种族的图腾。即以所奉之图腾为保护神，为一族之祖。今在旧处属一带，尚见畲妇头上戴着布冠竹筒，这就是畲民尊崇种族图腾的遗形呢。”② 后来陈志良《盘瓠神话与图腾崇拜》(1940)、岑家梧《盘瓠传说与傜畲的图腾崇拜》(1941)、凌纯声《畲民的图腾文化研究》

---

① [宋]罗泌:《路史》卷三十三，清文渊阁四库全书本，第 473 页。

② 何子星:《畲民问题》,《东方杂志》1933 年第 30 卷第 13 号。

（1947）皆从此说。这一观点影响甚大，学者们的很多文章都是以此为基础进行论证。

在认为犬为苗瑶语族的图腾的基础上，很多学者把盘瓠神话视为一场真实的历史事件。笔者也曾经持这样的观点，在《盘瓠神话：楚与卢戎的一场战争》中，笔者试图论证盘瓠神话里所说的战争是关于楚与卢戎的一场战争："盘瓠传说之所以能演变为神话，也正是图腾标志使然。盘瓠这个人肯定生活在一个以犬为图腾的氏族或部落里，他们以犬为标志，把自己打扮成犬的样子，在自己的居住地雕刻有犬图腾柱，挂有犬图腾形象的旗帜，并时刻以犬自称，同时他人也以犬来称呼他们。这样，在汉文献中，就难免以犬来代替盘瓠这一人物形象了。因此才会有'高辛之犬名曰盘瓠，妻帝之女，乃生六男六女，自相夫妻，是为南蛮'的记载。正确的记录，应是'高辛之犬氏族中名盘瓠者，妻帝之女'。"①

也有学者否认盘瓠故事的真实性，如郭志超认为，盘瓠的原型不是犬而是水獭，② 陈元煦认为盘瓠的原型是虎熊，③ 孟令法在其硕士论文中认为，盘瓠的原型是星宿："盘瓠形象经历了'星宿—茧卵—龙麒—龙（龙犬）—兽首人身—人（现代）'的复杂变化过程，实现了从无形到有形，物形到人形的转变。"④

① 吴晓东：《盘瓠神话：楚与卢戎的一场战争》，《民族文学研究》2000年第4期。

② 郭志超：《畲族文化述论》，北京：中国社会科学出版社，2009年，第21页。

③ 陈元煦：《畲族研究回顾》，福建省炎黄文化研究会编《畲族文化研究》，北京：民族出版社，2007年。

④ 孟令法：《畲族图腾星宿考——关于盘瓠形象传统认识的原型批评》，温州大学硕士学位论文，2013年，第8页。

用图腾理论来阐释盘瓠神话存在一些问题，以苗瑶语族为例，如果认为盘瓠神话的起源是由于苗瑶语族各民族以犬为图腾，那么我们就必须解释在苗瑶语族中很多支系为什么没有盘瓠信仰。就分布区域来说，盘瓠神话的分布范围基本和以上这些族群的分布相吻合，但也有一些差异，在瑶族中，有盘瓠神话与信仰的，局限于说勉语勉金方言的人，这些人被称为过山瑶、盘瑶、盘古瑶、红头瑶、顶板瑶、大板瑶、土瑶、坳瑶等等，说标敏与藻敏方言的瑶族均未发现有盘瓠信仰。有一个关键的问题，就是说这两种方言的瑶族与说勉金方言的瑶族往往处于同一区域，所以不能说他们原来有后来消失了。另外，不属于苗瑶语族的黎族，也有比较浓厚的盘瓠文化，流传有盘瓠型神话。由此可见，将盘瓠神话视为苗瑶畲的图腾神话或族源神话并不十分符合逻辑。

王明珂没有从图腾理论出发，而是认为盘瓠神话是汉人编造出来带有侮辱性的故事，苗瑶畲接纳盘瓠神话是为了避税。[①]《隋书·地理志》云："长沙郡又杂有夷蜒，名曰莫徭。自云其先祖有功，常免徭役，故以为名。"[②] 瑶族的《过山榜》多个文本也都确实自称自己的祖先有功，可以免税。不过，关于免税的说法，其实只出现在瑶族，其他流传盘瓠神话的民族都没有出现。避税说没有充分注意到盘瓠神话分布的广泛性，无法解释为什么其他非瑶族的民族也有盘瓠神话。

① 王明珂于 2016 年 10 月 18 日在中国社会科学院文学研究所做了题为"神话与历史——毒药猫与盘瓠神话及相关历史"的讲座，提及此观点。

② [唐]魏徵:《隋书》卷三十二志第二十七，清乾隆武英殿刻本，第 480 页。

（二）起源于西北说

袁珂在注释《山海经·海内北经》中的“犬封国曰犬戎国”时说：“封、戎音近，故犬封国得称犬戎国。又‘犬封国’者，盖以犬立功受封而得国，即郭注所谓‘狗封国’也。《伊尹四方令》云：‘正西昆仑古国。’《淮南子·坠形篇》云：‘狗国在其（建木）东’，则狗国之传说实起源于西北然后始渐于东南也。”[①] 袁珂在此用的是“狗国之传说”而没有直接说“盘瓠传说”，但他解释“犬封国”就是郭璞所说的“狗封国”，而郭璞在注释《山海经·海内北经》的“犬封国”时说：“昔盘瓠杀戎王，高辛以美女妻之，不可以训，乃浮之会稽东海中，得三百里地封之，生男为狗，女为美人，是为狗封之国也。”[②] 可见袁珂说的“狗国之传说”就是指盘瓠神话故事。袁珂虽然提出了盘瓠神话起源于西北，但论证非常简单，只有一两句话一带而过，其逻辑就是犬封国即犬戎国，而犬戎国是在西北，所以盘瓠神话起源于西北。“戎”与“封”目前韵母相同，听起来读音有点近，但“戎”的上古音拟音为 [njuŋ]，而“封”的上古音拟音为 [poŋ]，[③] 语音相差甚远，难以证明犬封国就是犬戎国。

---

① 袁珂：《山海经校注》，成都：巴蜀书社，1996 年，第 362 页。

② 袁珂：《山海经校注》，成都：巴蜀书社，1996 年，第 359 页。

③ 参见《汉典》：https://www.zdic.net/zd/yy/sgy/%E6%88%8E 与 https://www.zdic.net/zd/yy/sgy/%E5%B0%81

（三）起源于东南说

郭璞在注释《山海经·海内北经》的“犬封国”时引用了不同于应劭所引的盘瓠神话文本，有“乃浮之会稽东海中”一句，这几个字将学者的目光引向了东南。徐松石从汉文古籍中盘瓠的敌人为吴将军着手，认为盘瓠神话的这场战争发生于吴王境内，他在《粤江流域人民史》中提出了 18 个理由，包括：“榜文有东海地名，谓盘护王龙犬生于东海。查汉初东瓯国即东海国，其王乃东海王，正为汉初吴王的势力范围。而且他曾助吴王作反，与征吴之事正合。”“榜文谓紫王大设筵宴，醉后被龙犬咬死。正合吴王因劳军而被杀害。”“两粤板瑶今日仍有先世来自会稽的传说。”因此他写道：“有了以上所述的，作者坚信两粤板瑶的先世来自闽浙和江淮。榜文中的龙犬故事，即为汉初吴王濞的一段事实。”① 他将当时吴王濞的事迹概括如下：汉高祖起义，越人摇帮助高祖平定三秦。汉孝惠三年，追叙高祖时越人功劳，知道闽君摇的功绩最大，所以立摇为东海王，都东瓯，故亦称东瓯王。高祖建立人汉之后，封其兄刘濞于东南，包括豫章、丹阳、会稽三郡五十三城，境内十分富饶。孝文帝时，吴太子入朝觐见，有一天，他陪皇太子喝酒下棋，因争棋道，皇太子大怒，把他杀了。刘濞为此耿耿于怀，称有病不再入朝。加上晁错在天子前提议削割吴的封地，于是刘濞遂在景帝在位的时候，联合胶西、胶东、

① 徐松石：《粤江流域人民史》，哈尔滨：黑龙江教育出版社，2015 年，第 122、123 页。

菑川、济南、楚、赵一共七个王，举兵造反。东瓯当时在吴的势力范围之下，也与吴王一起。不料造反失败，刘濞逃到东越，企图东山再起。东越王摇担心因此受到牵连，暗地里让他弟弟夷乌将军设法杀害了刘濞，并把他的头颅送到朝内。刘濞的儿子驹为了给父亲报仇，发兵攻打东越，东越引汉兵救援，自请销去王位，由汉人率领他们渡海，徙居江淮。

这里的误会是从“吴将军”引起的。应劭的《风俗通义》已经遗失，据宋代人罗泌《路史·发挥二》所引，应劭并没有说出盘瓠是与谁作战。较为完整的文献是晋代干宝的《搜神记》，其原文为“时戎吴强盛，数侵边境。遣将征讨，不能擒胜。乃募天下有能得戎吴将军首级者，购金千斤，封邑万户，又赐以少女”[①]。需要注意的是，这里所说的敌人是戎吴，所说的将军，是指戎吴的将军，戎吴是一个部落或者诸侯国。后人一不小心，将其说成是犬戎的吴将军，然后去找吴将军或吴王，失之毫厘差之千里。从南朝宋人范晔起，就开始犯了这个错误，他在《后汉书·南蛮列传》中就以为盘瓠咬死的是吴将军。

（四）起源于北方说

苑利认为盘瓠神话起源于古代北方的犬戎，由原来居住于北方的苗瑶语族带到了南方。苗瑶语族之所以接纳盘瓠神话，是因为苗瑶语族与犬戎族有血缘交融。[②] 这一观点需要先解决一个

---

① [晋] 干宝：《搜神记》，明津逮秘书本，第 51 页。

② 苑利：《盘瓠神话源出北方考》，《民族文学研究》，1994 年第 1 期。

问题，即苗瑶语族最早是否居住在北方，认为苗瑶语族先民原来居住在北方，后来才南迁的观点是以苗瑶语族为蚩尤后裔为前提的，说蚩尤为九黎之首，为北方民族。这一观点虽然很有市场，却缺乏足够的根据。首先，汉文献没有出现可靠的证据，伍新福的《中国苗族通史》分上、下两册，但在如此厚重的书中，论证苗民与蚩尤的关系这一重大问题时，其文献资料只引用了两句语焉不详的话，一句是《尚书》里的“王曰：若古有训，蚩尤惟始作乱，延及于平民……苗民弗用灵，制于刑。……遏绝苗民，无世在下”；另一句是《国语》的“其后三苗复九黎之德”。[1] 仅从这两句话本身，是看不出苗族与蚩尤九黎的关系的。前面一句只是将苗民与蚩尤相提并论，并没有说苗民是蚩尤的后裔，而且，“遏绝苗民，无世在下”一句是说苗民已经灭绝，在世上不再存在了。既然已经灭绝，那自然与目前的苗族就没有什么关联。后一句是说三苗重复九黎的德行，意思就是说三苗重蹈覆辙，这从逻辑上得不出三苗乃九黎后裔的结论。其次，苗族民间本来也不存在关于蚩尤的传说。凌纯声、芮逸夫 20 世纪早期在湘西调查写就的《湘西苗族调查报告》以及他们的助手石启贵后来长年的深入调查所写就的《湘西苗族实地调查报告》都没有搜集到关于蚩尤的资料，日本学者鸟居龙藏在贵州调查写就的《苗族调查报告》也没有提及蚩尤。苗语西部方言区流传的一些短篇史诗，曾经被认为是关于蚩尤的，笔者为此专门到当地做了调查，并写就

① 伍新福：《中国苗族通史》，贵阳：贵州民族出版社，1999 年，第 26 页。

《西部苗族史诗并非有关蚩尤的口碑史》[①] 一文，做了一些纠正。再次，近年来基因学的方法运用到苗族的研究中来，也证明了苗瑶群体在史前是不断北迁的，而不是相反。[②] 我们能确认的是，苗瑶语族曾经在洞庭湖一带生活，后来由于汉族先民的南下，被迫沿着注入洞庭的湘江、资江、沅江逆流而上，形成目前的苗瑶畲等民族的居住格局。所以说，由苗瑶语族将盘瓠神话带到南方的观点在前提上有一定的不足之处，它同时也难以解释为什么瑶族中有的支系不信仰盘瓠，没有盘瓠神话，以及为什么其他很多非苗瑶语族的民族也流传有盘瓠神话。

综上所述，在盘瓠神话的起源问题上，从地域上来说，有南方说、东南说、北方说与西北说，这些观点中又分别认为起源于南蛮、百越、犬戎等民族。至于盘瓠神话产生的原因，可以归纳为图腾说、讹误说与避税说三种。

第二节　早期蚕马神话演变为盘瓠神话

在盘瓠神话研究的过程中，沈雁冰已经注意到盘瓠神话与蚕马神话的相似性，他认为蚕马神话可能是有人仿造盘瓠神话造

① 吴晓东：《西部苗族史诗并非有关蚩尤的口碑史》，《民族文学研究》2003 年第 3 期。

② 李辉：《苗族上古起源基因与文化综合解析》，“2016 中国青岛海洋国际高峰论坛”会议论文。

出来的。[①] 近些年的盘瓠神话研究中，几乎没有学者再提及蚕马神话，其实在研究盘瓠神话的起源问题时，我们不能回避蚕马神话，因为蚕马神话与盘瓠神话无论是在整体结构上还是在某些细节上，都十分相似。至于盘瓠神话与蚕马神话谁先谁后，正是我们要进一步探讨的。

《太平广记》记录的蚕马神话如下：

> 蚕女者，当高辛帝时，蜀地未立君长，无所统摄，其人聚族而居，递相侵噬。蚕女旧迹，今在广汉，不知其姓氏。其父为邻邦掠操去已逾年，唯所乘之马犹在。女念父隔绝，或废饮食，其母慰抚之，因告誓于众曰："有得父还者，以此女嫁之。"部下之人唯闻其誓，无能致父归者。马闻其言，惊跃振迅，绝其拘绊而去。数日，父乃乘马归。自此马嘶鸣不肯饮龁。父问其故，母以誓众之言白之。父曰："誓于人不誓于马，安有配人而偶非类乎？能脱我于难，功亦大矣，所誓之言，不可行也。"马愈跑，父怒，射杀之，曝其皮于庭。女行过其侧，马皮蹶然而起，卷女飞去。旬日，皮复栖于桑树之上，女化为蚕，食桑叶，吐丝成茧，以衣被于人间。父母悔恨，念之不已。忽见蚕女乘流云驾此马，侍卫数十人，自天而下，谓父母曰："太上以我孝能致身，心不忘义，授以九宫仙嫔之任，长生于天矣，无复忆念也。"乃冲虚而去。今家在什邡、绵竹、德阳三县界，每岁祈蚕者，四

① 钟敬文：《钟敬文民间文学论集》（下册），上海：上海文艺出版社，1985 年，第 248 页。

方云集，皆获灵应。宫观诸化，塑女子之像，披马皮，谓之马头娘，以祈蚕桑焉。①

《蜀中广记》引《仙传拾遗》所记载的蚕马神话是这样的：

仙传拾遗云：蚕女者，当高辛氏世，蜀地未立君长，无所统摄。其人聚族而居，递相侵噬。广汉之墟，有人为邻土掠去已逾年，唯所乘之马犹在。其女思父，语马："若得父归，吾将嫁汝。"马遂迎父归，乃父不欲践言，马咆嘶不龁，父杀之，曝皮于庖中。女行过其侧，马皮蹶然而起，卷女飞去。旬日，见皮栖于桑树之上，女化为蚕，食桑叶，吐丝成茧。②

这两则文本都与《搜神记》记载的那篇典型的盘瓠神话极为相似，为了更好地比较，我们将盘瓠神话与蚕马神话分解出更小的情节单元。《搜神记》盘瓠神话与蚕马神话类似部分可分解为以下情节：

盘瓠诞生［（蚕）虫化为犬］（0）—许诺（1）—立功［盘瓠取敌首归］（2）—父王悔约（3）—婚配［盘瓠娶女子］（4）

蚕马神话与盘瓠神话类似部分可分解为以下情节：

①［宋］李昉撰：《太平广记》卷四百七十九，民国景明嘉靖谈恺刻本，第2175页。
②［明］曹学佺：《蜀中广记》卷七十一，清文渊阁四库全书本，第775页。

许诺（1）—立功［马载父归］（2）—父亲悔约（3）—结合［马皮卷女子飞走］（4）—蚕的诞生［马与女化为蚕］（0）

蚕马神话的情节1“许诺”对应盘瓠神话的情节1“许诺”。蚕马神话情节2“立功［马载父归］”对应盘瓠神话情节2“立功［盘瓠取敌首归］”，值得注意的是，两个故事的历史背景都是战乱，马或狗需到抢人的一方或敌方去完成一项难以完成的任务。蚕马神话情节3“父亲悔约”对应盘瓠神话情节3“父王悔约”，只不过一个是平民，一个是王。蚕马神话情节4“结合［马皮卷女子飞走］”对应盘瓠神话情节4“婚配［盘瓠娶女子］”，不同的是，一个是以暴力的方式达到目的，一个是以和平的方式完成的。蚕马神话情节0“蚕的诞生［马与女化为蚕］”对应盘瓠神话情节0“盘瓠诞生［（蚕）虫化为犬］”，不同的是，此情节一个放在结尾，交代蚕的来源，另一个放在开头，交代盘瓠（犬）的来源，是“似蚕”的虫变来的。

不仅仅是故事结构相似，一些细节也相似，比如，无论是盘瓠神话还是蚕马神话，其发生的时间都是“高辛”的时候，足见盘瓠神话与蚕马神话的渊源关系。那么，蚕马神话与盘瓠神话哪个产生更早呢？下面试图论述这个问题。

中国很早就掌握了养蚕的技术，人们在养蚕的过程中，仔细观察到蚕的一个特点，就是它的头很奇怪，像马头，于是称蚕为马头娘，并试图加以解释。那怎么解释呢？最合理的就是用蚕成为马头样子之前的生长特点来解释。蚕虫的生长过程是一个蜕皮的过程，经过几次蜕皮，小蚕虫蜕变为大蚕虫。于是人们便会编出这样的故事：很久很久以前，蚕在蜕去旧皮之后，换上了一张马皮，所以蚕的头就像马头了。

蚕很可爱，人们又称蚕为蚕宝宝、蚕姑娘。在蚕蜕皮故事的演变过程中，人们逐渐将蚕拟人化，蚕演变为女子。蚕蜕去旧皮这一情节，因为拟人化而发生变异，一种是演化为丢了衣服，后文将要讨论到牛郎织女故事，那也是早期蚕马神话发展演变而成的。在牛郎织女故事中，蚕成了织女，织女被偷取衣服，其实是由蚕蜕去旧皮这一情节演变而成，而牛郎踩着牛皮去追织女，又是由马皮卷走女子演变过来的。另一种是演变为姑娘失去父亲，丢了父亲是因为语音讹误导致的，其实失去的是皮肤的“肤”，而不是父亲的“父”。

蚕马神话原初的解释目的十分明显，故事结构完整统一，逻辑顺畅，并有现实中的现象加以支撑，而盘瓠神话则显得诡异难懂，不符合逻辑。民间故事一开始都应该是平铺直叙，浅显易懂的，从这一点看，盘瓠神话要比蚕马神话晚。除此之外，它还保留了蚕马神话的一些蛛丝马迹，主要体现在盘瓠的诞生与蚕的关系、盘瓠的死与树的关系，以及盘瓠蜕皮化成人与蚕蜕皮的关系。下文分别讨论。

盘瓠与蚕的关系首先表现在盘瓠是如蚕或蚕茧的虫变化的。《搜神记》是这样描述盘瓠诞生的：“有老妇人居于王宫，得耳疾历时。医为挑治，出顶虫，大如茧。妇人去后，置之以盘，俄为犬，其文五色，因名盘瓠。”[①] 这段描写极为神奇，老妇人得了耳疾，从耳朵里挑出一只大如蚕茧的虫子来，这只虫子变化为狗。

---

① [晋] 干宝著，黄涤明译注：《搜神记全译》，贵阳：贵州人民出版社，1991 年，第 382 页。

“顶虫”在畲族的《高皇歌》中作“金虫”：“高辛坐天七十年，其管天下是太平，皇后耳痛三年久，便教朝臣唃先生，先生医病是明功，取出金虫何三寸。”①在描写虫大小的时候，文中使用了“大如茧”的字样，即像蚕茧一样大小，这透露了盘瓠神话里的顶虫（金虫）即蚕虫，盘瓠神话是从蚕马神话演变过来的。

《草龙盘王歌》中说的也是金虫：

> 传下就是高辛皇，武后正宫刘娘娘，朝内太平多快乐，星宿降落扶朝纲。降分娘娘耳朵边，娘娘耳痛二三年，耳内把出一条虫，全身生甲似龙边。把出金虫朗毫光，又讨金盘拿来养，白米酱来分居食，后来又变草龙王。二十八宿降凡间，嘴中牙利自然生，日夜都在皇宫内，娘娘亦随居身边。回言又讲下西番，燕王造反夺江山，手下雄兵几十万，又生翅膀飞上天。②

畲族《功建前朝》同样说是金虫：

> 一虫人性变龙王，功夫本师去番邦，力强斩丢番头转，功劳封官忠勇王。三寸金虫实无蛮，实是天上降凡生，走落朝内出世事，投分娘娘耳朵边。草木春来齐发心，月月造反

① 浙江省民族宗教事务委员会编：《畲族高皇歌》，北京：中国广播电视出版社，1992年，第3页。

② 雷志华、蓝兴发、钟昌尧等编：《闽东畲族文化全书·歌言卷》，北京：民族出版社，2009年，第10页。

好惊人，刀枪合似林中笋，前后惊人似雷霆。[①]

一则名为《龙麒传说》的故事更是直接说从耳中取出的东西“如蚕虫”：

古时候有个高辛皇帝，他的正宫娘娘刘德成皇后是娄金星下凡。高辛帝在位四十五年的五月初五日，刘皇后夜里梦见娄金星降凡，因此人惊醒，并觉得耳痛，于是宣太医院的医官治疗，但一直医不好，三年后从耳中取出一物如蚕虫，模样稀奇，就将它放在盘里养着。一日，虫变成了一条满身花斑的龙，高辛帝认为不祥，想把它驱逐出去，但在大臣的劝阻下，还是把它留在宫中饲养，并取名龙麒，号曰盘瓠。[②]

丽水市莲都区城西民族村的蓝阿公讲述的故事也保留了类似情节：

据说当时是高辛坐朝。俺们的祖先是天上的娄金星下凡，下凡后就落到了高辛帝刘皇后的耳朵。刘皇后的耳朵又痛又痒，吃不下饭，喝不下水，也睡不着觉，就这样一过就是三年。你不知道，那是因为神仙在刘皇后的耳朵里慢慢长

① 雷志华、蓝兴发、钟昌尧等编：《闽东畲族文化全书·歌言卷》，北京：民族出版社，2009年，第23页。

② 石奕龙、张实主编：《畲族：福建罗源县八井村调查》，昆明：云南大学出版社，2005年，第344页。

大哩。有一天，刘皇后实在受不了了，就让高辛帝找医生来治，高辛帝知道宫里的太医都不管用，就让大臣从宫外找来了一个医生，你说他厉害不厉害，他就用一根长长的挖耳勺在刘皇后的右耳朵里边挖三下挑一下，过了没一会就挑出来一个蚕茧样的东西，金光闪闪的，刘皇后就命人把它放到一个金盘子里，用个葫芦瓢扣上。连续三天也没人去看看这个茧子到底是什么。高辛帝的三公主知道母亲的耳病被个民间郎中治好了，想把那个郎中找来封赏，谁知那个郎中早就不见了，听说他也是天上的神仙。于是三公主来到母亲住的地方，想看到了那个用葫芦瓢扣住的金盘，就把它打开了。这一打开不得了，金盘里一下子光芒四射，那个茧子里蹦出来一只麒麟模样的动物，这事惊动了朝廷上下，大家都认为麒麟现世是好兆头。高辛帝来到皇后宫中，看到了这只麒麟也十分欣喜，就赐名龙麒，号盘瓠，而龙麒连忙叩谢君恩。[①]

福建省宁德市金涵畲族乡上金淯村的相关故事说是“蚕茧样的东西”：

没过多久，皇后的左耳朵就疼了起来，于是就请太医前来治病。太医从皇后娘娘的耳朵里挖出一个蚕茧样的东西，还闪闪发光，于是就把它放到了盘子里，用瓠盖上，没一会就听到瓠底下有响动，打开一看原来是一条像龙不是龙，像

① 孟令法：《畲族图腾星宿考——关于盘瓠形象传统认识的原型批评》，温州大学硕士学位论文，2013 年，第 65 页。

麒麟又不是麒麟的神兽。它跑到高辛帝面前就说：我是玉皇大帝身边的娄金星，特地前来帮助高辛帝平乱。说着来到城门处就把皇榜接了去。高辛看它器宇不凡，就赐名龙麒，号盘瓠。[①]

福安穆云畲族乡溪塔村《蓝氏宗谱·敕封祖图公据》中的记载是“如茧”之物化为龙麒：

高辛即位之元年为甲辰，四十有一载五月初五，正宫皇后刘君秀夜梦娄宿降凡除妖，娘娘惊醒，陡然耳痛，宣令太医院调治，取出一物如茧，形样稀奇美秀，以盘贮养数日，变为龙麒。[②]

笔者在浙江丽水学院博物馆见到一幅畲族祖图长联，其中有“太医为国母医耳疾，挖出一条形象如蚕的金虫”的字样。另一幅绘图画盘瓠出生的部分写有“金盘匏叶养虫儿”的字样。这里不是简单地说虫儿变为犬，而是强调养虫儿的过程，估计是养蚕故事情节的遗留。蚕马神话是解释蚕的来源，当女子被马皮卷走后化为蚕虫（马头娘），人们从此开始了养蚕。浙江一则蚕马神话异文最后说：“小姐的母亲心疼死了，就把这些小虫子收集起

① 孟令法：《畲族图腾星宿考——关于盘瓠形象传统认识的原型批评》，温州大学硕士学位论文，2013 年，第 66 页。

② 福安市穆云畲族乡溪塔村《蓝氏宗谱》，清光绪十九年（1893）修，复印件藏福建省民族研究所。转引自孟令法：《畲族图腾星宿考——关于盘瓠形象传统认识的原型批评》，温州大学硕士学位论文，2013 年，第 69 页。

来，放在一只竹匾里喂养。又从当初发现牛皮的那棵大树上采来许多树叶，这就是后来的桑叶，拿给它们吃。慢慢地，黑虫子就变成了白色的蚕了，最后结成茧。”①

图 4　畲族祖图之“医出血珠”（吴晓东摄，2016 年）

在现实生活中，狗与蚕没有任何关联，由于蚕的起源这一情节演变为犬（盘瓠）的诞生，致使故事的逻辑难以理解，也增加了故事的神秘程度。不少学者也试图对这一情节进行解释，比如陈斌认为：“盘瓠出生的说法，并非是无稽之谈，无名老妇应是女性始祖的化身，她孕育盘瓠的特殊方式，同其他感生神话中‘不夫而孕’的生育方式一样，以造物女神的奇迹，造就了

① 陈永昊、余连祥等编著：《中国丝绸文化》，杭州：浙江摄影出版社，1995 年，第 328—330 页。

图5　畲族祖图之“金盘匏叶养虫儿”（吴晓东摄，2016年）

男性英雄不平凡的出身。”①盘瓠神话说盘瓠（犬）是蚕虫变来的，无疑是蚕犬神话的一种倒置。蚕马神话的主角马被犬替代，演变为蚕犬神话，那么，蚕蜕去旧皮之后所换的新皮就不再是马皮，而是犬皮。是犬皮飞起来裹走女子，一起化为蚕虫。蚕犬神话的逻辑是犬与蚕可以互变，在蚕犬神话中是犬化蚕，在其演化出的异文盘瓠神话里，就成了蚕化犬。

或许有学者会提出，以上的蚕犬神话仅仅是一种猜想，其实蚕犬神话是存在的，虽然在中国目前已经找不到了，但在日本却依然留有痕迹。日本古代有一个叫《养犬星与七夕星》的故事，说是一个小伙子带着犬去开荒，看见仙女在湖中洗澡，衣服挂在树上，故取之。仙女无法离去，与他成亲并生有一子。婚后七年孩子六岁时，织女发现衣服便披而飞去。小伙子每天望着星空叹息不止。这时邻居一老人告诉他，只要将一千双草鞋埋在瓜秧下

① 陈斌：《瑶族盘瓠神话刍议》，《云南师范大学学报》1998年第1期。

面，瓜秧可高达上天，人便可攀登上去。小伙子编到九百九十九双时便把草鞋埋下。当秧长高后，小伙子携子带犬爬了上去。可是还差一双草鞋远怎么也够不着，于是他先把犬举上去，自己再拉着犬尾巴爬上去。这时织女正在织布，小伙子从秧上摘下一个瓜送给她。谁知瓜一切开，瓜汁流出变成一条天河，又将夫妻隔开，那个小伙子就是对岸的养犬星，他们每年七月七日才能见一面。[①] 这个神话显然是牛郎织女的一个异文，后文将要详细论证，牛郎织女也是蚕马神话演变过来的，蚕拟人化为织女，织女的皮被偷，正是蚕蜕去旧皮，而牛郎踩着牛皮追织女，也正是马皮飞起来裹走女子的演变，也是蚕换上新皮。那么，女郎织女中的牛郎被替换为犬郎，正说明存在过蚕犬神话。

从蚕犬神话中的犬化蚕到盘瓠神话中的蚕化犬（盘瓠出生），应该经历了复杂的演变过程。目前很多文本依然保留了蚕茧化蝶的一些元素，蚕要作茧自缚，来年蝶破茧而出。盘瓠神话一般说是宫中夫人耳朵里挖出一只像茧一样的虫子，虫子再化为犬，这既包含了虫犬互相转化的逻辑，也包含了蚕茧出蝶生卵产蚕的逻辑。至于有的文本说挖出一枚卵来，这可能是受到伏羲女娲兄妹婚从肉团或卵里诞生人类的母题影响，艾伯华说：“‘兄妹结婚’和‘从肉团（或蛋）中诞生’两个传说是属于密不可分的一个整体（参看该处）。出处 g 在这儿介乎‘狗的传说’和‘诞生’之间。故事说，一个女人生下一个蛋（‘从肉团中诞生’），她把它扔到了水里（“摩西”母题），狗（‘狗的传说’）发现了这个蛋，便把它送

① 于长敏：《日本牛郎织女传说与中国原型的比较》，载于钟敬文等著《名家谈牛郎织女》，北京：文化艺术出版社，2006 年，第 81—82 页。

了回来。从蛋里生出一个小孩。但狗其实是一条龙。”[①]

盘瓠与蚕的关系其次表现在盘瓠是五色的。《搜神记》里记载盘瓠“其文五色”，这十分奇怪，现实中不存在五色的狗。文本中不仅说盘瓠是五色的，而且其后裔也好五彩衣服，即“织绩木皮，染以草实，好五色衣服”。如果考虑到盘瓠神话来源于蚕马神话，犬与蚕具有互化的关系，就不难解释盘瓠为什么是五色的，以及其后裔为什么好五彩衣服。晋干宝《搜神记》中有一则关于蚕的故事，其中就强调了蚕与五彩的关系。故事是这样的：

> 园客者，济阴人也。貌美，邑人多欲妻之，客终不娶。尝种五色香草，积数十年，服食其实。忽有五色神蛾，止香草之上。客收而荐之以布，生桑蚕焉。至蚕时，有神女夜至，助客养蚕。亦以香草食蚕，得茧百二十头，大如瓮。每一茧，缫六七日乃尽。缫讫，女与客俱仙去，莫知所如。[②]

这则故事是关于蚕神助人养蚕，文中用“五彩”来渲染蚕，说是一只五色的蛾子生出了桑蚕。致使五彩蛾子过来的原因，是园客种五色香草，并不断服用。在古代，蚕的颜色并非多彩，但蚕虫的颜色会有细微的差别，古人常用“五彩”来神化蚕，这个故事的蛾被说成五色神蛾，也是同一道理。

---

① [德]艾伯华著，王燕生、周祖生译：《中国民间故事类型》，北京：商务印书馆，1999年，第80页。

② [晋]干宝著，黄涤明译注：《搜神记全译》，贵阳：贵州人民出版社，1991年，第35页。

另外，说盘瓠神话来源于蚕马神话，还体现在盘瓠的死与树关联在一起。在很多文本里，盘瓠死的时候尸体是挂在树枝上的，而蚕马神话中的女子与马死后化成蚕也是在树上。

关于盘瓠死在树上的情节，唐段成式《酉阳杂俎》记载："峡中俗，夷风不改。武宁蛮好着芒心接离，名曰苧绥。尝以稻记年月，葬时以笄向天，谓之刺北斗。相传盘瓠初死，置于树，以笄刺之下，其后为象临。"① 这说的是，峡一带的人仍没有改掉夷人的风气。武宁的土著人喜欢戴着尖顶帽，这种帽子叫"苧绥"。土著人用稻草结绳来记年月，人死出殡时，各执竹竿指天，叫作"刺北斗"。相传盘瓠死的时候挂在树上，人们用竹竿把盘瓠的尸体挑下来，后来就成了习俗。对于这一段所说的地理位置，学者们有不同的看法。一种认为说的是如今江西的武宁县的习俗。唐初，全国划十道，江西地区属江南道。武后长安四年（704 年），分建昌设武宁县，县名自此始。开元二十一年（733 年）划为十五道，江西分为东西两道，江南西道简称江西，管辖八州三十七县，建昌属之。另一种认为"峡"应该是长江三峡一带，而"武宁"应该是"武陵"。无论是哪一种，都说明了有盘瓠死时挂在树上的说法。清《隋书地理志考证》也沿袭这一记载："当葬之夕，女婿或三数十人集会于宗长之宅，着芒心接篱，名曰茅绥。各执竹竿，长一丈许，上三四尺许，犹带枝叶，其行伍前却，皆有节奏，歌吟叫呼，亦有章曲。传云盘瓠初死，置之于树，乃以竹木刺而下之，故相承至今，以为风俗。隐讳其事，谓

① [唐] 段成式：《酉阳杂俎》，四部丛刊景明本，第 26 页。

之刺北斗。”[①] 稍有差异，“苎绥”写成“茅绥”，“接离”写成“接篱”，但关于刺北斗的说法是一样的。

畲族如今依然流传盘瓠死时挂在树上。畲族《高皇歌》这样唱道：“凤凰山上鸟兽多，若好食肉自去罗；手擎弓箭上山射，老虎山猪麂鹿何。凤凰山上是清闲，日日擎弩去上山；乃因岩中捉羊崽，龙麒斗死在岩前。龙麒身死在岩前，寻了三日都唔见；身死挂在树桠上，老鸦来叺正寻见。”[②]

畲族的《三公主的凤凰装》这样描述盘瓠的死：“一天，盘瓠和儿子们打猎，在山谷里遇见了一群岩羊。三个儿子身高力大，本领高强，他们搭箭射去，箭箭命中，几只岩羊应声倒下。还有几只夺路而逃，盘瓠盯着一只岩羊牯追呀追呀，跑过了好几座山冈，把岩羊逼到一座悬崖边沿。他搭上箭，拉满弓嗖地射去。岩羊中箭，垂死挣扎，猛一回冲，撞倒了站在崖上的盘瓠。盘瓠冷不防连摔带滚，没抓住枝树草蓬，从崖壁上翻跌下来，一直摔到崖底，挂在一株树杈上，死了。”[③]

浙江金华兰溪市水亭畲族乡奎塘坂村雷长株讲述的盘瓠神话也有盘瓠（龙王）死后挂在树上的情节：“有一次打猎，龙王被一只野山羊撞死了，尸体从高山上摔下，挂在石壁树杈上。家中人找了三天才找到龙王，见他的尸体被挂在万丈高崖石壁树杈上，取又取不下来，家中人就用各种工具敲打驱赶鸟兽。后来子子孙

① [清]杨守敬：《隋书地理志考证》补遗卷一，清光绪二十七年刻第三次校改本，第428页。

② 浙江丽水市莲都区老竹畲族镇沙溪村蓝氏宗祠里挂在墙上的木刻写本，吴晓东2016年10月29日记录。

③ 周翔编著：《盘瓠神话资料汇编》，北京：学苑出版社，2018年，第138页。

孙都跪下，天仙帮助放落下来。家中人悲痛不已，取回尸体，设立灵堂，在灵堂前拿各种工具（弓、角、刀、铃）边哭边舞。意为在驱赶野兽及妖魔鬼怪不能再伤害龙王，也不能再啄龙王的肉。就这样，以祭祖的形式形成了现在的畲族民间舞蹈‘祭祖舞’。”[①] 笔者在丽水学院见到的一幅畲族祖图长联，死后的盘瓠正是挂在树桠之上。

图 6　畲族祖图之“盘瓠王终身”（吴晓东摄，2016 年）

贵州遵义正平乡仡佬族流传的《十兄弟》也有相似的情节：“一天，大的几个儿子和黄狗出去找食，在追赶一只野兽的时候，黄狗因为老了，脚腿不灵，在悬崖陡壁处摔下岩挞死了……他们走到悬岩下，看见父亲的尸体被天上的乌鸦、地上的蛇虫蚂蚁已

① 水亭圣山畲族乡文化志编纂委员会编：《水亭圣山畲族乡文化志》，内部资料，1988 年，第 96—97 页。

经吃得差不多了。大家赶走了乌鸦和蛇虫蚂蚁，把父亲的尸体包裹好，吊葬在悬岩的一棵大树上。”[①] 不同的是，这个故事没说盘瓠跌下悬崖挂在树桠上，而是死后儿子们将它葬在大树上。分布在贵州的仡佬族与分布在浙江的畲族距离很远，但这一故事细节的相似说明了当有一个共同的来源，而非偶然巧合。

与盘瓠死后挂在树上的情节相对应，盘瓠之妻三公主也与树有关系，流传于浙江金华的《三公主的凤凰装》有这样一个情节，盘瓠必须在树林里找到三公主才能与她结婚：

> “慢着慢着！”高辛王仍摆手阻拦道：“姻缘是天定，承诺是人定。我要试试盘瓠与三公主是否有缘分，有缘可成亲，无缘则承诺作废。这样吧，城东门外山坡里有片树林子，明天，我把三位公主都藏在林子里的几株空心大树肚子里。盘瓠呵，你找到哪株认定是谁，她就是你的妻子了。”
>
> 第二天，盘瓠来到树林子里，看到密匝匝一株株参天大树，华盖遮日，暗茫茫亮光难透。要在这丛林的树肚里找着三公主，难呐！
>
> 盘瓠挥砍刀劈茅草斩荆棘，寻找三公主藏身的大肚树。他里三圈、外三圈来回搜寻，终于找到了三位公主藏身的大树。可是，三公主藏在那一株树肚里呢？盘瓠犯难啦！盘瓠思忖：俗话说有缘心灵通，我和三公主既有缘份，天当相助结公婆。于是，他就唱起高亢悠扬的情歌，边唱边挥砍刀去敲击那三株可以供人藏身的大肚树。

---

① 周翔编著：《盘瓠神话资料汇编》，北京：学苑出版社，2018 年，第 33 页。

盘瓠用砍刀敲击第一株大肚树，侧耳听听，没有声息。

盘瓠用砍刀敲击第二株大肚树，侧耳听听，还是没有声息。

盘瓠用砍刀敲击第三株大肚树，霎间，他耳中传来了急促的心跳声和喘喘的呼吸声，随着，盘瓠的心跳也加剧，真是心有灵犀一点通啊，盘瓠吐着喘喘粗气呼唤："三公主呵，你快出来吧。"三公主撩开遮纱，缓缓地从树肚里钻出来了。顿时，虫箫蛙鼓，画眉高歌，树林中扬开了欢快的乐曲，盘瓠牵着三公主的手，高高兴兴地走出树林子。①

流传于浙江丽水的《三公主的传说》也有类似的情节：

第二天，高辛王把龙麒叫到封金山巅大树林里，树林里聚集着的人已水泄不通，高辛王对龙麒说道："古话说：'姻缘由天定，强求不成亲'，龙麒呵龙麒，这里有九十九棵大树呵，棵棵空心能藏人。三位公主藏在三棵大树里，其他九十六棵是空的。你找吧，找着哪位公主娶哪位，找不着只能怨你自己没缘分。"

龙麒听了，这好难呵！他想呀想的，忽然见一只啄木鸟，"笃笃笃"、"的的的"地从这棵到那棵，在啄敲着树木，一会啄开一个小腐洞，把小虫从洞里啄了出来。龙麒从啄木鸟那里受到启示，从身上拔出砍刀，绕着大树用刀背一棵又一棵地敲呀敲的；九十九棵大树都敲过了，然后龙麒指着其

① 周翔编著：《盘瓠神话资料汇编》，北京：学苑出版社，2018 年，第 135 页。

中三棵大树说："这三棵大树是哪年修来的命？三位金枝玉叶的公主就藏在它们肚皮里！"

高辛王惊讶极了，急忙问："是呵是呵，龙麒呀，难道你有神耳能听远处的心跳？"

龙麒回答："没有呀！"

高辛王又问："难道你长慧眼能把树木看穿？"

龙麒回答："没有呀！"

高辛王又问："难道你会卜卦点算？善知过去和未来？"

龙麒回答："我不会卜卦点算，我不会卜封点算！"

高辛王说："那你怎么能从九十九棵大树中，这样准确地把三位公主藏身的三棵树报出来？"

龙麒用手指着啄木鸟说："是它指点我的呵！啄木鸟用嘴敲树干就可以找出虫儿来，实心树干和蛀空的地方声音听起来不一样；我敲击树干的道理也在这里，树洞里藏着人和不藏人听起来声音是不一样的。"

高辛王连连点头说："聪明不靠天生，智慧随时可捡。龙麒既然找着了这三棵藏着公主的大树，那就从中选一个做你的妻子吧！"

龙麒在三棵大树前转了一圈，但见其中有棵大树旁的小草丛里插有一根山楂枝；枝头上有三颗山楂，这枝山楂谁也不会注意它，可龙麒知道，这山楂是过去三公主天天采来喂养他的食物。这分明是三公主的暗示呵。抬头看去，大树叶丛里还挂着他化金龙飞腾时留下的小小的金虫壳衣哩！哎哟哟，这树中不是三公主还有谁呵？于是龙麒就对高辛王说道："翅膀可以助鸟儿高飞，爱情能够给人以智慧。龙麒爱着三公主呵，红线紧牵着我和她的心。尊敬的高辛王呵，快拿掉遮树洞的东西吧，龙麒知道三公主就在这棵大树里！”

高辛王叫人把遮挡物拿掉，从树洞里出来的果然是三公主呵！

龙麒跟三公主婚配啦。成亲这天，高辛国万民欢庆，封金山百鸟齐鸣；锣鼓喧天，山歌嘹亮！①

三公主是盘瓠之妻，对应的是蚕马神话结尾时化为蚕的女子。那位女子化为蚕后人们是在树上找到她的，蚕生活在树上。强调盘瓠死后“挂在树桠上”，这不是一种偶然，而正是蚕马神话的遗留。盘瓠死了几天之后人们才在树上找到，蚕马神话中马皮裹着女子飞走了，也是过了几天之后，人们才在树上找到了马皮与女子的化身——蚕。蚕在树上生，正是马与女子在树上死。或许正是蚕马神话这一在树上找到蚕的情节，经过长期的演化，又成了盘瓠在树林里找到三公主。

最后，盘瓠与蚕的关系还表现在盘瓠的“脱皮”。蚕马神话早期只是用来解释蚕的头为什么像马头，蚕蜕皮的故事即蜕去旧皮换上新皮，变为马头蚕。早期蚕蜕皮神话演化为盘瓠神话后，换皮的元素保留得不明显，但有的文本依然有一些痕迹。在湖南绥宁县流传的关于盘瓠神话的歌如此唱道：“凡间世上我为尊，日间化作黄斑犬，夜里脱壳是人身。”② 这里强调“脱壳”，也就是

① 周翔编著：《盘瓠神话资料汇编》，北京：学苑出版社，2018年，第114、115页。

② 吴荣臻、杨章柏、罗晓宁：《古苗疆绥宁》，成都：四川民族出版社，1993年，第244页。

脱皮的变异。在广西龙胜，红瑶流传的盘瓠神话依然保持了脱皮的情节：

从前有个寨子和敌人为争土地山场打仗，人少打不过敌人了。寨老有三个漂亮的女儿，讲要是哪个能取回敌人寨老的头，就把最好看的三女儿嫁给他。没有人敢答应，没想到寨老养的神狗听到了，飞走到敌人寨子里，敌方的寨老正当醉大酒不省人事，神狗趁没人在，乘机一口咬下他的头，回去交给寨老。讲话算话，三女儿主动提出和神狗配夫（婚配），但又觉得没有脸面，要求隐居深山安家。过了几年，他们生养六男六女，一家人回寨子看父母，母亲看到女儿生的仔女是人，觉得奇怪。半夜趁他们睡觉时偷偷到窗外偷看，看见郎仔（女婿）脱下狗皮挂在墙上，变成一个体面的后生。母亲害怕了，怕他是什么妖怪，想办法悄悄把狗皮偷出来烧了。神狗没得了皮壳，再也回不了原就死了。（还有一说是神狗为人种禾种树，被大树压死）仔女们自己配夫，置出十二姓大瑶，七十四姓小瑶。盘瑶先走有角，红瑶后走有尾。①

在现实生活中，狗没有蜕皮的特点，这个故事保持了狗脱下皮的情节，应当是蚕蜕皮故事的痕迹。虽然这里说是为了变成人，但其出现的场景也是为了与女子结合，就好似蚕马神话中马

① 冯智明：《瑶族盘瓠神话及其崇拜流变——基于对广西红瑶的考察》，《文化遗产》2014 年第 1 期。

皮裹住女子并与女子结合一样。

在湖南泸溪、辰溪瓦乡人中流传的盘瓠神话里有这么一段："这天夜里，盘瓠把春夏秋冬从不离身的斑斓腰围解开，盖在辛女身上，辛女马上觉得一股暖流融遍全身。这块腰围辛女知道它的神奇作用。盘瓠解开腰围，就是人形，只有在他们同床时，盘瓠才会解开，一围上，就是狗形。"[①] 这斑斓腰围透露了两方面的信息，一是腰围是狗皮的变异，盘瓠围上他就是狗，解开便是人，这正是蚕靠换皮来变化的情节变异。其次就是"斑斓"二字可解读为五彩，斑斓腰围即五彩皮演变过来的，这一点也是早期蚕蜕皮神话的遗留。

蚕马神话中马立功是帮助主人寻找父亲，在盘瓠神话也有些许痕迹。明嘉靖郑普刻本的《大明一统赋》在注释"三苗国"时引用了一则并不常见的盘瓠神话，盘瓠立功的起因和蚕马神话中马立功的起因很相似，与"父亲"有关，故事是这样的：

> 在荆扬之间，唐虞时恃险为乱，今岳州是也。昔高辛时有犬名盘瓠，人有父为贼所杀者，誓于众曰："能为我复雠者，以女妻之。"盘瓠闻之棹尾而去，遂衔贼首而还。因妻以女，入山三年，生六子。六子既长，问于母曰："吾父是谁？"母指犬曰："此是父也。"六子耻之，遂杀盘瓠。[②]

① 姚燕平：《辛女和盘瓠的神话传说》。参见 https://www.doc88.com/p-1148032979903.html

② [明] 莫旦：《大明一统赋》卷上，明嘉靖郑普刻本，第 35 页。

可见，盘瓠神话中主角立功的说法也有与父亲有关的，虽然这里说是父亲被杀了，但我们从别的文本可以推测，盘瓠神话很可能也有丢失父亲的早期文本，刘锡蕃《岭表纪蛮》引《古今图书集成》1410卷中所记载的盘瓠神话则与人丢失有关，即南越王被抓走了：

南越王有犬名盘瓠，王被擒，其母传令有能脱王归者，当以王女妻之。盘瓠闻言，欣然往，窃负而逃，遂妻以女。盘瓠纳诸石谷，与之交媾。生子数人，曰獞、曰猺、曰獠、曰狼、曰狑、曰狪，各成一族，自为部落，不相往来。①

这则神话也可以说是蚕马神话演变到盘瓠神话的中间过渡，失去父亲演变到失去“王”，虽然盘瓠是犬，但此故事中犬依然承担起马的背负功能，将王背负回来。

钟敬文在《盘瓠神话的考察》中转引了一则魏人箕记录的未刊发过的盘瓠神话，这则神话丢失的是皇女：

从前，某个贤明的国王有一个非常美丽的女儿，国王十分地溺爱她。某一天皇女突然不见了，国王十分焦急地使下臣们各处搜查，但是半个月还一点消息都没有。国王深思之后，贴出一张布告。说是有谁找到了皇女，便招他作女婿。这张布告贴出后几天，某一天黄昏时候，一只壮大的狗带皇女到宫里来。国王大为欢喜，可是，看到带皇女回来的却是

① [民国]刘锡蕃：《岭表纪蛮》，台北：南天书局有限公司，1987年，第3页。

一个畜生，不觉烦恼起来。但是因为他不想失信，便对狗说：“皇女当然要下嫁给你了，而你又是兽类，怎么好呢？”狗听了频频摇动尾巴对王说：“把我放在铜柜内七天，我可以变成漂亮的人。”王就命侍臣照办了。宫女们听说狗要变成人觉得很奇异，但因为国王的禁令不敢打开铜柜。到第六天夜晚，一个宫女终于打开来看了，那只狗的身体和手脚已经变成人的样子，只有头还没有变成。因为被人打开来看了，已经不能再变。国王为了履行自己的约言，不得已把皇女给它。狗和皇女就是后来畲民的始祖。①

从这几则神话看，盘瓠神话也经历了“失父”的阶段，之后又演变为失皇、失皇女，不过，失父这个节点衍生出的情节不只是寻父，还有为父亲报仇，这就一步步引向了战争，导致了目前我们看到的立战功情节。

从以上分析看，盘瓠神话来源于蚕马神话。两者故事情节与细节的相似说明两者中必由一方演变为另一方，而盘瓠由蚕虫化生，盘瓠死后挂在树上，盘瓠可脱皮等细节则透露出蚕马神话先于盘瓠神话。“蚕蜕皮—蚕丢肤—女子失父—女子在战争中失父—犬战争中咬掉敌人头颅”的演变假设更符合逻辑。

---

① 钟敬文：《钟敬文文集·民间文艺学卷》，合肥：安徽教育出版社，2002 年，第 422 页。

第三章　盘瓠神话源于中原

第一节　盘瓠神话中的中原文化元素

在追溯盘瓠神话起源时，要不追溯到南蛮，要不追溯到东南的百越，要不追溯到北方的犬戎，唯独忽略了被这些民族围绕在中央的中原华夏先民。河南目前依然流传的盘瓠神话故事十分关键，它促使我们重新审视盘瓠神话的起源问题。从文化流向来看，文化多是从强势一方流向弱势一方，我们不倾向于认为河南一带流传的盘瓠神话是受到四周少数民族的影响，因为历史上汉文化一直处于强势地位而四周少数民族文化处于弱势地位。盘瓠神话目前在苗瑶语族中流传最盛，但不能因此就断定它起源于这个语族，它也可能只是保存得最好而已。正因为如此，才往往有“礼失求诸野”的现象。更为关键的是，中原一带的文化能为盘瓠神话中出现的元素提供解释，而四周少数民族的文化却做不到这一点。

在河南的商丘、淮阳、南阳等地，都发现有盘瓠神话的流传。张振犁《中原神话通鉴》收录了两篇盘瓠神话文本，即《伏羲的来历》与《盘葫》，分别采集于河南淮阳和南阳。除了这两篇，从河南还分别采录到其他一些异文。在河南的商丘，帝喾陵附近的村民有这样的传说：

帝喾都商丘时，遭到了火山国和开荒国两个“国家”的侵略。帝喾想尽办法也无法战胜这两个强大的敌人。危难之际，一只五彩天狗降临，它吞没了火山国发出的火焰，用吼声驱散了开荒国驱使的野兽，最终帮助帝喾战胜了敌人。于是，帝喾将女儿许配给了这只天狗，以感谢它的帮助。[①]

另一个传说是这样的：

帝喾不能胜敌，就贴出皇榜，以授之高官厚禄，封许为驸马为奖赏，悬赏贤者助战。皇榜贴出后无人敢揭，只有他饲养的一条名叫盘瓠的狗用嘴揭了皇榜。盘瓠接皇榜的第二天，就衔着敌方主要将领的人头回来了。帝喾大喜，既想对其封赏，却又不愿将女儿许配给一只狗。帝喾女儿这时站了出来，劝帝喾不可戏言，主动要求嫁给盘瓠。帝喾最终履行了承诺。[②]

离商丘不远的淮阳也有类似的传说：

① 贾若晨:《从商丘走出的盘瓠》,《京九晚报》2016 年 7 月 1 日。

② 贾若晨:《从商丘走出的盘瓠》,《京九晚报》2016 年 7 月 1 日。

远古时，淮阳有个宛丘国，一次，宛丘被敌方重兵包围，国王召集众臣求退兵之计，并以许嫁公主为条件。这时从蔡河上来了一条狗，站在白龟背上，冲着敌兵叫了两声，顷刻间狂风大作，飞沙走石，敌兵被打得大败而退。事后，狗要国王兑现诺言，国王十分为难。有位大臣献计：这狗既能退兵，一定是天神下凡，只要把它扣在缸里七七四十九天，就能变为人形。国王照办，但到三九二十七天时，公主放心不下，打开来看，缸里闪出一道金光，只看到一个人头狗身的神人，还没有完全变成人形，于是就叫他“伏羲”。[①]

这几则盘瓠神话证明了中原汉族地区存在盘瓠神话，也为盘瓠神话起源于中原汉族地区提供了证据。中原地区的河南再往南便是洞庭湖四周的湖北湖南，这些地区正是目前流传盘瓠神话最盛的苗瑶语族先民的聚居地。苗瑶畲各族正是因为汉族先民的南下，才沿着洞庭湖一带的河流逆流而上迁徙到湘西、湘南等地，并进一步迁徙形成今天的分布格局。

一　帝喾高辛

纵观所搜集到的盘瓠神话文本，故事中许诺的人大多被含糊地说是一位皇帝或一位大王，确指的名称主要为高辛，也有说是轩辕黄帝、神农等其他名称。以下是周翔《盘瓠神话资料汇编》散文体神话的统计，不包括《过山榜》，《过山榜》几乎所记都是

① 王爱平：《淮阳“泥泥狗”：远古文化的“活化石”》，《寻根》1994年第1期。

平王或评王，不确指的也没有收入：

表 1 盘瓠神话帝王名称对照表

名称	出处	民族与地区
高辛	《盘葫》	汉族，河南南阳
高辛帝	《辛女岩》	苗族，湖南泸溪
高辛	《高辛和龙王》	畲族，福建
高辛	《畲族姓氏及世居山脚的来历》	畲族，福建柘荣
高辛	《畲女衫内两个皇帝印》	畲族，福建福安
高辛	《凤凰装束的由来》	畲族，福建宁德
高辛	《猎捕舞》	畲族，福建宁德
高辛	《龙犬驸马》	畲族，广东潮州
高辛	《三公主的传说》	畲族，浙江丽水
高辛	《亢金龙》	畲族，浙江文成
高辛	《盘瓠的传说》	畲族，浙江金华
高辛	《盘瓠出世》	畲族，浙江温州
高王	《盘瓠》	瑶族，湖南江永
平王	《平王与盘王》	瑶族，贵州三都
评王	《贵州榕江板瑶关于御犬的传说》	瑶族，贵州荔波
评王	《盘瓠王》	瑶族，广西金秀
宛丘王	《伏羲的来历》	汉族，河南淮阳
神农	《神母狗父》	苗族，湖南湘西
神农	《龙犬盗谷种》	瑶族，湖南常宁
轩辕黄帝	《马嬶取谷种》	苗族，湖南凤凰
赵皇帝	《畲族祖先盆大护》	畲族，广东增城

资料来源：周翔编著：《盘瓠神话资料汇编》，学苑出版社，2018 年。

从统计列表可以看出，皇帝名称被称为高辛的最多，有汉族、畲族、苗族（瓦乡人），其次是平王（评王），只有瑶族如此称呼。平王的“平”，又很可能是高辛的“辛”讹变过来的，“平”再演变为“评”。另外瑶族还有一个文本《盘瓠》称为高王，很可能是从“高辛王”演变过来的，在这个文本中，敌人是平王，正好是大多文本中我方的名称。

无论是高辛、神农、宛丘王、轩辕黄帝，还是赵皇帝，[①] 无一不是中原的神话或历史人物。在某些文献中，“高辛”与“帝喾”是各自单独出现的，比如《左传·昭公元年》云：“昔高辛氏有二子，伯曰阏伯，季曰实沈。”[②]《论衡》云：“殷人禘喾而郊冥，祖契而宗汤。”[③] 也有将“高辛”与“帝喾”联系起来称呼的，如司马迁的《史记》：“帝喾高辛者，黄帝之曾孙也。”[④] 在河南商丘，传说帝喾姓姬，名俊，号高辛氏，是河南商丘人，为“三皇五帝”中的第三位帝王。帝喾高辛的传说并不多，流传的范围也不大。在张振犁编著的《中原神话通鉴》中，涉及帝喾高辛的只有三篇，流传于河南安阳内黄县、商丘市与南阳市，即内黄县的《二帝陵和硝河的传说》，商丘市的《帝喾登天辩理》，以及南阳市的《盘葫》。

位于商丘市睢阳区南 25 公里处的高辛镇有一座帝喾陵，此帝喾陵南北长 233 米，东西宽 130 米，曾于西汉时维修过，宋太祖赵匡胤登基后下诏大修帝喾陵寝并为之树碑。位于濮阳县城西

① 笔者在遵义仁怀调研时听当地人讲原来当地有盘瓠神话，而且皇帝与赵匡胤有关，可惜讲述人讲不完整，没有记录整理出文本来。这里说的赵皇帝，可能与赵匡胤有关。

② [晋] 杜预注，[宋] 林尧叟注，[明] 王道焜、赵如源辑：《左传杜林合注》卷三十四，清文渊阁四库全书本，第 439 页。

③ [汉] 王充：《论衡》卷第二十五，四部丛刊景通津草堂本，第 241 页。

④ [汉] 司马迁：《史记》，长沙：岳麓书社，1988 年，第 2 页。

北内黄县梁庄乡也有一座帝喾陵，这座陵墓是颛顼帝与帝喾一起的，故称二帝陵。史书记载从宋徽宗正和二年开始，确立历代所祭之陵墓祠庙，在澶州祭高阳颛顼和帝喾高辛。

高辛帝喾在《山海经》中称为帝俊，是最为显耀的大神。一些学者认为帝俊就是帝舜，因为《山海经》记载的帝俊妻子为娥皇，《山海经·大荒西经》云："女子方浴月，帝俊妻常羲，生月十有二，此始浴之。"[①]《山海经·大荒南经》云："帝俊妻娥皇，生此三身之国，姚姓，黍食，使四鸟。"[②] 而娥皇也被说是帝舜的妻子，比如《汉书·古今人表》："娥皇，舜妻。"[③] 另外，"俊"与"舜"也有语音的转变关系。如果这一观点成立，则帝喾即帝舜，而帝舜也是中原的传说人物。

如果这些盘瓠神话中的故事真的发生于中原四周的少数民族，故事里许诺的就不会是皇上，更不会是高辛等确指名称了，如果说故事发生于中原，"南蛮"或别的民族是盘瓠带着公主隐居于深山里演变而成，这又与苗瑶语族、壮侗语族或阿尔泰语族等民族的形成历史相违背，比如苗瑶语族，没有任何证据来证明这个语族是这样形成的。

二　敌方名称或取谷神处名称

在立战功亚型的文本中，双方交战，敌方的名称有多种，有

① [晋]郭璞:《山海经传》，四部丛刊景明成化本，第 70 页。

② [晋]郭璞:《山海经传》，四部丛刊景明成化本，第 66 页。

③ [汉]班固撰，[唐]颜师古注:《汉书》，北京：中华书局，1962 年，第 87 页。

的确指有的不确指，确指的有番、犬戎、戎、房黄、房突、么理、苗、蛮夷等，敌方首领名称与敌方名称一般有关联，但也不完全一致，分别有番王、戎吴将军、吴将军、吴强、房黄王、房突王、紫王、高王、平王、苗王、燕皇。以下是《盘瓠神话资料汇编》里出现的一些名称：

表 2　盘瓠神话敌方（首领）名称对照表

敌方名称或敌方首领名称	出处	民族与地区
房黄王	《伏羲的来历》	汉族，河南淮阳
吴强	《盘葫》	汉族，河南南阳
西方恩国	《神母狗父》	苗族，湖南湘西
西边犬戎	《神犬揭榜》	苗族，贵州贵阳
西凉国	《绥宁苗族盘瓠神话》	苗族，湖南绥宁
番王	《高辛和龙王》	畲族，福建
番邦	《畲族姓氏及世居山脚的来历》	畲族，福建柘荣
番	《畲女衫内两个皇帝印》	畲族，福建福安
番	《凤凰装的由来》	畲族，福建罗源
番王	《福建福安县、霞浦县畲族盘瓠神话》	畲族，福建福安、霞浦
房突王	《龙犬驸马》	畲族，广东潮州
滨夷之国房突王	《广东潮安县凤凰镇石古坪村畲族盘瓠神话》	畲族，广东潮安
燕皇	《畲族祖先盆大护》	畲族，广东增城
番王	《盘瓠王》	畲族，江西兴国
番邦房王	《三公主的传说》	畲族，浙江丽水
番王	《亢金龙》	畲族，浙江文成
番王	《盘瓠的传说》	畲族，浙江金华
番王	《三公主的凤凰装》	畲族，浙江金华

续表

敌方名称或敌方首领名称	出处	民族与地区
番王	《浙江苍南县畲族盘瓠神话》	畲族，浙江苍南
平王	《盘瓠》	瑶族，湖南江永
高王	《织机帽和花边衣》	瑶族，湖南资兴
紫王	《平王与盘王》	瑶族，贵州三都
么理国	《甘基王》	瑶族，广东连南
番王	《盘瓠王》	瑶族，广西金秀
番王	《盘王的传说》	瑶族，未详
番王	《神犬的传说》	瑶族，广西金秀
高王	《广西金秀盘瑶盘护王神话》	瑶族，广西金秀
番	《埋蚂蜗节的传说》	壮族，广西东兰、凤山
番邦	《皇帝变蛤蟆》	壮族，广西田阳
蛮夷	《蟾蜍歌》	苗族，海南陵水
戎吴将军	《搜神记》记载的盘瓠神话	汉族，中原
戎王	《山海经传》记载的盘瓠神话	汉族，中原
犬戎之将吴将军	《后汉书》记载盘瓠神话	汉族，中原
苗王	泰国清莱府清堪县瑶族的犬祖的故事	瑶族，泰国清莱

资料来源：周翔编著：《盘瓠神话资料汇编》，学苑出版社，2018 年。

这些名称用得最多的是番、番王。“番”是旧时汉族对西方边境各少数民族和外国的称呼，如：番茄、番薯，“番王”指少数民族的领袖。从“番”一词来看，这些文本正是出于以汉族为身份认同的叙事。其他的词汇如戎、蛮夷等，也是旧时汉人对少数民族的称呼。

吴将军一词是从戎吴将军分离出来的。在《搜神记》中，敌方名称是戎吴，其原文为“时戎吴强盛，数侵边境，遣将征讨，不能擒胜。乃募天下有能得戎吴将军首者，赠金千斤，封邑万户，又赐以少女”[①]。正如前文已强调过的，这里所说的敌人是戎吴，所说的将军，是指戎吴的将军，戎吴是一个部落或者诸侯国。后人因句读有误，将“戎吴将军”理解成是犬戎的吴将军。从南朝宋人的范晔起，就开始犯了这个错误，他在《后汉书·南蛮列传》中就把盘瓠咬死的敌人首领写成吴将军：“昔高辛氏有犬戎之寇，帝患其侵而征伐不克，乃访募天下有能得犬戎之将吴将军头者，购黄金千镒，邑万家，又妻以少女。”[②]戎吴或许是融吾，《山海经·大荒北经》云：“有人名曰犬戎。皇帝生苗龙，苗龙生融吾，融吾生弄明，弄明生白犬，白犬有牝牡，是为犬戎。”[③]“融吾”与“戎吴”同音，把犬戎说成戎吴，可能是受到这一记载的影响。

湖南绥宁县的一则盘瓠神话说，由于发洪水，粮食都被冲走了，国王下令，谁能找到粮种，就把公主嫁给他。神犬去到西凉国，偷来粮种，娶了公主。[④]这个神话的神犬去的地方叫西凉国。西凉有两种指称，甘肃凉州区自汉朝建郡以来，名称有多种叫法，有时叫西凉，有时叫武威、姑臧等。晋十六国时期在凉州地区先后出现“五凉”割据政权，史家为区别于其他四个，将中心位于凉州西部酒泉的李氏政权称为西凉。无论是哪一种，西凉的

① [晋] 干宝：《搜神记》卷十四，明津逮秘书本，第51页。

② [南北朝] 范晔：《后汉书》卷八十六，百衲本景宋绍熙刻本，第1154页。

③ 袁珂：《山海经译注》，成都：巴蜀书社，1996年，第495页。

④ 吴荣臻、杨章柏、罗晓宁：《古苗疆绥宁》，成都：四川民族出版社，1993年，第242页。

出现都不算很早。绥宁地区的盘瓠神话里出现这个名称，明显是中原汉人文化的输入所致，在绥宁地区的周边，历史上没有出现过叫西凉的方国。

原江西省贵溪县樟坪乡姜山村畲民蓝春祥保存有一本《重建盘瓠祠铁书》，里面盘瓠故事中的敌方首领被称为燕王："（盘瓠）飞过海洋，七日七夜，随波逐浪，直至燕王殿前，会集百僚欢乐饮宴。"① 称为燕王的人很多，历史上第一位春秋战国时期的燕国燕王是燕易王，历七世，为秦统一，此后多有分封及自立。当然，燕王不一定是实指，也可泛指古代燕国或北方民族的首领，但无论怎样，在江西的周边，历史上没有称燕王的。

在河南淮阳流传的《伏羲的来历》中，敌方首领名称为房黄王："很久很久以前，淮阳这地方叫宛丘，这里有个国家叫宛丘国，有一次房黄王领兵来打宛丘国。"② 在广东潮安县凤凰镇流传的盘瓠神话称敌方首领为滨夷之国房突王："据说有一次黄帝的曾孙辛帝到南方巡狩，在楚国突然遭到滨夷之国房突王的围困。"③ 滨夷不清楚是一种什么夷，按东夷、南蛮、西戎、北狄的称呼，滨夷当是东部的非华夏族的少数民族，或许东边是大海，故称为滨夷。房黄、房突均未见于文献，两者可能是同指，均由神话人物防风演变而来。高辛即帝喾，上文已经分析，帝喾即帝俊、帝舜。笔者在《"舜更历山"到"舜耕历山"的传说演变》论

---

① 中国少数民族社会历史资料丛刊福建省编辑组：《畲族社会历史调查》，北京：中央民族大学出版社，2005 年，第 535 页。

② 张振犁编著：《中原神话通鉴》，郑州：河南大学出版社，2017 年，第 217 页。

③ 周翔编著：《盘瓠神话资料汇编》，北京：学苑出版社，2018 年，第 100 页。

证过舜的原型是太阳，在《中原日月神话的语言基因变异》也论证过大禹的原型为太阳。太阳的对立面是雷神（水神），而防风是以雷神为原型的人物，房黄、房突可能是防风的音变。防风在汉文献中其对立面主要是大禹，大禹治水成功之后，在会稽山召集诸国会聚，防风因为迟到，被大禹杀死。大禹与防风的对立，等同于高辛与房黄、房突的对立。

三　泥泥狗与伏羲

在湖南凤凰麻冲村有一个山洞被认为是盘瓠洞。2018 年 10 月 4 日笔者在麻冲村考察时，对一位叫龙正昌的老人进行了访谈，他明确地说，传说居住在洞中的是奶傩爸傩（naid nux bad nux[①]），即还傩愿仪式中的傩公傩母，也是盘瓠辛女。naid 是母、雌性的意思，bad 是公的意思，nux 是傩的意思。访谈是用苗语进行的，以下是我访谈的录音翻译誊写：

吴：kud bleat xid[②] 的 xid是奶傩（naid nux）的名字是吗？

龙：这要问那些老人。

吴：奶傩爸傩（naid nux bad nux）是狗吗？

龙：是的。

吴：是啊？奶傩爸傩是狗啊？

龙：嗯。

① 此为苗文，下同。

② 那个山洞的苗语名称。

吴：就是 naid gunb mat ghoud（狗父神母）吗？

龙：是的。

吴：naid gunb mat ghoud 就是奶傩爸傩吗？

龙：是的。

吴：哦，是这样的啊！

龙：老人说的。

吴：奶傩爸傩就是 qod nux[①] 的那两个神吗？

龙：是的。

吴：就是有一个脸红一个脸白的那一对吗？

龙：是那两个。

吴：你是听谁说的？

龙：那些老人，都死光了。

奶傩爸傩也叫傩公傩母，那么，奶傩爸傩是谁呢？

奶傩爸傩是还傩愿仪式里所供奉的一对主神，一个红脸，一个白脸。关于红脸的原因，当地人说是因为这两兄妹结婚，哥哥害羞脸红。两兄妹结婚是因为天发洪水淹灭人类，只剩下兄妹俩，为了繁衍人类，兄妹俩不得已才结婚。众所周知，汉族地区的洪水型兄妹婚神话主角多是指伏羲女娲，那么，奶傩爸傩是否就是指伏羲女娲？

在湖南湘西苗族地区，其巫事有两套系统，一套叫巴岱

① qodnux：当地苗族对还傩愿仪式的称呼，nux 是傩的音译，qod 不确定，从语音上分析，有可能是"求"或者"驱"，所以 qodnux 翻译为"求傩"或"驱傩"都有道理。

雄，即苗巫；另一套叫巴岱扎，即汉巫。“巴岱”指法师、巫师，“雄”指苗族，“扎”指汉族。还傩愿仪式是巴岱扎才做的，属于汉傩系统。巴岱扎系统的来源十分清楚，即来源于汉文化。这套系统传入湘西地区之后，不仅在苗族地区传播，也在土家族地区传播，与湘西相邻的湖北恩施土家族地区也很流行。这套系统与原本流行的巴岱雄并行不悖，都为苗族人所接受。汉傩系统在苗族地区运用的时候，不仅保持了仪式各个环节，而且保持了在仪式中运用汉语，法师们也保存有汉语写就的一些经文，在举行仪式时如果记不着也可照着念。因为这一系统来自汉族，其中的奶傩爸傩之身份便很是明确，即洪水神话中的伏羲女娲。泸溪瓦乡人跳香仪式的功能与还傩愿仪式功能相当，关于此仪式上所祭祀的主神，侯自佳便认为是伏羲女娲：“十月跳香大会请了很多神，但从把龟、蛇祭品和门闩闩桃源洞门等内容看，主祭神是傩公、傩娘，也就是盘瓠、辛女，也就是伏羲、女娲。从图腾崇拜和宗教信仰来看，我们知道这三组名称，实是指同一对象。”①

将盘瓠神话的主角盘瓠说成是伏羲的说法在别的少数民族地区未曾发现，但在汉族地区却有保留。在属于中原地区的河南商丘、淮阳等地区，也流传有盘瓠神话，而且其中的主角有的说法就是叫伏羲。以下是淮阳地区搜集到的一则盘瓠神话故事，名称为《伏羲的来历》：

很久很久以前，淮阳这地方叫宛丘，这里有个国家叫宛丘国，有一次房黄王领兵来打宛丘国，把宛丘国围困了

---

① 侯自佳编著：《瓦乡人风俗风情》，北京：中国文联出版社，2005年，第82页。

九九八十一天，宛丘国的兵死了很多，粮食眼看也快完了。宛丘王愁得没办法，咋弄哩？他把大臣召集起来说，谁有本事能打退敌人，我把女儿许给他。可是大臣们你看看我，我看看你，谁也不敢逞这个能。

第二天，宛丘王领大臣们来到蔡河岸上，那时候蔡河比现在大得多。宛丘王正在看地形，忽然看见河当中从西边漂过来一条大黄狗。大家仔细一看，那黄狗卧在一只大白龟的龟盖上，白龟有碾盘那么大。大家正在奇怪，一忽儿刮起了狂风，只刮得飞沙走石，天昏地暗。说也奇怪，风那么大却不刮宛丘国的人，专刮房黄王的人马。有的刮起来掉在地上摔死，有的掉水里淹死，房黄王只好领着残兵败将逃跑了。

大风停下来了，宛丘国得救了，宛丘王非常高兴。那只大黄狗跳上岸来到宛丘王面前，一声不响地卧在那儿。宛丘王给它好吃的，它不吃，给它好喝的，它不喝。这时宛丘王想起了他说过的话，谁能退了敌人，就把女儿许给谁。可他又想：公主是金枝玉叶，咋能嫁给狗呢？

有个很能的大臣见宛丘王发愁，就说：“大王，这黄狗能退敌兵，一定是天神下凡。如果用大缸把它扣起来，它真是天神，经过七七四十九天就会变成人。”宛丘王听了，觉得有道理，赶忙叫人找来一口大缸，把黄狗扣在宫院里。

到底黄狗会不会变成人呢？公主成天担心害怕，要是变不成人，一辈子跟狗当老婆，可咋过啊！公主又愁又急，吃不下饭，睡不着觉，还不断偷偷地哭。公主每天绕着大缸转来转去，等了四十八天，她实在等不下去了。她想掀开缸看看黄狗到底真变了没有，不掀还好，她一掀坏了，那黄狗因为还差一天不到时间，结果狗头变成了人头，狗身子还没变呢。公主后悔极了，都怪自己太性急，说啥都没用了。

这人头狗身的人叫啥呢？半人半狗，狗就是犬，“人”字和“犬”字合起来就叫“伏”吧。他是公主的女婿，公主就喊他“伏婿”，时间长了，“伏婿”成了他的官称，后来人们把“婿”字念转音念成了“羲”字，“伏婿”慢慢变成了“伏羲”。[①]

这则故事是淮阳县文化馆干部杨复俊 1986 年 4 月采录的，讲述人是淮阳县文化局干部雷中俊。这个故事不是孤例，还有其他故事版本：远古时，淮阳有个宛丘国，一次，宛丘被敌方重兵包围，国王召集众臣求退兵之计，并以许嫁公主为条件。这时从蔡河上来了一条狗，站在白龟背上，冲着敌兵叫了两声，顷刻间狂风大作，飞沙走石，敌兵被打得大败而退。事后，狗要国王兑现诺言，国王十分为难。有位大臣献计：这狗既能退兵，一定是天神下凡，只要把它扣在缸里七七四十九天，就能变为人形。国王照办，但到三九二十七天时，公主放心不下，打开来看，缸里闪出一道金光，只看到一个人头狗身的神人，还没有完全变成人形，于是就叫他“伏羲”。[②]

在淮阳还有相应的民俗，即泥泥狗习俗。倪宝诚说：“淮阳‘人祖会’以‘泥泥狗’作为祭祀伏羲的‘圣物’。传说伏羲的

① 张振犁编著：《中原神话通鉴》，郑州：河南大学出版社，2017 年，第 217—218 页。

② 王爱平：《淮阳“泥泥狗”：远古文化的“活化石”》，《寻根》1994 年第 1 期。

原形是狗，至今淮阳民间仍流传着‘伏羲与盘瓠’的神话，大意是有狗称“五色犬”，被扣在金钟内，变成人首狗身，即伏羲氏也。”[①] 如今的泥泥狗实际上包括不同的动物，但都统称为泥泥狗。估计最早的泥泥狗只有狗这种动物，后来才扩展到其他动物，但一直延续传统的叫法，致使泥泥猪、泥泥猫等等也都叫泥泥狗。淮阳泥泥狗以黑色为底，青、赤、白、黄为饰，统称“五色”，这与盘瓠神话中说狗是“五色犬”是相吻合的。由此可见，湖南凤凰麻冲村的盘瓠神话依然具有浓厚的中原元素。

第二节　“盘瓠”及其变异名称的来源

在盘瓠神话起源于少数民族的观点前提下，学者们很容易从少数民族语去解读“盘瓠”，包括笔者曾经也从苗语来阐释，其实“盘瓠”一词具有汉语来源。《搜神记》说是因为“盛以瓠篱，覆之以盘”而得名，这一情节自然不可信，重要的是这反映了讲述者是以汉人的身份来讲述的，整个故事是一个用汉语讲述的故事，而不是从少数民族地区调查、记录、翻译形成的，否则不会出现“盛以瓠篱，覆之以盘”这样的解释。关于盘瓠神话中主角犬的名称，很多写本都没有明确的称谓，只模糊地说是犬、龙麒等，但也有明确称谓的，这些名称除了“盘瓠”之外，还有伏羲、盘匏、盘古、邦尕、翼洛、更。

① 倪宝诚：《淮阳太昊陵：“二月会”溯源》，《河南日报》2004年2月26日。

在湖南湘西苗族的盘瓠神话文本《乃拐玛媾》中，犬的名称为翼洛，故事中有这样的句子："神农一看，原来是宫中的御狗翼洛。""第二天天一亮，翼洛出发了。它爬山涉水，经历千辛万苦，最后到了恩国。""这样，神农便将公主嫁给翼洛。"① 在另一则文本《奶国马狗》中，犬的名称叫更："皇帝家里，养有一只狗，取名叫'更狗'。这条更狗与众不同，很聪明。"② 贵州台江苗族曾经流传有一个盘瓠神话，主角名为邦尕："过后不久，王揭开帽子一看，肉瘤变成了一条小狗，王就给它起个名字叫'邦尕'。"③

在畲族、瑶族与苗族地区，都有把盘瓠称为盘古的现象。浙江少数民族初级师范学校搜集整理过一首既叫《盘古歌》也叫《高皇歌》的长诗，是在祭祀时由主祭者吟唱的一首歌。其内容就是盘瓠神话，包含有出征、成亲、隐居、打猎殉身以及迁居等其他情节，其中的主角便叫盘古。④

在畲族的祖图长联中，故事主角的名称往往写为"盘匏"，比如浙江景宁畲族一幅蓝氏祖图中在盘瓠大婚的部分便写有"盘匏王"的字样。

在河南淮阳流传的盘瓠神话中，犬的名称为众人皆知的伏

① 麻树兰：《湘西苗族民间文学概要》，北京：中央民族学院出版社，1992 年，第 8—10 页。

②《奶国马狗》，载于《中国民间故事集成湖南卷·湘西土家族苗族自治州分卷》（上册），内部资料，1986 年，第 23 页。

③ 今旦：《台江苗族的盘瓠传说》，《贵州民族研究》1987 年第 3 期。

④ 马学良主编，《中国少数民族文学作品选》编委会编：《中国少数民族文学作品选》第 3 册，上海：上海文艺出版社，1981 年。

羲。故事结尾对这个名称还做了解释："只看到一个人头狗身的神人，还没有完全变成人形，于是就叫他'伏羲'。'伏'字，左边是'人'，右边是'犬'，'羲'就是'兮'字。"[①]

那么，盘瓠与伏羲、盘古、邦尕、盘匏、翼洛、更等名称都是什么含义？有什么样的来源？相互之间有什么关联吗？

一　"盘瓠"及其变异名称的来源

这些名称中出现在汉文献最多的当属"伏羲"，要分析这些名称的含义，以及这些名称是否有关联，可从"伏羲"入手。伏羲与女娲是一对经常一起出现的夫妻神，分析"伏羲"一词，可结合"女娲"一词来考虑。

"羲""娲"是伏羲女娲名称的核心词，"伏""女"是修饰"羲""娲"的。古无轻唇音，"伏"由"博"演变而来，是"大"的意思，从"榑、傅、缚"等与"博"同声旁的字可以看到由 b 变 f 的语音演变规律。学人比较熟悉的是伏羲又称为包羲、苞羲、包牺、庖牺、庖牺、炮牺等等。《初学记》云："去牺牲以充庖厨，故号庖牺氏，是为牺皇。"[②]《汉书》云："太昊帝，《易》曰：'炮牺氏之王天下也。'言炮牺继天而王。"[③]《周髀算经》云："包牺，三皇之一，始画八卦。"[④] 从这些名称可以看出，有一个"包—庖—

① 王爱平：《淮阳"泥泥狗"：远古文化的"活化石"》，《寻根》1994 年第 1 期。

② [唐]徐坚：《初学记》卷九帝王部，清光绪孔氏三十三万卷堂本，第 172 页。

③ [汉]班固：《汉书》卷二十一下，清乾隆武英殿刻本，第 206 页。

④ [汉]赵爽注，[南北朝]甄鸾述，[唐]李淳风注释：《周髀算经》，四部丛刊景明刊本，第 1 页。

伏”的演变历程，就声母来说，正好是 b—p—f 的变化。

那么“羲”“娲”是什么意思呢？在汉画像中，伏羲总是伴随着太阳，女娲总是伴随着月亮，“羲”“娲”很可能与日月有关。从语音来看，《说文解字》解释“羲”字说：“从兮義聲”[①]，而“義”目前读 yi，是某些地区（比如山东日照）“日”的读音，因此我们可以推断“羲”具有日的含义。“娲”以“呙”为声符，“呙”除了读 wai、he、wa、gua、guo 之外，还可读 wo，而“倻”“枂”等字也读 wo，且“枂”字既读 wo 也读 yue，可以推断“娲”有月的含义。另外，伏羲女娲简称“羲娲”，大家都很习惯地认为“羲”指伏羲，“娲”指女娲，是分开的两个名称。可是，如果结合“羲和”这个名称来考虑，情况会复杂起来。“羲和”是一位与太阳有关联的神的名称，但在《尚书》里，“羲和”被拆开为“羲”“和”，分别组成“羲仲”“羲叔”“和仲”“和叔”，而且这四位的工作也依然与太阳有关系，分别把守在东南西北四极。“羲娲”不仅可以像“羲和”一样拆分为“羲”“娲”，而且“娲”与“和”其实同音，“娲”以“呙”为声符，而“呙”的一个读音就是 he，所以，“羲娲”其实就是“羲和”的不同文字记录，与日月有关系。

在文献中，羲、娲的身份似乎经常有交错现象，比如说《山海经》有这样的记载：“有女子方浴月，帝俊妻常羲，生月十有二，此始浴之。”[②] 在这里，常羲与月亮有关，而不是与太阳有

① [汉] 许慎撰，[清] 段玉裁注，许惟贤整理：《说文解字注》（上），南京：凤凰出版社，2015 年，第 362 页。

② [晋] 郭璞：《山海经传》大荒西经第十六，四部丛刊景明成化本，第 70 页。

关。另外,《山海经》又有记载:“有羲和之国,有女子名曰羲和,方浴日于甘渊。”[①] 这里的“羲和”与太阳有关,与月亮无关。那么,怎么解释这种交错呢?

上文说“羲”以“義”为声符,而“義”又以“我”为声旁,现在读 wo。娲以“咼”为声旁,也读 wo,可见“羲”“娲”具有同一语源,羲原来就是娲,娲原来就是羲。

按照宋金兰的观点,古人将日月视为天的眼睛,“日”“月”都是由“眼(目)”一词演变而来。[②] 日月都称为“眼(目)”,所以早期的日与月在名称上是一样的,不区分,这导致了“羲”“娲”的神格处于一种不确定的状态,两者时常有交错的时候,比如有后羿(羲)射日之说,也有女娲射日之说;有伏羲为太阳的说法,也有常仪(羲)为月亮的说法。到了后来,才逐渐固定,羲保留有太阳神的元素多一点,娲保留有月亮神的元素多一点,但并不是绝对区分。

正是与日月有关的“羲娲”发展出一系列神名来,盘瓠神话的主角也属于这个系列。在“羲(義)”前面加表示伟大的“博”字,成为“博羲”。“博羲”再演变为包羲、庖羲,最后演变为伏羲。

在“娲(咼)”前面加表示伟大的“博”字,成为“博娲(咼)”演变为“庖娲(咼)”,“庖娲(咼)”演变为“盘夸”“盘古”。“盘夸”演变为盘匏,再到盘瓠。

① [晋]郭璞:《山海经传》大荒西经第十六,四部丛刊景明成化本,第 67、68 页。

② 宋金兰:《汉藏语“日”“月”语源考》,《汉字文化》2004 年第 4 期。

郑张尚芳构拟“咼”的上古音是 [k^{hw}ro:l]，[①] 盘瓠的“瓠”以“夸”为声符，而“夸”的上古音构拟为 [k^{hw}ra:]，说明“咼”与“瓠”原来几近同音，所以“博咼”演变为“盘瓠”。

“瓠”也以“夸”为声旁，原来与“瓠”同音。《说文解字》解释“瓠”云：“瓠也，从瓜夸声，凡瓠之属皆从瓠，胡误切。”[②] “瓠”目前读 hu，似乎与“咼”的读音有一定差距，如果参考“和”字，就可以发现这一演变是有规律的。“和”字可读 he，同时也读 hu，打麻将时牌合乎规定要求了，就叫和（hu）牌了，可见 he 与 hu 音有演变关系。同样，“咼”也可读 he，那么它演变为 hu（瓠）也就不是孤立的，而是具有规律的。由于“瓠”与“护”同音，瑶族有一些《过山榜》文本也用“盘护”来代替“盘瓠”。

“瓠”“瓠”曾经同音没有问题，但现在语音已经有了变化，那么，我们可以推测，畲族祖图长联在用“盘瓠”代替“盘瓠”的时候，应该是在“瓠”“瓠”同音的时候，如果当时“瓠”“瓠”语音发生变异两者已经不同音了，就不会用“盘瓠”代替“盘瓠”了。由此我们推测，畲族祖图长联一开始是在“瓠”“瓠”同音的时期画的，换言之，是在“瓠”读 hu 之前出现的，如果“瓠”的读音已经演变为 hu 之后才开始出现，就不会用“盘瓠”来称呼目前的“盘瓠”了。全国各地已发现畲族祖图长联 60 多帧，这些长联原来主要分布在闽东、浙南一带，有的后来被一些博物馆

① 本书的标音加[ ]的为国际音标，不加的为汉语拼音或其他民族文字。另外，除特别说明外，本书的上古音构拟均采用郑张尚芳的构拟。

② [汉]许慎：《说文解字》，清文渊阁四库全书本，第 106 页。

收藏，目前在浙江丽水学院博物馆收藏最多。另外，北京民族文化宫博物馆、中央民族大学图书馆、中南民族大学博物馆均有收藏。从绘制年代看，除了浙江省丽水市遂昌县妙高镇井头坞村的畲族祖图是绘制于明朝之外，其他祖图绝大部分绘制于清朝康熙、乾隆、嘉庆、道光、咸丰、同治、光绪等时期，相对集中于光绪年间。虽然这些祖图绘制的年代不算很久远，但我们不能因此推测祖图的早期形成也是在明清，因为这些祖图是不断被复制的，也就是有的祖图老化了之后，族人会重新按照老版绘制新图。

怙、岵、祜、搰等字读 hu，但其声符都读 gu。也就是说，gu 与 hu 这两个音是具有演变关系的，那么，可以推测，盘瓠的“瓠”读 hu 之前，可以有一个读 gu 的阶段。因此，“博呙”也就可能演变为“盘古”。

“邦尕”苗文为 bangb gab。关于这个名称，今旦认为：“按‘盘’的古音为并纽、元韵、平声，与苗语‘bangb’的声母、声调相同，而苗语无元韵，汉语的元韵，在苗语相应为阳韵，如潘、班二字汉语为元韵，苗语为阳韵，读作 pangb、bangb。因此，‘盘’与‘bangb’同源无疑。‘瓠’为匣纽、鱼韵、平声（一为去声），与苗语的‘gab’声母、韵母似无关系，但‘瓠’从瓜，夸声，均属平声，与‘gab’的渊源关系仍值得深究。总的说来，‘盘瓠’与“邦尕”为同名变音可以肯定。”[①]“瓠”以“夸”为声旁，“夸”客家话陆丰腔读 kua，宝安腔、东莞腔、沙头角腔都读 ka，说明 ua 与 a 是可以互变的，而 g—k 的语音演变规律很普遍，比

① 今旦：《台江苗族的盘瓠传说》，《贵州民族研究》1987 年第 3 期。

如“咖”既可读 ka 也可读 ga。所以“瓠”与“尕”是相通的，这是为什么在贵州苗族地区被记录成“邦尕”的原因。“邦”“盘”以及文献中庖娲的“庖”，都是“博”的变异，是不同的文字记录，都是表示伟大的意思。

关于“翼洛”。“呙”的另一条语音演变路线是洛，“呙”目前本身也读 guo，以其为声旁的锅、過、埚等字也读 guo。“各”这个字在川方言读 guo，但以其为声旁的“洛”却读 luo，比如“洛阳”。又由于“羲”与“義”同音，这使“羲”被“翼”通假成为可能。两者合起来，便构成了“翼洛”这个名称。

最后看看“更”这一名称。“更”这一名称也没有跳出“呙”的语音演变范围。“更”上古音构拟为 [kraːŋ]，而“瓠”的声旁“夸”的上古音构拟为 [k^{hw}raː]，其演变关系比较明显。另外，上文已经说明，“羲娲”都来源于日月，而日月来源于“眼睛”一词，三更半夜的“更”也读 jing，与“睛”同音。

为了直观，可将演变图示如下：

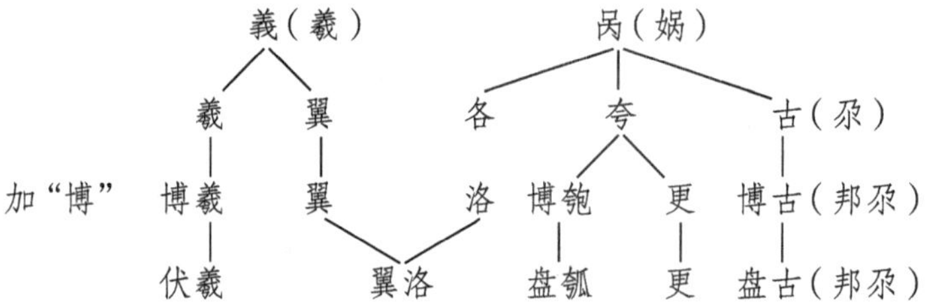

图 7 “羲”“娲”名称演变图

关于“盘瓠”与“盘古”的关系，是学界争论得比较厉害的一个问题，这里有必要重点讲一讲。在盘瓠神话研究的早期，顾颉刚、闻一多、夏曾佑、范文澜、袁珂等先生都认为盘古、盘瓠实为一人，“盘瓠”是“盘古”演变过来的。很多学者都沿此说，谢荣认为：“槃瓠就是我国南方最古老的槃古族（槃古与槃瓠同音）。”[①] 林为民认为：“莫瑶信仰的盘王是谁，是开天辟地的创世神盘古还是图腾神盘瓠？盘古、盘瓠是音近义同的一体，还是名各实异的二体？本书通过调查分析，并通过对粤北连阳地区莫瑶的考察认为，排瑶信奉的盘王表面上看似盘古，实质却是盘瓠，形变而质未变：盘古之形，盘瓠之质，或者是借盘古之形信盘瓠之真而已。”[②]

但这种观点也一直有学者进行否定。1988 年，彭官章写了《盘古即盘瓠说质疑》[③] 一文，提出盘古不是盘瓠的观点，他分别从图腾、人物形象、时代、后裔及故事流传方式等方面进行了分析。同年，李高本也发表了《盘古与盘瓠刍议》，持相同的观点。第二年，勒莫瓦纳也发表了《盘瓠是否盘古》[④] 的文章，同样是否认盘瓠即盘古的观点。另外，彭官章与李高本又分别将其 1988 年的文章稍加修改再次发表，分别为《盘古并非盘瓠》[⑤] 与《盘古非盘瓠——从瑶族文献中看盘古与盘瓠的区别》[⑥]。

1991 年，黄钰发表了一篇名为《盘古盘瓠盘王辨识》的文

---

① 谢荣：《槃瓠见疑》，《韩山师专学报》1993 年第 2 期。

② 林为民：《莫瑶的盘王神话传说与信仰——以粤北边阳（古连州）为研究区域》，广州：中山大学出版社，2009 年，第 1 页。

③ 彭官章：《盘古即盘瓠说质疑》，《广西民族研究》1988 年第 2 期。

④ 勒莫瓦纳：《盘瓠是否盘古》，《中央民族学院学报》1989 年第 2 期。

⑤ 彭官章：《盘古并非盘瓠》，《中央民族学院学报》1989 年第 5 期。

⑥ 李高本：《盘古非盘瓠——从瑶族文献中看盘古与盘瓠的区别》，《中央民族学院学报》1989 年第 6 期。

章，继承了盘古非盘瓠的观点，同时还认为盘王既不是盘古也不是盘瓠。[①] 盘瓠非盘古的观点逐渐成为主流，以后很少有学者进一步讨论这个问题，学者的论文也几乎都在此框架上进行。例如李燕、司徒尚纪两人合作的《浅论盘古文化与盘瓠文化关系及其在岭南融合》在此基础上，通过对盘古、盘瓠神话及其文化对比，认为盘古是汉族一种自然神图腾崇拜，反映农耕文化特质，而源于人与犬婚配的盘瓠，是瑶、畲等少数民族祖先神图腾崇拜，反映狩猎和游耕文化特质。随着民族杂居往来和道教兴起，两种文化在岭南交流、融合，最终发展为岭南文化一部分，也体现了中华民族多元一体文化格局艰辛凝聚过程。[②]

在讨论盘瓠与盘古的关系时，涉及两个方面，一方面是“盘瓠”这个词与“盘古”这个词是否具有转变关系，在这个问题上，必须意识到，即便盘瓠与盘古是两个不同的神话人物，也不能否定这两个词有可能具有转变关系，因为有这样的可能，即一个神名由于语音的转变而分化出另一个不同的神来。另一方面是盘古这个神话人物是否就是盘瓠这个神话人物。在流传有盘瓠崇拜的区域，不难发现当地人往往将“盘古”与“盘瓠”两个名称混为一团，学者经常用“当地人分不清盘古与盘瓠”来解释这种现象。勒莫瓦纳对这种混淆做了自己的解释：“我想这个混淆的一个可能原因是从一般记录盘古庙的地方县志而起。在我看来，似乎一些庙是祭祀盘瓠而不是盘古的。例子很多，比如去年五月乔

① 黄钰：《盘古盘瓠盘王辨识》，《广西民族研究》1991 年第 4 期。

② 李燕、司徒尚纪：《浅论盘古文化与盘瓠文化关系及其在岭南融合》，《中国历史地理论丛》2002 年第 4 期。

博士、刘耀荃和我曾在湖南江华参观的一座庙肯定就是供奉盘瓠的，盘瓠用天象表示。我不知道这座庙是否以盘古庙之名记载，但我从李默的《广州府古代瑶族分布考》一文看到，'香山盘古庙铭文说，盘瓠像狗头，穿叶'，我怀疑是不是这庙同时供奉盘古和盘瓠，或莫非这是初期的盘瓠信仰变质为盘古信仰。"[①]

笔者在湖南资兴调研时发现，新建的盘瓠庙前有一块旧碑，上面也有"盘古"的字样。另外，2018年10月1日与4日，笔者与同事、学生到湖南湘西凤凰一个叫麻冲村的地方调研，这个村有一个洞，一些学者认为是盘瓠洞。本地苗语称这个洞为窟芭析（kud bleat xit），其中kud bleat是山洞的意思，而xit的意思仅从语音上看不甚明确，笔者在调研中问是否是盘瓠故事中公主的名字，有两个人说是的。也就是说，这个xit是辛女的"辛"。按照这一说法，这个洞的准确翻译就应该是辛女洞。无论是叫盘瓠洞还是叫辛女洞，都是指盘瓠与辛女结婚之后遁入山林，繁衍后代的地方。在考察中，洞主的身份有不同的说法。在10月1日考察时，村民们一再强调故事中狗的名字叫盘古，不叫盘瓠，"盘瓠"一词他们是近些年才听说的。从1990年开始，有学者考察，认为叫kud bleat xit的山洞是盘瓠洞，村民们才开始接触到"盘瓠"一词，以前他们都将盘瓠神话故事里的那只狗称为盘古。这一说法与今旦在黔东南台江县搜集到的盘瓠神话故事之主角名称是一致的，那个故事里狗的名称叫邦尕，[②] 与盘古音近。

在瑶族地区，其实也有将盘瓠叫做盘古，采录于广东乳源瑶

① 勒莫瓦纳：《盘瓠是否盘古》，《中央民族学院学报》1989年第2期。

② 今旦：《台江苗族的盘瓠传说》，《贵州民族研究》1987年第3期。

族自治县的《瑶族盘王歌》便称盘瓠为盘古："平王出榜招兵将，招兵平叛得太平，世上将军唔敢去，文武百官唔敢行。盘古天助开声话，杀死高王有几难，不使先锋唔使将，不使军粮唔使枪。不信且看细小仔，孤身独胆入阵场，奏请平王准谋计，假封高王管万乡。平王听后极欣喜，许下立功大诺言；要是高王杀得死，愿将三女配尔身。盘古磕头问圣王，圣王此话真不真，'若是真能将高杀，一言既出不食言？'盘古磕头谢恩去，插翼如飞到海边；有如飞燕过大海，到了高王金殿前。高王看见心欢喜，时刻不离盘古身；未晓盘古设计谋，一刀杀死高王身。杀死高王转回朝，众人个个喜如潮，平王念其功劳大，许下三女不改言。"[①]

农学冠《盘瓠神话新探》的附录收集了三则盘瓠神话，其中一则叫《盘王的传说》。开头一段有这样的句子："听说我们瑶人祖先的名字叫盘瓠，后来的瑶人都称他是人王，建立了盘古庙。直到现在还奉信他，还每三年还一小愿，十二年还一大愿。"最后一段又说："为了祭祀祖先，大家在千家峒的中间立了一座大庙，叫'盘古庙'，有的人又叫'人王庙'，庙的中堂塑了一个很大的盘王像，让人们来供奉。"[②]这则盘瓠神话流传于富川瑶族自治县新华乡，是叫黄仔进和陈进昌的两位村民讲述的，县文化馆干部柳世庄根据两人的讲述进行记录和整理。值得推敲的是，讲述者说"听说我们瑶人祖先的名字叫盘瓠"，但接着又说为这位祖先建了庙叫盘古庙。庙的名称显然是延续传说的说法，不好随

① 《中国歌谣集成·广东卷》，北京：中国ISBN中心，2007年，第636—637页。

② 农学冠：《盘瓠神话新探》，南宁：广西人民出版社，1994年，第107、110页。

意改的，但有听说祖先名字叫盘瓠，可见这也是后来听说的。瑶族地区的盘古庙所祭祀的，其实是那位立功娶了帝女的盘瓠，只不过他叫盘古而已。

流传于贵州榕江板瑶的盘瓠神话主角也叫盘古：远古时候，盘古大王是御犬。评王与霸王争夺天下，死伤了很多人民，评王还是不能战胜霸王。于是评王便出榜告示，若有能杀死霸王者，愿将自己的女儿许配给他。御犬见榜后，立即揭榜而去。不久御犬果然杀死了霸王，并将尸首叼给了评王。评王见此，为了不失信用，无可奈何，只得将女儿嫁给御犬。起初评王的女儿不肯与御犬共室同寝，但到了晚上，御犬便将皮毛脱下，变成了一个美貌的男子。评王的女儿见状大喜，把这个情况告诉了父亲。评王听到女儿报告后，便定下了计谋。一天晚上，趁御犬与自己的女儿睡觉的时候，评王悄悄地把御犬的皮毛藏了起来，从此，御犬就无法恢复原样了。后来评王老了，便将王位传给御犬，他就成为盘古大王。他的后代就是今天的瑶族人民。由于传说御犬是瑶族的祖宗，所以也就不能吃狗肉了。①

流传于瑶族地区的盘王牒卷也出现盘古与盘瓠混同的情况。潘琼阁在其文章中说："综合这 57 篇卷牒的三者关系，主要有这样几种类型：仅有盘瓠，盘瓠为盘王；仅有盘古，盘古为盘王；有盘古亦有盘瓠，此类又分三种：盘古为盘瓠祖先，盘古为盘瓠，盘古与盘瓠关系不明。"同时还说，"不管主干故事的神名为

① 吕大吉、何耀华总主编：《中国各民族原始宗教资料集成·土家族卷、瑶族卷、壮族卷、黎族卷》，北京：中国社会科学出版社，1998 年，第 191 页。

盘古还是盘瓠，大多数卷牒中龙犬身份是清晰的”[①]。所以，我们可以推测，盘瓠神话影响到瑶族地区的时候，故事主角的名称就是盘古，而不是盘瓠。

“盘瓠”与“盘古”的混同不仅表现在以上这些盘瓠神话，同时也表现在洪水型兄妹婚神话，在湖南湘西有这样一则神话：洪水泛滥之后，仅有兄妹二人幸免。兄妹诉诸天意，哥哥持盘，妹妹持瓠，在两边山头同时滚下，盘、瓠在山下重合，结果盘哥瓠妹婚配生下六男六女，后又自相夫妻，滋蔓繁殖。[②]

“盘瓠”一词最早见于文献，是在应劭的《风俗通义》。应劭（约 153—196 年）是东汉学者，字仲瑗，汝南郡南顿县（今河南项城市南顿镇）人。应劭出生官宦家庭，他的爷爷应郴与父亲应奉都曾经当过武陵太守。《后汉书》记载，武陵詹山等四千人反叛，扣押县令，连年屯兵。为此，于永兴元年（105 年），朝廷任命应奉为武陵太守前去镇压。应奉到任之后，抚慰收纳，詹山归降。于是应奉在那里兴办学校，移风易俗。文献中没有记载应劭到武陵地区任过职，也不知道他是否在小时候随父亲到过武陵地区。不过，应劭很可能从他爷爷或父亲那里听到了武陵地区的盘瓠型神话，他把听来的盘瓠型神话与他在老家听到的盘瓠神话相比较，觉得是一回事，便在《风俗通义》中将他老家的盘瓠神话与南蛮联系起来，认为南蛮是盘瓠子孙。

---

① 潘琼阁：《从瑶族典籍辨析盘王及其神话的多重意义》，“中国神话学”课题组编《盘瓠神话文论集》，北京：学苑出版社，2017 年。

② 石光树：《从盘瓠神话看苗、瑶、畲三族的渊源关系》，《中央民族学院学报》1982 年第 3 期。

笔者在检视目前被称作盘瓠神话的一些写本，故事的主角其实往往没有被称为盘瓠，笔者觉得“盘瓠”这一名称是应劭在其《风俗通义》中将盘瓠神话与南蛮联系起来之后，人们慢慢接受了“盘瓠”这个名称，才逐渐将华南、西南等地区的盘瓠型神话称为盘瓠神话。在“盘瓠”一词进入之前，故事主角的名称自然是叫更、翼洛、盘匏、盘古等，而“盘古”应当是最为广泛的叫法。

从故事结构与内容来说，盘瓠神话与盘古神话没有什么联系，这是学者们否认盘古即盘瓠的根本所在，这种否定有一定道理，但是，有一点必须区分，故事的异源，不能否定故事主角名称的同源可能性。一个神名，会随着时间的流逝而发生语音变异，一旦发生了变异，人们就可能会用不同的文字来记录，而因为文字的不同，原本是同一个神，就会分化为不同的两个神。一开始两者可能还有一些重叠之处，慢慢地两者就越走越远，成为两个毫无关系的神灵，盘古与盘瓠就属于这样的关系。

另外，有一点需要说明，“盘瓠”一词并不是盘瓠型神话的最终变异。在“盘瓠”一词含有贬义之后，民间有所避讳，开始出现一些新的名称来代替“盘瓠”，比如龙麒、龙犬等。畲族的很多地方都有《高皇歌》，里面故事历来被学者称为盘瓠神话，《高皇歌》里的故事主角都不叫盘瓠，而是叫龙孟或龙麒，比如浙江省民族事务委员会 1991 年编的《浙江高皇歌》里这么说的：“取出金虫三寸长，便使金盘银斗装。一日三时仰其大，变作龙孟长二长。变作龙孟长二长，一双龙眼好个相。身上花斑百廿点，五色花斑朗豪光。丈二龙孟真稀奇，五色花斑花微微。像龙像豹麒麟样，皇帝取名喎龙麒。”[①] 笔者2016年10月29日在浙江丽水沙溪蓝氏宗祠参观，宗祠的墙上用木板刻了一首《高皇歌》，其中也只是称为龙麒，没有出现盘瓠二字。笔者咨询孟令法关于“盘瓠”这一名称在畲族的使用区域性问题时，他回答说：“这个有些复杂，简单地说就是，散文体宗谱叙事在全国范围内基本保留了盘瓠的名称，而韵文体史诗文本则保持了龙麒的一致性。口头演述方面，不论是散文体还是韵文体，浙江、安徽普遍讲的是龙麒，闽东地区龙麒、盘瓠掺杂相兼，闽南、闽西、粤东和江西一带则对盘瓠不怎么避讳。就祖图而言，浙南、闽东、赣东北和粤东是主要分布区，从祖图所题年份来看，时间在雍正以前的则多能看到盘瓠（匏）字样，有些还标有龙犬，这类图上的形象还有犬的痕迹，此以闽东居多、浙江次之；时间在乾隆以后的则多为龙麒，全国范围基本一致，除此之外，还有少量标有龙孟（猛）的，其形象多为五彩类麒麟形，少部分保留了雍正以前的形象——中华田园犬形或类水獭形。”名称的演变，有多种原因，有的是语音演变之内在原因，有的是社会文化的外在原因，无论是哪一种原因，都会使得情况变得很复杂，我们只能靠长久的深入的分析、剥离，才能慢慢看到其历史真相。

二　盘瓠神话主角的附会及演变

前文论证了“盘瓠”以及其他变异名称的来源、相互间的关

① 浙江省民族事务委员会编：《畲族高皇歌》，北京：中国广播电视出版社，1992年，第4页。

系，它们都来源于以“羲娲（義呙）”为代表的，与日月相关的系列神名，那么为什么盘瓠神话会与“羲娲”系列神名发生关联呢？换言之，为什么盘瓠神话中的主角要附会到羲娲（義呙）系列神名呢？笔者认为也是因为语音的偶合，是因为“羲娲”系列神名中有的与丝织发生了关联，而盘瓠神话是从早期的蚕马神话演变过来的，蚕与丝织关系紧密。

为了解释这个问题，我们得从与蚕有关的嫘祖说起。前文已经论证过，盘瓠神话来源于蚕马神话，蚕马神话是解释蚕的来源的，而关于蚕的起源，除了蚕马神话，还有另一种说法，说是黄帝的妻子嫘祖发现的蚕：有一天，嫘祖在摘桑葚时，发现在桑叶上有一种虫结的黄茧，她便摘下来含在嘴里，茧在嘴里受热、溶解，嫘祖便无意中抽出了茧中的丝线。嫘祖发现这丝线还挺结实，就决定用这种丝线来制作衣服。

河南新郑号称为轩辕故里，其关于嫘祖的传说《黄帝选妻》说：黄帝打猎来到西山，看见一位从嘴里往外吐丝的女子，经叙谈得知，她原是王母娘娘的侍女，名叫嫘祖，偷吃了一种仙草，这种仙草不论喂人喂蚕，吃了都会吐丝。她因此违犯了天规，被打下了凡间，经西陵氏收养。黄帝见她有大本事，便不顾她长相粗黑，和她结了婚。从此在嫘祖的教导下，人们学会了养蚕、缫丝、织锦，越来越多的人穿上了衣裳。为了不忘她的功绩，农家的织机房里都敬祖神，就是嫘祖。[①]

与误食蚕茧不同，河南新郑的传说直接说是女子口里能吐

① 参见刘守华著：《非物质文化遗产保护与民间文学》，武汉：华中师范大学出版社，2014 年，第 116 页。

丝，与蚕能吐丝更为接近。说女子能吐丝，表明这个故事来源于蚕的故事，只不过把蚕拟人化了。蚕拟人化为女子，正好是蚕马神话的结尾部分，女子变为蚕。那么，为什么河南的这个故事将蚕花娘娘说成是嫘祖呢？

嫘祖是黄帝的妻子，黄帝是一个传说中的人物，他在历史上是否真实存在过，学者们一直争论不休。但有一种很有影响力的观点，认为黄帝就是上帝，就是皇帝。皇与黄上古音是一样的，古人用字很随意，经常通假借用。而皇、黄都指光，指太阳。比如我们把太阳运行的轨道叫黄道，有黄道吉日之说。古人根据太阳运行的规律制定出历法，叫黄历。日本崇拜太阳，其君主称号叫天皇，实指天上的太阳。太阳单字为“日”，有的方言，如山东的日照地区，把“日”称为 yi，传说黄帝姓姬，姬与颐同声旁，可见“姬”也读 yi，与“日”同音。河南新郑之所以盛传是黄帝故里，是因为这里有一条河叫姬水，姬水流域是黄帝嫘祖故事盛传区域。有意思的是，姬水也写为沂水（在新郑博物馆的展板里就同时标注了两种写法），可见，姬水的“姬”也读 yi，与“日”同音。正因为黄帝原型是太阳，可读 yi，才有后来《史记》里“黄帝以姬水成”的说法。

如果说黄帝的原型是太阳，那么作为他的妻子嫘祖，其原型是什么呢？笔者在《中原日月神话的语言基因变异》一文中论证过，后羿嫦娥、伏羲女娲这两对神名有一个规律，其中心词“羿娥”“羲娲”的读音都可以为 yi wo，而且他们都与太阳、月亮有关。后羿是射日的英雄，但其原型也是太阳，关于这一点，叶舒宪有过论证：“按照‘熟知’的射日神话，羿与太阳之间的关系是一种对立的、仇敌的关系。如果有人说羿和太阳本来具有同一性的关系，大概很难有人相信。但事实却很可能如此。”[①] 嫦娥的月亮神性不需要证明，她是保留月亮特性最多的一位神了。伏羲女娲的太阳月亮神性也有不少表现，最突出的就是汉画像里伏羲女娲总是伴随着日月。总之，羿、羲都是“日”的音变，都是太阳，而娥、娲都是“月”（上古音为 [ŋo]）的音变，都是月亮。也就是说，在中原地区，远古的时候，经常把月亮看成太阳的妻子。既然黄帝的原型是太阳，那么他的妻子嫘祖是否也是月亮呢？我们来看看“嫘 lei”这个字的读音与“娲”“娥”“月”有什么关联。先看以下文字与语音的关联。

嫘（lei）——累（lei）
螺（luo）——摞（luo）
洛（luo）——裸（luo）
各（guo）——果（guo）
锅（guo）——国（guo）
呙（guo、wa、wo）——或（huo）
娲（wa）——和（huo）
娥（wo）[ŋo]——禾（wo）
月 [ŋod]——我（wo）[ŋo]
月 [ŋod]

嫘祖的“嫘”以“累”为音符，这个偏旁加上“虫”就成了

① 叶舒宪：《日出扶桑：中国上古英雄史诗发掘报告》，《民间文学论坛》1986 年第 1 期。

“螺”，读 luo。把东西垒 lei 在一起，川方言也说 luo 在一起，说明 lei 与 luo 是相互演变的。洛阳的“洛”，读 luo，他的音符为“各”，普通话读 ge，但川方言读 guo。guo 也是“锅”的读音，“锅”以“呙”为音符，它是个多音字，可以读 guo、wa、wo 等，与“娲”“娥 wo”相通。“娥”在川方言读 [ŋo]，与“月”的上古音构拟 [ŋod] 相近。

由此可以看到，女娲、嫦娥的名称其实与嫘祖的名称是相通的，娲、娥、嫘具有同源关系，都与月亮有关系。传说中的嫘祖总是与西陵联系起来，《史记·五帝本纪》云：“黄帝居轩辕之丘，而娶于西陵之女，是为嫘祖。”[①] 目前很多地方在争嫘祖故里，最重要的依据便是当地有“西陵”这一地名。其实，黄帝与嫘祖也是日与月的关系，虽然日月都东升西落，但人们习惯了将东边与日对应，而将西边与月对应，并在东边祭祀太阳，西边祭祀月亮。造成这一现象的，主要是因为东象征光明，而西象征黑夜。因此，以月亮为原型的嫘祖，就被说成是西陵氏。

再回到为什么要把蚕花娘娘附会到嫘祖的问题来。从“嫘”这个字可以看出来，这个字的音符为“累”，《说文解字》云：“从糸畾声。”按《象形字典》的解释，“累”字原来只有“畾”部，篆文才在“畾”的下面加上“糸”字构成“纍”。“糸”是丝线，“累”字强调将丝线缠绕成团。由此我们可以推测，本来嫘祖这一名称只是由“月”的古音演变而来，只不过它的音在经过长期的演变，与“累”的音相同了，于是用“累”字来记录，为了区分，再加上一个“女”字构成“嫘”，成一个专用字。

---

① [汉] 司马迁：《史记》，北京：中华书局，2016 年，第 10 页。

那么，古人为什么要在“畾”这个字加上与丝线有关的“糸”字？按照古人造字的规律，应该是因为“畾”的读音具有丝线的意思，而“畾”这个字本身又体现不出它与丝线的关系，便加上“糸”这个表意的偏旁。

问题到此并没有完全解决，为什么“畾”这个音会与丝线有关系呢？要说明这个问题，我们还需要进一步往前追溯。在传说中，黄帝的妻子除了嫘祖，还有另外一个丑女，即嫫母。那么这个嫫母又是何方神圣？上文已经论证，黄帝的原型是太阳，嫘祖则是与之对应的月亮，那么，嫫母是否也与月亮有关呢？答案是肯定的。我们先来分析一下“母”这个字的语音演变。

屈原《九歌》中有东皇太一、东君。关于这两个神的神格向来争论不休。东君显然是太阳神，其中的描写具体而形象，整首诗描写的是太阳从东边升起西边落下并从大地底下返回东方的整个过程。因为有了东君这位太阳神，东皇太一的神格便似乎成了问题，如果把东皇太一也视为与太阳有关的神，《九歌》里就有了两位与太阳有关的神，这似乎不太合理。其实这并不矛盾，在历史上，一个神分化为两个神甚至多个神的现象比比皆是。从语音上说，东皇太一与东君都来自太阳这一原型，但两者的神格在后期有所区分了。东皇太一倾向于成为比较抽象的天神，也就是后来的玉皇大帝，就像印度的梵天神，已经脱离了太阳的具象神格，成为抽象的天神。东皇对应西皇，西皇即西王，也就是西王母。东皇太一（玉皇大帝）与西王母（王母娘娘）正好构成日与月、东与西的对称。上文已经说明，皇是太阳，那么，“母”是什么意思呢？

关于西王母的“母”字，一直难以解释清楚。甲骨文龟片有关于祭祀东母、西母的记载，如下：

己酉卜，贞，燎于东母，九牛。(《合集》14337)

贞，燎于东母，三牛。(《合集》14339)

贞，燎于东母，三豕。(《合集》14340)

贞，于西母，酒豕。(《合集》14345)

壬申卜，贞，侑于东母、西母若。(《合集》14335)

东母与西母的性质，学者们已经做过许多推测。陈梦家以《礼记》中的“祭日于东，祭月于西”为依据，推测东母为太阳神，即东皇，西母为月亮神，即西皇。① 这个观点有一定道理，但也存在一个问题需要进一步解释，即东母、西母为太阳与月亮，为何都统称“母”？

宋金兰在《汉藏语“日”“月”语源考》中提出：“汉语和藏缅语言的‘日’和‘月’均来源于‘眼睛’一词。”② “眼睛”是现代汉语，古汉语称为“目”。宋金兰首先分析“日”和“目(眼睛)”的关系，日的上古音构拟是 [njig]，虽然“日”的声母是 [n-]，而“目”的声母是 [m-]，但是，以“日”为声旁的形声字有读 [m-] 声母的，如汨罗江的“汨”是明母锡部字 [*mleg]，汉代有人名金日蝉，其中的“日”有明母异读。此外，在有的汉语方言里“日”存在 [n-] 和 [m-] 两种声母形式，例如闽南建瓯话中的“日”，文读是 [n-]，而白读音是 [m-]。在古汉语音系中，明 [m-]、泥 [n-] 二

① 陈梦家：《殷墟卜辞综述》，北京：科学出版社，1956 年，第 574 页。

② 宋金兰：《汉藏语“日”“月”语源考》，《汉字文化》2004 年第 4 期。

母关系相当密切，如“母”[m-] 与“女”[n-] 是同族词，“弥”[m-] 和“你”[n-] 同从“尔”声。至于“月”，无论是汉语还是藏缅语，“月”都与“目”或其同源词读音相同或相近。比如古汉语的“月”为 [ŋwad]，“目”为 [ŋrɯn]，载瓦语的“月”为 [lomo]，“目”为 [mjoʔ]。由此可证，“日、月”是由“目”发展而来。

“日”“月”皆来自“目”，由此可推测东母、西母即东目、西目。“目”经过长期的演变，声母 [m-] 先演变为 [n-]，目前很多民族的“日”都是 [n-] 声母，汉语“日”上古音的声母也是 [n-]。之后再演变为 [ji] 或 [ju]，目前一些地方就把“日”读为 [ji]（拼音记为 yi），这就是“玉皇”与“东皇太一”名称的来源。同时，“日”“月”也保留了 [mu] 或 [mi] 的古音，这就是西王母之“母”的来源，以及月亮神女娲或太阳神伏羲被称为“高密”的原因，“密”在很多语言中是“母”的意思，比如湖南湘西苗语就把母亲叫 [mi]。其演变的轨迹大致是这样的：

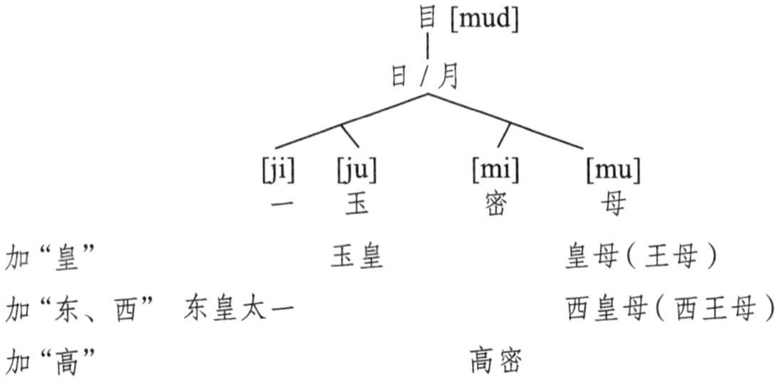

图 8　“母”之来源演变图

日、月这两个字应该都来源于“目”，其形状十分接近。“目”中间两横在原始时期是眼睛瞳仁的形状，简化为一横就是

“日”。目前学者们都认为甲骨文“日”是太阳的象形，但无人能解释清楚里面为什么有一横。“月”的形状其实也应该由“目”演变过来的，而非月亮的象形。

清楚了“母”的来源，那“嫫”是怎样来的呢？通过以下几个字的语音，我们可以窥视“嫫”的语音来源：

母 mu	模 mu（～样）
每 mei	
没 mei	mo
莫 mo	
嫫 mo	模 mo（～型）

首先，“母”与“模”同音，都可以读 mu，同时“模”是个多音字，也可以读 mo。这是文白异读，是一个音与另一个更古的音同时存在，这说明 mo 与 mu 的演变是相通的，既然把“母”的上古音构拟为 [mud]，那么，mo 就是从 mu 演变过来的。

其次，从母、每、没、莫、嫫等几个字，也可以看出“母”与“嫫”的演变关系。“母”读 mu，“每”以“母”为声旁，说明“母”可以读 mei，而“没”是个多音字，既可读 mei 又可读 mo，这是文白异读使然，说明 mei 与 mo 是相互便来的。“莫”读 mo，加“女”字成为专有名词嫫，专指嫫母。

由此可见，“嫫”是由“母”演化过来的。结合上文说明的黄帝原型为太阳嫘祖原型为月亮的观点，嫫母也就应该是由西王母演变过来的。在传说中，嫫母最显著的特点就是形象丑陋，这其实是继承了西王母的特点。《山海经·五藏山经》云：“又西北三百五十里，曰玉山，是西王母所居也。西王母其状如人，豹尾虎齿而善啸，蓬发戴胜，是司天之厉及五残。”[①] 这种“豹尾虎齿”的形象，在后世被说成丑女，那是再自然不过了。其实不止嫫母继承了西王母的这种丑，在传说中嫘祖也不是美女，比如上文提及的嫘祖传说，就说黄帝“见她有大本事，便不顾她长相粗黑，和她结了婚”。这说明了西王母、嫫母、嫘祖原本都是一个人，一分化为三了。至于西王母为什么丑，恐怕与她的月亮神格有关，因为太阳出现象征着光明、生命，而月亮出现象征着黑暗、死亡。

上文已经梳理清楚嫫母与嫘祖的关系，其实都是从“目”发展而来。我们再回过头来看“累”字的“糸”旁。糸，读 mi，正好与“目”发展出来的母另一音变“密”“媒”相同或相近，“糸”上古音构拟为 [me:g]。“糸”甲骨文写作。中间的（幺）表示细丝相互缠绕结成绳，两端的、表示结头。有的甲骨文省去两端的结头、。金文写作，与甲骨文字形相似，只不过稍微长一点。篆文写作，综合了两款甲骨文字形，一端有结一端无结。[②] 这说明，在“目”演变的早期，就与“糸”同音或音近，致使西王母也带有一些与丝织有关的特点。《山海经·海内北经》云：“西王母梯几而戴胜杖。”[③]《山海经·大荒西经》也记载：“有人戴胜，虎齿，有豹尾，穴处，名曰西王母。”[④] 这都

① 袁珂：《山海经校注》，成都：巴蜀书社，1996 年，第 59 页。

② http：//www.vividict.com/WordInfo.aspx?id=1690

③ 袁珂：《山海经校注》，成都：巴蜀书社，1996 年，第 358 页。

④ 袁珂：《山海经校注》，成都：巴蜀书社，1996 年，第 466 页。

记载西王母戴胜。关于“胜”是何物，郭璞在注释《山海经》时说：“胜，玉滕也。”而《说文解字》将“滕”解释为“机持经者”。机指织布机，持经者指卷线的轴。所以，有学者以此为依据，提出“胜”与机织有关：“在很多场合下，诸神从属的眷属及其身上的服饰往往象征地表明了它们神的机能。因而，如果西王母头上所戴的‘胜’与织机的‘滕’有深刻关系，那么这种服饰即表示它本身与养蚕纺织有密切关系。”① 尹荣方在此基础上，认为“梯几而戴胜……正是对上古时代梯架式织机的一种神化描述或者说是喻指”②。

这种推测是有道理的，关键是，为什么西王母要“戴胜”呢？无论是“胜”还是“滕”，都与簪子有关。胜的繁体字“勝”，从力朕声，“滕”也是从木朕声，也就是说，无论是哪一个字，都读“朕”。“朕”与“簪”音近，“朁”上古音构拟为 [shlɯːmʔ]，“朕”的上古音构拟为 [l'ɯmʔ]，而“簪”与“蚕”（繁体字为“蠶”）同音，其声旁都是“朁”。古文献之所以要强调西王母（嫫母）戴簪子，其实也是强调她与蚕的关系。西王母戴的叫“勝（滕）”，也叫“胜杖”，学者们几乎一致认为“西王母梯几而戴胜杖”这一句的“杖”是衍字，其实未必。“杖”可以做两种解释，一种即“滕”本身，簪子就相当于卷线的木棍，正如擀面棍也叫擀面杖，另一种解释是一根木杖的两头各插有一个滕，因此叫胜（滕）杖。

至此，我们可以推测，在月亮神的名称与“糸 mi”音同音近

---

①［日］小南一郎著，孙昌武译：《中国的神话传说与古小说》，北京：中华书局，1993 年，第 54 页。

② 尹荣方：《神话求原》，上海：上海古籍出版社，2003 年，第 58 页。

的时候，人们便将西王母与丝线联系起来，当月亮神的名称演变为 [lei] 之后，这一语音不再与丝线有关联，于是人们又在“畾”加上“糸”字以表意。构成“累”字。所以，嫘祖依然保留与蚕的关系。

前文已经分析了嫘祖之所以被说成蚕花娘娘，是因为其早期的名称就与表示丝线的音相同，这也表现在牛郎织女神话的人物名称上。在河南南阳的社旗县，流传的一则牛郎织女神话故事依然保留了织女最先养蚕的情节：“织女把她带来的天蚕分给姐妹们，教大家养蚕、抽丝、织绸缎。一传十，十传百，都知道牛郎娶了贤惠妻，能养蚕，会抽丝，织出的绸缎又光又明，好像粼粼闪闪的白水河……没两年，养蚕抽丝织绸缎，家家户户都会了……牛郎织女虽然登天了，可给人们留下了难忘的天蚕、织布机，世世代代养蚕抽丝织绸缎。”[①] 不难看出，在这里，织女与嫘祖的先蚕身份是一样的。

关于蚕来源的故事即蚕马神话一开始是为了解释蚕的头为什么像马头，蚕拟人化的女子一开始是没有具体名称的。“日”“月”是由“目”演变过来的，以月亮为原型的西王母的“母”正是“目”的不同记录。“母”的变音 mi 与表丝线的“糸 mi”同音，致使以月亮为原型的西王母、嫘祖与蚕发生了关联，并与本来相对独立的蚕马神话发生融合，换言之，致使蚕马神话中的人物附会到由日月发展出来的神名。

既然蚕马神话里的人物与日月发展出来的人物发生了关联，

① 张振犁编著：《中原神话通鉴》，郑州：河南大学出版社，2017 年，第 823、824 页。

而盘瓠神话是由蚕马神话演变过来的，那么盘瓠神话里的人物自然也就与日月发展出来的人物发生了关联。以下的对比可以比较清楚地体现这些名称的关系：

马——蚕女
（牛）牛郎——织女（帝女）
（犬）（蚕虫）盘瓠——帝女
黄帝——嫘祖（先蚕）
（盘古）邦尕——官女
（犬）伏羲——帝女

第三节　盘瓠神话中的姓氏以及家族祭祀

在瑶族与畲族流传的盘瓠神话中有一个特点，就是特别强调姓氏的形成，这与兄妹婚神话中姓氏的形成有某些相似之处。

神话中出现的这些姓氏，都是汉姓。少数民族对汉姓的接纳，各地区时间不一样，有早有晚，主要与户籍制度有关，是官方为了户籍管理，赐姓给少数民族，以方便管理。少数民族兄妹婚神话中关于姓氏形成的阐释，要么是接纳了汉姓之后才有的，要么是汉族人融入少数民族的时候带来的。流传于云南昆明的《兄妹婚与百家姓》里这样解释百家姓的来源："结婚三年，妹妹生下一个肉团团，可根本就不像人。他们就把这个肉疙瘩剁成肉丁丁，撒在四面的山上、地上、树上。等到第二天早上起来一看，四面八方有了人家，挑水起炊烟。男男女女，出出进进，兄妹俩一打听，原来都是他们的亲子孙。他们没有姓，兄妹俩就决定按撒的地方取姓，撒在石上的就姓石，撒在桃树上的就姓陶，撒在菜上的就姓蔡，撒在李子树上的就姓李。这些人家，一数，不多不少刚好有一百家，这就是百家姓的来历。”① 这与汉族地区流传的姓氏来源神话如出一辙，《伏羲女娲传人种》这样说：“伏羲女娲把一百个人送各岛安家，定了姓，就是‘百家姓’的来历。碎肉捏的人个头顶小，就姓丁。”② 不是说汉族有同样的传说我们就认定这起源于汉族，关键是这些姓氏都是汉族姓氏。

畲族流传的盘瓠神话故事中，很多写本都要解释本族姓氏的来源，比如《畲族姓氏及世居山脚的来历》说：“盘瓠王的子孙大发展，在一次大迁移中，大部分到了福建，在福州、连江、罗源上岸，迁移到现今宁德地区各县定居下来。随后，又有部分向浙江、江西、安徽山区迁移定居。因长子盘姓一房人在坐船航行中，遇风漂泊到海外去了，所以今天畲族，主要是蓝、雷、钟三姓人。在几经迁徙和繁衍后代中，盘、蓝、雷、钟四姓人，有招女婿吴、李等姓的，世代同居，生活语言风俗习惯一样，就是不改姓，所以至今畲族中有少数吴、李等姓氏。他们世世代代总是依山搭棚建房，在山脚或山腰居住，有利于开荒耕种或狩猎，直到现在，还是住在这些地方。”③《高辛皇帝封畲氏》是这么说的：

---

① 嵩明县文化体育局编：《嵩明民族民间文学集》，昆明：云南美术出版社，2008年，第4页。

② 过伟：《中国女神》，南宁：广西教育出版社，2000年，第106页。

③《中国民间故事集成·福建卷》，北京：中国ISBN中心，1998年，第21—22页。

“公主看看四个孩子，又是欢喜，又是生气。孩子嘛，总不能没爹又没姓，眼下，金麒麟丢下孩子飞了，只好怀里抱一个，手上拖一个，篮里放一个，用盘托一个，跌跌撞撞去向高辛王讨个姓。高辛王看得发呆，一时也想不出来应该让他们姓什么。刚巧，天上打了个响雷，殿上的钟也“铛、铛”地响了几下。高辛王一阵大笑，高声说：‘有了，有了！老大姓雷，放在篮里的老二，姓蓝；抱在手上的老三，姓钟；托在盘里的最小，就姓盘。雷、蓝、钟、盘就是你们四个人的姓。好！快走。’说着就要起身。”①

畲族是从瑶族中分出来的，畲族盘瓠神话里的姓一般是四个，而瑶族盘瓠神话里的姓氏要多很多，《平王与盘王》是这样说的：“龙犬变成人后，平王就封龙犬为盘王。在宫中大摆宴席，款待盘王夫妇，大臣们都来作陪和祝贺。此后，盘王夫妇相亲相爱，两人都活了八十多岁，生下六男六女，人人身体强健，个个美貌。平王很是高兴，就给他的十二个外孙儿女赐姓为盘、包、黄、李、邓、赵、唐、周、富、沈、冯、胡。”②广西来宾市雷山村的《平王胜〔牒〕榜文给照（印）》也大体如此：“盘护（瓠）王不愿佐殿为将，主愿将男女分姓为花领板傜〔……〕平王殿前陛下急付五姓天子人孙，公侯商议，敕令赐名姓盘、沈、包、黄、李、邓、周、赵、湖（胡）、潘、郑、凭（冯），高驽酬偿，各补官禄，饮奉钱粮黄金白银二十四万，王傜子孙年年完纳供应，官赐一品都尉，护国尚〔书〕盘王将愿十二姓，发处青山安住，正为盘傜子孙，永居

---

① 张世元主编：《金华畲族》，北京：线装书局，2009年，第122—124页。

②《中国民间故事集成·贵州卷》，北京：中国ISBN中心，2003年，第67页。

山地田为业。”[1] 这些关于姓氏来源的说法，都反映了传说的汉族来源。

与这种状况相适应，祭祀盘瓠其实也是以姓氏宗族为单位进行的，而不是一种全民性的祭祀。张青仁指出：“学界对麻阳盘瓠信仰的研究常将其等同于麻阳苗族的共同信仰，然而在当下，盘瓠信仰在麻阳的分布呈现出特定宗族紧密融合的特征。”他接着又说：“漫水村成为盘瓠祭祀依托的村落空间，而田姓宗族成为这一仪式活动的唯一主体。”[2]

第四节　并非单一民族的起源神话

在盘瓠神话的研究中，很多学者强调盘瓠神话是某个民族的起源神话，但如果我们广泛、仔细阅读目前所搜集到的文本，就会发现，盘瓠神话在阐释民族起源的时候，往往不是就单一民族而论，而是针对多民族的。值得注意的是，在解释多个民族的起源时，这几个民族往往也就是当地的所有民族，也就是说，它倾向于作为人类起源神话。盘瓠神话往往是与兄妹婚神话结合而成为人类起源神话，但并不是所有的盘瓠神话都这样，有的文本与其他神话结合成为解释其他事项来源的神话。

① 周翔编著：《盘瓠神话资料汇编》，北京：学苑出版社，2019 年，第 430 页。

② 张青仁：《地方社会中的盘瓠祭——基于湖南麻阳漫水村的田野调查》，“中国神话学”课题组编《盘瓠神话文论集》，北京：学苑出版社，2017 年。

蚕马神话中的马演变为犬之后，成为蚕犬神话，也就是早期的盘瓠神话。盘瓠神话与中原兄妹婚神话结合，使部分盘瓠神话成为人类起源神话，解释人类的来源。

兄妹婚神话的结尾往往是两者结婚之后生下了一个怪胎，或者肉团，切开之后，分化为不同的人群。唐人樊绰《蛮书》卷十引王通明《广异记》里所记述的盘瓠神话也同样显露了兄妹婚后产下怪胎或血肉一类的东西：

> 高辛时，人家生一犬。初如小特，主怪之，弃于道下。七日不死，禽兽乳之，其形继日而大，主人复收之。当初弃道下之时，以盘盛叶复之，因以为瑞，遂献于帝，以盘瓠为名也。后立功，啮得戎寇吴将军头。帝妻以公主，封盘瓠为定边侯。公主分娩七块肉，割之有七男。长大各认一姓，今巴东田、雷、再、向、蒙、旻、叔孙氏也。其后苗裔炽盛，从黔南逾昆湘高丽之地，自为一国。幽王为犬戎所杀，即其后也。盘瓠皮骨今见在黔中，田、雷等家时祀之。①

湖南湘西苗族的《狗父神母》依然保留了这样的怪胎繁衍人类情节，故事说翼洛去恩国咬死恩国国王，并取得谷种之后，与神农的女儿结婚，婚后他们生下血团，神农怒剖，血球里跑出了七男七女。②

盘瓠神话与兄妹婚神话结合的另一个证据，就是目前在河南

① [唐] 樊绰：《蛮书》卷十，清武英殿聚珍版丛书本，第30页。

② 燕宝：《苗族民间故事选》，上海：上海文艺出版社，1981年，第20—23页。

淮阳太昊陵人祖会中要出售一种叫泥泥狗的玩具，善男信女都要买一些泥泥狗回家，小孩在人祖会期间会向大人索要泥泥狗玩。人祖会祭祀的是人祖伏羲女娲，请回家的却是泥泥狗。当地流传的盘瓠神话其主角犬的名称叫伏羲，说明了祭祀主神与泥泥狗是一致的。

蚕犬神话与兄妹婚神话结合之后，演变成了一则人祖神话。人祖神话与族源神话根本的区别在于，它是针对所有的人而言的，可以包括所有的民族。

并不是所有的盘瓠神话都与兄妹婚神话结合才成为人祖神话，有的盘瓠神话从别的角度解释人的来源。朝鲜族流传的盘瓠神话便是这样一则人祖神话，其故事在后半部是说狗变人的过程中被媳妇提早去看了，所以，狗毛尚留在头顶上没有完全褪掉，成了现在人们的头发：

> 可是，媳妇这一瞅可坏了事儿了。被媳妇瞧见的头部那一块毛，就再也褪不掉了。那一块毛，就是现在人们脑瓜顶上的头发。据传，现在的人们就是他们的后代。[①]

在瑶族、畲族中，盘瓠神话的族源性质并不是很明显，它强调的是姓氏的来源。瑶族的盘瓠神话强调十二姓的来源，比如广泛流传于瑶族的《过山榜》文中写道："（盘瓠夫妻）所生六男六女。评皇闻知喜之，即刻传下敕旨，敕封盘护（瓠）为始祖

① 金德顺讲述，裴永镇整理：《金德顺故事集》（朝鲜族），上海：上海文艺出版社，1983年，第73页。

盘王，敕赐六男六女为王瑶子孙。为人道初，许皆自称为瑶人，乃瑶子瑶孙也。就安十二姓，长男盘姓，其余沈、郑、黄、李、邓、周、赵、胡、冯、包、浦。敕令六男六女婚娶外姓子孙为妻（婚），以传其一十二姓之源也。如后［男］婚女配，分（婚）后各居，永奉一十二姓香火，开发一十二姓宗支，必有绵远之裔，皆不可忘其盘护（瓠）之根源也。”① 畲族的盘瓠神话则强调盘、蓝、雷、钟四姓的来源：“高辛王的三公主与盘瓠结婚，次年便生小孩。小孩落地时孜孜地取来了一个盘子，将婴孩盛在里面，于是三公主赐这孩子姓盘。第三年，三公主又生了个男孩。婴儿落地时，盘瓠又奔又跳地取来了一只篮子，把婴儿盛在里面，于是三公主赐这孩子姓篮（现在写作蓝）。第四年，三公主又生了个男孩，这孩子落地时，恰好天上想起了隆隆的雷声。在三公主的眼里，这是雷公喜欢孩子的表示，于是赐这孩子姓雷。后来，三公主又生了一个女儿，这个孩子落地时，不知从什么地方传来殷殷的钟声，三公主赐这孩子姓钟。这就是畲族四姓的来由。”② “选日成亲。二十年，生三子一女，带见帝，帝赐盘、蓝、雷、钟，男女自相嫁娶。”③

我们知道，目前少数民族的姓氏有两种来源，一种是原生的，只不过是用汉字音译、记录而已，另一种是统治者赐的汉姓，这是出于户籍制度的需要。从瑶族与畲族盘瓠神话里的这些

① 农学冠：《槃瓠神话新探》，南宁：广西人民出版社，1994 年，第 15 页。

② 农学冠：《槃瓠神话新探》，南宁：广西人民出版社，1994 年，第 78 页。

③ 朱洪、李筱文编：《广东会族古籍资料汇编——图腾文化及其他》，广州：中山大学出版社，2001 年，第 1 页。

姓氏看，全部都是汉姓，都不是民族语的音译，即不是瑶族、畲族原生的姓氏。所以说，瑶族、畲族盘瓠神话里关于姓氏起源的说法，可能性有两种，一种是被赐姓之后才产生的，另一种则是融入了汉族先民的成分。瑶族、畲族盘瓠神话强调姓氏来源的特征，可以看出其族源神话性质不强，是汉族人祖神话演变过来的。

刘锡蕃《岭表纪蛮》引《古今图书集成》1410 卷中所记载的盘瓠神话是解释多民族来源的："南越王有犬名盘瓠，王被擒，其母传令有能脱王归者，当以王女妻之。盘瓠闻言，欣然往，窃负而逃，遂妻以女。盘瓠纳诸石谷，与之交媾。生子数人，曰獞、曰猺、曰獠、曰狼、曰狑、曰狪，各成一族，自为部落，不相往来。"① 这里把六个古民族的来源追溯到了盘瓠神话，其中的獞大致与目前的壮族对应，猺与瑶族对应，狪与侗族对应，另外的獠、狼、狑难以与目前的现代民族一一对应，但大致都是壮侗语族各族的先民。

湘西苗族盘瓠神话同样不能视为典型的族源神话，其故事里认为盘瓠是苗族与汉族的共同祖先，《奶夔玛媾》这样唱道："豆莱生奶夔，王姬养玛媾。奶夔生七个代雄代嚳，王姬养七个代乍代恺……你们的生父是玛媾，你们的养母是奶夔。"② "奶夔玛媾"是苗语音译，"奶"是母亲，"夔"有两种翻译，一种认为是神、鬼，另一种认为是官，前一种认为将"奶夔"译为神母，后一种

① [民国] 刘锡蕃:《岭表纪蛮》，台北：南天书局有限公司，1987 年，第 3 页。

② 龙炳文、龙秀祥等整理译注:《古老话》，长沙：岳麓书社，1990 年，第 16、21 页。

译为官母，意思是指嫁给盘瓠的那位女子是官的女儿。“玛”是父亲，“媾”是狗，合起来指犬父。从“奶夔生七个代雄代翾，王姬养七个代乍代恺”这一句可以看出，文中认为犬是苗族与汉族的共同祖先。“代雄代翾”是苗族的意思，而“代乍代恺”是汉族的意思。之所以只提及本族与汉族，是因为湘西苗族原来只与汉族接触，目前的土家族是很晚近才认定的，而且土家族的汉化程度很高，苗族所接触的土家族都只说汉语，所以早些时候没有土家族的概念。由此可见，湘西苗族认为犬是苗族与汉族共同的祖先，而不仅仅是苗族的祖先，这种现象形成的原因可能是盘瓠神话一开始是人类起源神话，是针对所有人而言的。

苗瑶畲的先民曾经居住在长江中游地区，是春秋战国时期楚国的主体民族。最先南迁到这一地区的汉族先民，是楚国的建立者，他们从今河南一带首先迁去的。《楚居》记载楚人迁徙路线是从河南新郑出发，向豫西南和陕东南方向走，于西周初年到达丹水和淅水交汇处，即丹淅流域。湖南湖北是楚国的主要区域，这里的土著正好是苗瑶畲的先民。春秋时期，楚大举进攻蛮人，史称楚武王“大启群蛮”。在这种长期的交融中，每个民族的文化不可能再纯粹单一，盘瓠神话也在这种交融中逐渐演变为苗瑶语族的人祖神话，之后再演变成目前所见到的状态。

在贵州遵义县平正乡仡佬族地区，流传一则《缕金狗的传说》，盘瓠神话演变成了解释苗族、仡佬族、彝族、汉族等四个民族的来源的故事：

> 在很久很久以前，皇帝娘娘得了重病，皇帝很着急，找来许多名医都医治无效，最后张贴皇榜，声称只要能将皇帝

娘娘的病治愈者，许以公主，招为驸马。皇榜贴出后无人敢揭，最后却被一只黄狗抓下。守卫者奏报皇帝，皇帝命带该狗入宫。狗先对娘娘身体各部位嗅闻，接着对患处用舌舔。当晚，娘娘的病好了一半，不几天就全好了。皇帝很高兴，赏之一挑银，狗摇头表示不要，赏以一挑金，狗仍摇头。国王问道："你究竟要哪样？"狗对着娘娘不停地点头、叫着。皇帝才恍然大悟，狗只要兑现皇榜上的允诺。皇帝尽管十分不愿，但为了不失信于人，被迫让公主许配给那条狗——缕(娄)金狗。缕(娄)金狗带着公主到山洞成亲。白天表现为狗，夜里则变成一位白面书生。公主先后生下四个儿子，长子叫苗大哥，次子叫仡佬二哥，三子是水西(指彝族)，老么是汉族。①

可见，盘瓠神话在追溯、阐释民族的起源时，并不单单是提及本民族，而是与周边相邻的民族一起，不仅说盘瓠是本民族的祖先，同时也说是相邻民族的祖先。从这一点看，盘瓠神话其本质首先是一则人类起源神话，而非局限于阐释本民族的起源。

① 吕大吉、何耀华总主编:《中国各民族原始宗教资料集成·布依族卷侗族卷仡佬族卷》，北京：中国社会科学出版社，2012 年，第 612 页。原载翁家烈:《遵义县仡佬族社会历史》，贵州省志民族志编委会编《民族志资料汇编·第十集·仡佬族》，内部资料，1989 年，第 33 页。

第四章　盘瓠神话的传播与接纳

既然盘瓠神话起源于中原汉族先民，那么周边少数民族为什么会接纳这个神话呢？关于这个问题，王明珂针对瑶族提出了免税说，认为瑶族是为了免税才接纳盘瓠神话的。但这一观点没有完全关照到非瑶族的民族，比如黎族，就没有诸如《过山榜》一类的文书，也同样接受了盘瓠神话。笔者认为，盘瓠神话的传播，除了与其他神话故事的递进式传播之外，主要是由于汉人的迁徙，特别是南迁造成的，是他们把盘瓠神话直接带进了少数民族地区。他们与当地少数民族融合之后，盘瓠神话自然就变成了当地少数民族的神话了。在这一过程中，民间信仰起到了主要的传播功能，另外，就族源式的盘瓠神话而言，有一个从他者叙事到自我叙事的转换过程。

第一节　汉人的南迁及其与南方民族的融合

文化的传播有多种方式，一种是传递式的，即甲传给临近的乙，乙又传给临近的丙，这样一点点传播下去，越传越远；另一种是跳跃式的，即人群的直接远距离迁徙，把文化带到远离故土的他乡。那么，盘瓠神话是怎样的方式传到目前的南方少数民族地区呢？又是从什么时候开始传入的呢？是一次性传播还是多次传播呢？

中原汉人历史上一直在不断向南迁徙，早在楚国创立时期，中原人开始向南开荒拓土，楚国虽是一个建立于当时的南蛮之地的国家，但其统治阶层却是从中原南下的。从文献上没有发现楚国有盘瓠神话的任何记载，所以难以断定从这时候南下的中原人是否就已经把盘瓠神话一起携带到了楚地。

在秦朝时期，大量的中原人又不断南迁。越南瑶族的一些支系中，保留了不少迁徙信歌，其中有一首是这样唱的：

> 为统六国成一案，服兵男人每个愁。三份收入交二份，税重如山人生难。一人犯罪全家死，邻里友人连坐狱。何人不从斩脚手，割鼻挖眼不关何。当时南方人烟少，山林亡亡[①]不尽头。动著先民瑶山子，向南流落洞庭湖。长沙武陵平原地，江湖交叉玉米香。此方宜人招人坐，平地好山安久长。住此八百六十岁，漂洋过海南方逃。漂洋过得长江海，流落湖南南方安。落在广东广西地，双手挖田从种春。[②]

① 亡亡：当是茫茫。

② 越南老街省文化体育旅游厅编著：《越南瑶族民间古籍》（一），北京：民族出版社，2011年，第436、437页。

这首信歌描述了秦为了统一六国而加重课税，强征兵役，严法酷律，使得百姓人人自危，纷纷南迁。这里明确地说先迁徙到洞庭湖一带，再转到今广东广西各地。瑶族广为流传渡海神话，这里也明确说明是渡过长江，即“漂洋过得长江海”。

或许有学者会认为这是苗瑶先民从中原迁徙而来的证据，其实并非如此，至少在春秋战国时期，苗瑶语族先民已经在洞庭一带定居，楚国的统治阶层虽然是从中原过来开疆拓土的汉族先民，但当时楚地的百姓是以苗瑶语族先民为主的土著。以上这首信歌说的是秦以后的事情，也就是说，这描述的其实是汉族先民的迁徙，正是这迁徙，大量的汉族先民融入到了楚地的土著当中，即融入苗瑶语族当中。正是他们的融入，带来了盘瓠文化。在这一问题上，我们需要注意，盘瓠神话的产生应该是相当久远的，不能因为盘瓠神话在东汉时期才开始出现在汉文献就认为它产生很晚，以文献出现年代来断定某个民间故事的形成年代的做法是十分不科学的。

秦朝统一六国之后，开始攻打位于南方的百越民族，公元前219年，秦始皇派屠睢为主将、赵佗为副将率领五十大军平定岭南，在南伐之初就占领了番禺（今广州）。秦王朝在取得胜利的番禺地区设南海郡治，以任嚣为郡尉统管一郡的政治、军事、监察，下辖番禺、龙川、博罗、四会四个县，龙川地理位置和军事价值都极其重要，故委赵佗任龙川县令，赵佗在龙川筑城辟地以为治所。汉高祖元年（前206年），赵佗兼并岭南的桂林郡与象郡，并于公元前204年正式建立南越国，自号“南越武王”，国都定于番禺。南越国全盛时期，其疆域包括当今中国广东、广西的大部分地区，福建的一小部分地区，整个海南、香港、澳门，以及越南的北部、中部大部分地区。赵佗所建立的南越国，在传播中原文化方面不可低估。他让当地人学习使用汉字，学习中原先进的文化。即使没有这些政策，留下来的十几万人也会很好地延续中原的文化，那么，就难免会把中原的盘瓠文化带到这里来。南越国后来被刘彻灭掉，但那些居住下来的人会一直保持自己的文化。

第二次比较大的迁徙是从西晋末年开始。当时发生了八王之乱，继而发生农民起义，晋王朝大大衰弱，北方的匈奴、鲜卑、羯、氐等少数民族乘虚而入，据地称王，相互征战不休，使中原陷入混乱的状态，这就是历史上著名的“五胡乱华”。西晋灭亡，中原成为胡人的天下。他们废掉农田，延续传统的放牧习俗，并掳掠汉人作为奴隶。不堪奴役的汉人便大举南迁。他们由河南南阳，进入襄樊，沿汉水入长江，到达湖北、安徽、江苏等地，向东由九江到鄱阳湖，或顺赣江进入赣南山区。这股移民持续达170年之久，达200万之众。

第三次大南迁是在北宋时期。北宋都城开封于1125年被金兵攻占，宋高宗被迫南迁，建立南宋，定都于临安（今杭州）。随高宗南迁的民众达100万之多。元兵进入中原后，为了躲避战乱，黄河流域的汉人又一次大举南迁，而早先居住于赣闽粤交界一带的客家人也继续南迁到粤东的梅州、惠州一带。

南迁一直延续，那些南迁的汉人有的保持自己的民族身份，有的由于长期与少数民族杂居、通婚，也会改变自己原来的汉族身份，融入当地少数民族之中。可以说，无论是苗、瑶，还是畲，都有一些中原汉人的融入。

畲族目前主要居住在福建、浙江、广东、江西、安徽等省的80多个县市的部分偏僻山区或半山区，历史上包含在“南蛮”“百越”“僚”等泛指南方少数民族名称之中，到南宋末年刘克庄的《后村先生大集》中才出现“畲民”这一称呼。

大约是在公元6世纪前后（南北朝时期），畲民相继离开五溪地区，与自称“布努”那一支的部分瑶族先民沿着湘黔边境南迁，经桂北、桂东一带，然后畲族先民再往东移，直至广东潮州，约在公元6世纪末7世纪初，以广东潮州凤凰山为中心的粤、闽、赣三省交界地带，形成了一个比较广阔的畲族先民聚居地区。公元13、14世纪前后，有一部分畲族先民陆续从汀（州）、潮（州）一带往福建、浙江一带迁徙，构成今天畲族的分布格局。

就语言来说，畲族目前绝大多数人都说客家话，只有居住在广东博罗、增城、惠东、海丰等县的畲族约1000多人说畲语。客家话是汉语的一种方言，关于客家话来源，它到底是以中原哪个时期的汉语为主，尚没有完全定论，一般认为，南宋时客语便初步定型。[①] 说畲语的这部分畲民自称“活聂”，他们所说语言属于汉藏语系苗瑶语族的苗语支，跟同属于苗语支的瑶族布努语炯奈话非常接近。[②] 说布努语的瑶族支系绝大多数不存在盘瓠崇拜也不流传盘瓠神话，他们只流传《密洛陀》。那么，有一个问题需要回答，就是为什么说布努语的大部分瑶族没有盘瓠崇拜，也不流传盘瓠神话，而畲语与布努语是同一语支，关系十分接近，说畲语的这一部分人为什么又具有盘瓠崇拜，流传盘瓠神话呢？我们的推测是盘瓠文化并非源自苗瑶语族，苗瑶语族应该是受外

① 吴松弟：《客家南宋源流说》，《复旦学报》1995年第5期。

② 毛宗武、蒙朝吉：《畲语简志》，北京：民族出版社，1986年，第5页。

来文化的影响，才逐渐接纳了盘瓠文化。

畲族有一首长联歌叫《封金山》，其中提到南阳这个地名："街路铁青石板铺，香柏古樟雕凤凰，花园亭阁真造好，封金山城胜南阳。"[①] 这首歌是讲述畲族在封金山开挖耕种旱地、建造城市的故事，封金山在今广东省潮州饶平凤凰山一带，今为塔子金山。畲人在封金山"造出州府九重城"，书中把这城与南阳相比，故有"封金山城胜南阳"的诗句。书中作者注释"南阳"一词时也认为这是"河南省南阳市，传说畲族盘姓领地"[②]。

畲族还流传一种说法，即他们是从南京迁徙来的。这里的南京并非指今天江苏省省会南京，而是指河南的商丘。北宋时期，商丘为陪都，称为南京，是仅次于国都东京的繁华大都市。靖康二年（1127 年）五月，赵构在南京应天府（今商丘）即位，商丘成为南宋的开国都城。这也说明了畲族中融入一部分宋朝之后南迁的客家人。

赵晓芬在《畲族文化中的河洛意识》一文中说："（《高皇歌》）歌词中有'都是南京一路人'之句，查《辞海·历史地理分册》，此南京并非近古称为建业、建康的今南京市，乃指远古称为南京的商朝古都，即今河南省商丘市附近一带。这也从一个侧面表明，畲族是高辛氏的后代，他们来自河洛。""（畲族）祖图中有一幅图描述盘姓海上迁徙中，遇台风狂浪，没了踪影，不知去向。

① 雷群芳、雷汤花等编著：《畲族长联歌选》，杭州：浙江大学出版社，2015 年，第 21、22 页。

② 雷群芳、雷汤花等编著：《畲族长联歌选》，杭州：浙江大学出版社，2015 年，第 25 页。

千百年来，畲民都在找这一支。去年在福州罗源经商的台商吴清菊、张环城在台湾了解到新竹湖口有盘姓，就赶到新竹。他一到湖口乡就惊住了：这里人的语言与罗源霍口畲家人几乎一样，他们同认自己的祖籍地在河南汝南县，后来一路南下，到了广东凤凰山，也认龙麒为自己的始祖。此外，习俗、为人行事风格都与霍口畲家人相似。新竹盘家长老盘治盛得知张环城从福州罗源来，兴奋地跳起来：'我们一直想找在大陆的兄弟姐妹。但畲家没有自己的文字，靠口口相传，有的家族传下来说我们与罗源有关，但我们搞不清罗源是地名还是人名，也搞不清这两字怎么写。前年我们请厦门大学的专家帮我们寻根，最近他们也告诉我们，我们与罗源霍口畲族是一家。'"[①] 关于畲族的族源，向来有不同的说法，但有一点很明确，畲族中有很大成分是来自中原的汉族，这些汉族与当地少数民族融合，也是很自然的事情。台湾新竹湖口乡盘姓人信奉龙麒（盘瓠），并认为自己的祖籍是河南汝南，这也有力说明了盘瓠神话不断由汉族从中原带到南方，盘瓠神话的传播不是一次性的，而是多次的。

在湖南湘西，信仰盘瓠、流传盘瓠神话的人群主要是瓦乡人。瓦乡人的族属问题一直有所争论。瓦乡人目前归入苗族也好，归入土家族也罢，都难以否定它很浓厚的汉族来源成分，换言之，不可否认瓦乡人带有一些苗族的文化成分与血缘成分，这是很多瓦乡人认同苗族的重要原因，但这是汉人与苗人融合的结果，湘西一带盘瓠崇拜与神话应该是由他们的先祖在迁徙的时

① 赵晓芬：《畲族文化中的河洛意识》，邓永俭主编《河洛文化与闽台文化》，郑州：河南人民出版社，2008年，第235页。

候带入到苗族地区的，苗族在受到他们的影响之后才接纳这一文化。

瓦乡人“基本上是主要聚居在沅水流域，如白沙镇的曲望村，上堡乡的刘家滩、铁山河、岩头河、红土溪、侯家村、仡佬坪、高大坪、暮江头村，李家田乡的辛女溪、猪食洞、红岩、擂鼓坡村以及与其支流西水流域交界的良家潭、八什坪乡的部分村寨。辰溪的瓦乡人分布在与泸溪交界的船溪驿乡的小溪河、桐木坳、赵家村、兵马冲、长坡、交溪、岩槽溪等村”①。从这些分布看，都是沿着河流岸边分布，处于交通比较好的地方，是汉人进入苗区的前沿地带。

从语言上说，瓦乡话更多地带有汉语的成分。早在清乾隆二十年编撰的《泸溪县志》就记载了这种特殊的地方话：“五方之风土不同，言语亦异。同一楚语，而郡之音异于邑，邑之音异于乡。沅泸相隔不远，其乡谈谜语，佶屈聱牙，令人不可晓，泸人亦有能言之者。兹不聱载。泸音浊而促，不审字义，不辨平仄，或因古语或本土音，转而之为谬，使其本意，其所以从来久矣。”②

对瓦乡话进行科学的研究是从20世纪50年代开始的，1956年，原中国科学院少数民族语言调查第二工作队到湘西调查苗语时，曾记录过泸溪县红土溪村的瓦乡话，发音人是覃万高，男性，当时32岁。王辅世说他在粗略看了这些材料之后，初步认

① 明跃玲：《边界的对话：漂泊在苗汉之间的瓦乡文化》，哈尔滨：黑龙江人民出版社，2007年，第1、2页。

② 陈立中：《湖南方言与文化》，北京：中国国际广播出版社，2014年，第40页。

定它属于汉语，就没有再做进一步的研究。20多年后，在有人提出瓦乡话当属于少数民族语的情况下，为了弄清楚其来源，王辅世利用这份材料，与汉语进行对比，提出了“瓦乡话是汉语的一种方言”[①] 的结论，开启了瓦乡话的科学研究之门。

就在王辅世的文章发表之后的第二年，另一篇论文也发表了，这就是湖南师范大学鲍厚星、伍云姬的《沅陵乡话记略》，这篇文章是对沅陵麻溪铺乡话进行的研究，其结论也是认为瓦乡话是一种汉语方言。[②]

针对这两篇文章，瓦乡人张永家、侯自佳两位先生撰文《关于“瓦乡人”的调查报告》，提出“瓦乡人很可能是苗族的一个分支”[③]。第二年，王辅世再写了一篇文章《再论湖南泸溪瓦乡话是汉语方言》[④]，重申自己原来的观点。与此同时，石如金的《“果熊”话语音调查报告》则支持张永家、侯自佳他们的观点，认为瓦乡话属于苗语。[⑤]

到了20世纪90年代，对乡话的争论趋于缓和，认为乡话属于汉语的观点明显占了上风，以后的研究基本是在此观点的基础上进行的。1999年，杨蔚发表专著《沅陵乡话研究》，不仅对

---

① 王辅世:《湖南泸溪瓦乡话语音》,《语言研究》1982年第1期。

② 鲍厚星、伍云姬:《沅陵乡话记略》,《湖南师范大学社会科学学报》1985年增刊。

③ 张永家、侯自佳:《关于“瓦乡人”的调查报告》,《吉首大学学报》1984年第1期。

④ 王辅世:《再论湖南泸溪瓦乡话是汉语方言》,《中国语文》1985年第3期。

⑤ 石如金:《“果熊”话语音调查报告》，载侯自佳、刘集贵编《“瓦乡人”归属苗族的艰难历程》，内部资料。

乡话的研究做了回顾，还进行了比较深入的研究，她认为乡话是一种汉语方言，但不能简单归入目前所知道的哪一种方言。[①] 杨蔚对乡话的研究并未到此止步，她在 2002 年发表的文章中对沅陵乡话、东安土话、宜章土话、江永土话等集中在湖南境内尚未分区定性的土话的韵母进行共时描写，并同时与吴语、湘语进行比较，研究其韵母演变格局，发现这些土话与吴语、湘语共同具有果假遇摄元音高化链、支微入鱼、流效摄的联系、阳声韵尾归并、阳声韵三分格局等音韵现象，因而提出沅陵乡话与东安、宜章、江永与吴语、湘语韵母的相同之处反映了它们的历史联系，应该是原来相同或相近的方言因素的共同留存。[②] 2010 年，杨蔚又出版了专著《湘西乡话语音研究》，从语音、词汇、语法三方面描绘出沅陵麻溪铺“乡话”的全貌，并对沅陵境内“乡话”的分布、分区及特点也做了概括的描述。同年，伍云姬、沈瑞清出版了专著《湘西古丈瓦乡话调查报告》，对湖南古丈的乡话音韵、词汇、语法都做了全面的描述与研究。认为“瓦乡话里保留了不少现代一般方言所没有保留的中古甚至是上古时期的一些音韵特点”[③]。显然他们是持乡话为一种汉语方言的观点的。

对乡话的研究不断深入，其研究区域不断扩大，原来对乡话的研究对象主要集中在湘西瓦乡话，郑焱霞的博士论文《湘桂边界南山乡话研究》将乡话的研究扩展到了湖南城步南山地区，她

---

① 参见杨蔚:《沅陵乡话研究》，长沙：湖南教育出版社，1999 年。

② 杨蔚:《沅陵乡话、湘南几个土话的韵母研究》,《湖南师范大学社会科学学报》2002 年第 5 期。

③ 伍云姬、沈瑞清:《湘西古丈瓦乡话调查报告》，上海：上海教育出版社，2010 年，第 5 页。

的研究依然秉承了乡话是汉语方言的观点。[1] 后来，在此基础上，郑焱霞与彭建国合著的《湖南城步巡头乡话研究》对城步地区的乡话进行了更为深入的研究。[2]

从语言上经过反复的论证，基本上确认乡话含有更多的汉语成分。所以，可以说瓦乡是汉人与少数民族的融合体，瓦乡文化里具有很浓厚的汉文化色彩，当然，当来到此地的汉人与当地的少数民族通婚，逐渐融入了很多苗族文化。“瓦乡”一词，与湘西苗族的自称“仡雄”很是相似。吉首大学明跃玲的观点比较中肯，她认为“由于瓦乡地区历史上既有福建、广东、江西等地的大量流官进入，又置身于土家族、苗族、侗族、瑶族、汉族的包围之中，多元文化的对话与交流使其语言呈现相互渗透的混合状态。因此我们说瓦乡话似闽非闽，似赣非赣，似客非客，很难将它确定为某一种汉语方言，它还似苗非苗，似土非土，似侗非侗，似瑶非瑶，也很难将它确定为某一种少数民族语言，只能说它是一种目前很难定性的混合色彩非常明显的语言”[3]。

关于瓦乡人的来源，瓦乡人自己有三种传说。一种是盘瓠的后裔，一种是戎氏阿娘戊氏阿爇的后裔，后者其实是兄妹婚神话的异文，即洪水滔天之后世人灭绝，剩下戎氏阿娘和戊氏阿爇姐弟俩，他们滚磨盘决定是否结婚，最后繁衍人类。还有一种传说即从苗人分化出来。这一传说是说汉朝伏波将军马援征服了戎氏

① 郑焱霞：《湘桂边界南山乡话研究》，湖南师范大学博士论文，2010 年。

② 郑焱霞、彭建国：《湖南城步巡头乡话研究》，长沙：湖南师范大学出版社，2016 年。

③ 明跃玲：《边界的对话：漂泊在苗汉之间的瓦乡文化》，哈尔滨：黑龙江出版社，2007 年，第 47 页。

娘娘这一支蛮人，之后戎氏娘娘协助马援收复南海，即湘桂交界地区。从此“人们就把参加过‘平南海’的人及他们的后代，称为‘熟苗’‘乡苗’，或‘省民’‘熟户’，以示与‘红苗’‘真苗’相区别。所以，‘瓦乡人’的老人总是教育自己的子孙不要骂‘苗人’是苗子，其实，我们自己是从‘苗熊’里来的，原来也是‘苗子’呀”[①]。最后这则传说很明显地显示出瓦乡人与当地苗族历史上的隔阂，即“骂苗人是苗子”。从传说上看，瓦乡人很可能是跟随马援征苗遗留下来的士兵后代。建武二十四年（48 年），南方武陵郡五溪蛮起义，马援时年 62 岁，请命南征。《后汉书补逸》载：“武威将军刘尚击武陵五溪蛮夷，深入，军没，马援因复请行，时年六十二，帝愍其老，未许之，援自请曰：‘臣尚能披甲上马。’帝令试之，援据鞍顾盼，以示可用。帝笑曰：‘矍铄哉是翁也！’遂遣援。”[②]次年（49年），汉军受阻于壶头，士卒多病死，马援也染病死于军中。在湖南湘西一带，有很多的伏波庙。瓦乡话称为“果雄渣”，“果雄”是湘西苗族的自称，“渣”是湘西苗族对汉族的称呼，合起来就是“汉苗”的意思，可以理解为苗化了的汉族。这部分留下来的汉人，长期生活在苗族地区，为了生存，最好的策略便是认同自己是苗人。

就瓦乡民俗文化而言，也同样携带了汉文化的元素。刘兴禄对沅陵用坪九龙山村的还傩愿进行过考察，这里的还傩愿共有

---

① 张永家、侯自佳：《关于“瓦乡人”的调查报告》，《吉首大学学报》1984 年第 1 期。

② [清] 姚之骃：《后汉书补逸》卷四东观汉记第四，清文渊阁四库全书本，第 45 页。

21 场展演，与周边苗族、土家族、汉族还傩愿相比，虽然场次数目有所差异，名称也有变化，但总体来看大同小异。[①]

瓦乡人祭祀盘瓠与其他苗族人是有区别的，贵州松桃苗族人将传统的椎牛解释为祭祀盘瓠，《神母狗父》说："苗语'奶妫马勾'就是'神母狗父'。以后，每年秋天，代兄代玉都要杀水牛祭奠一次奶妫马勾。从此，这个祭祀活动就代代相传下来，成为风俗。"[②] 而瓦乡人祭祀盘瓠主要是跳香和划龙舟。

为此，我们可以推测，畲族是汉人与瑶人融合的结果，而瓦乡人是汉人与苗人融合的结果。当然，融合的时间是不一样的。正是这些不断的融合，盘瓠神话被一次又一次带到南方少数民族之中。

在研究瓦乡人盘瓠神话的时候，我们不能不考虑与之相邻的麻阳苗族，湖南怀化市麻阳苗族自治县也是一个盘瓠文化颇盛行的地方。麻阳有据可查的盘瓠庙及其遗址有 18 处之多，保留完好尚有 8 处，建于明朝永乐二年（1404 年）的漫水盘瓠庙是麻阳 18 座盘瓠庙中最完整的一座，有正殿和偏房，共占地 100 平方米。兰里镇新营"祖神殿"、滑石江田姓总祠、老屋冲的罗姓祠堂、郭公坪乡陈家坡"三座大王庙"也是较完整的盘瓠庙。那么，这些盘瓠庙除了盘瓠之外还祭祀什么神呢？漫水盘瓠庙又叫龙王庙，正殿神台上供奉有盘瓠大王、新息大王、四官大王的石牌位。滑石江田姓总祠的后殿上供奉着"盘瓠之神位"，同时还

① 刘兴禄：《"跳香"：还愿仪式的别样展演——湘西用坪"跳香"习俗调查》，《文化遗产》2011 年第 2 期。

② 周翔编著：《盘瓠神话资料汇编》，北京：学苑出版社，2018 年，第 60 页。

供着象征青鱼的茶文大王，象征乌龟的沙文大王，象征鲤鱼的赤文大王的神位。从这些神灵看，也都是汉人的神灵。

麻阳县盘瓠庙的分布也与交通关系密切，几乎都是分布在锦江（又名辰溪）长达 240 公里的两岸，这里是外人进入湘西地区的入口，是交通要道。

《麻阳县志》记载，麻阳苗族原来有吴、龙、石、麻、田五姓，马援征苗之后，变成了二十姓了。麻阳《盘瓠有三变》中说盘瓠子女是田、陈、麻、龙四姓的祖先。汉姓的增加也体现了汉人的不断融入。

从以上分析来看，盘瓠神话的南传并不是一次，而是多次传入。主角被称为更、翼洛的时候就有传入，称为盘古的时候也有传入，称为盘匏的时候又是一次，称为盘瓠可算是最后一次影响。韩伯泉在介绍粤东畲民盘瓠神话时说："上举之盘瓠神话，过去系多记之于方志或随笔、札记之类古籍，真正来自畲民口传者不多。"[①] 这种状况也说明，"盘瓠"一词其实是由书面再转向当地民众口头，这正是文化外来的一种表现。

第二节　汉传民间信仰在接纳中的作用

赵海洲在《麻阳县苗族盘瓠文化的特点》中说麻阳人"接龙时请来的苗巫（当地人叫苗老司）手拿师刀、绺巾，头扎红布狗

① 韩伯泉：《粤东畲族盘瓠文化研究》，《中南民族大学学报》1991 年第 3 期。

头巾”[①]。从这一着装描述看，这里的“苗巫”其实是汉巫，即苗语中所说的巴岱扎，苗巫是不用师刀与绺巾的。在麻阳进行盘瓠祭祀的，是汉巫信仰系统，而不是原生的苗巫系统。

考察苗瑶畲三族，盘瓠神话在传播与接纳的过程中，汉传民间信仰起了非常重要的作用。正如前文提及，在湖南湘西，苗族的民间信仰有两套体系：一套是苗巫，苗语称之为巴岱雄；另一套是汉巫，苗语称之为巴岱扎。“巴岱”指巫师、法师，“雄”指苗族，“扎”指汉族。这两套系统同时在湘西苗族地区存在，不仅做巴代雄的人是苗族，而且做巴岱扎的人也是苗族人。虽然做巴岱扎的人是苗族，但在做仪式的时候，是用汉语来吟诵的，也有用汉字书写的经文，记不住的时候可以照经文念。

苗巴岱（bax deib xongb）与汉巴岱（bax deib zhal）的区分在苗族东部方言区很明显，当你说起某一个巴岱的时候，当地人总喜欢问他是苗巴岱还是汉巴岱。这是研究东部苗族民间信仰仪式绕不过去的一个问题。据笔者调查，苗巴岱与汉巴岱有以下几点区别：

（一）苗巴岱与汉巴岱在举行仪式时所穿的服装不一样。苗巴岱举行仪式时所穿的服装也是平时的着装，而汉巴岱在举行仪式时所穿的服装为专有的红色服装（eud qint），有专用的帽子，叫凤冠（gueax chad）。帽子上有太上老君、太上道君、二世真君、二世真人的画像，其从左到右的排列顺序是：二世真人、二世真君、太上道君、太上老君、太上道君、二世真君、二世真人。其中右边的二世真人与左边的二世真人画像不一样，右边的

① 赵海洲：《麻阳县苗族盘瓠文化的特点》，《民族论坛》1990年第3期。

图 9　苗巴岱的服装（吴晓东摄）

图 10　汉巴岱的服装（吴晓东摄）

二世真君与左边的二世真君也不一样。从这一点看，苗族的汉巴岱深受道教的影响。

（二）苗巴岱与汉巴岱举行仪式时所用语言不一样。苗巴岱在举行仪式时用苗语，汉巴岱在举行仪式时用汉语。因大多苗巴岱未掌握苗文，其传授方式一直是口耳相传。而汉巴岱的传授很大程度上依赖用汉字写成的抄本。

（三）苗巴岱与汉巴岱所使用的法器不一样。笔者见过的苗巴岱所使用的法器有金铃（nkind mel）、信筒（xinb ndongd）、卦（kangt）、烧蜡器（deal aob dinb）四种。汉巴岱的法器有马鞭（mas biand）、绺巾（lioux gind）、卦（kangt）、鬼刀（ndend ghunb）、令牌（nbeax guod）、牛角（gieb niex）六种。苗巴岱与汉巴岱所使用的法器只有一样相似，即卦，说相似而不是相同，是因为苗巴岱的卦要用绳子连起来，而汉巴岱的卦不用连。这也有相关的传说，说是苗巴岱被特许在行法事的时候不用弯腰，在拾卦的时候将绳拉起来便可。

苗巴岱的信筒也叫竹拆，是用四节的竹子做成。两头的两节只用半节，关键部位是中间两节，中间两节之间的节骨被取掉，形成一个完整的共鸣器，然后在这一共鸣器的一边平行镂空两条缝隙，两条缝隙之间留下的细竹条被挑起，再用两小竹片垫住这一被挑起的细竹条，使它不弹回去。行法事的时候敲信筒，就是

图 11　苗巴岱的法器。自下向上：信筒（xinb ndongd）、卦（kangt）、烧蜡器（deal aob dinb）、金铃（nkind mel）（吴晓东摄）

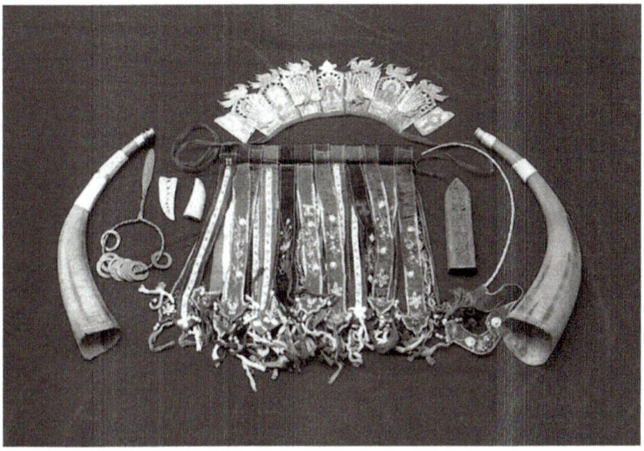

图 12　汉巴岱的法器与凤冠。自上向下，自左向右：凤冠（gueax chad）、牛角（giebniex）、卦（kangt）、鬼刀（ndend ghunb）、绺巾（lioux gind）、令牌（nbeax guod）、马鞭（mas biand）（吴晓东摄）

敲这一被挑起来的相当于乐器中的旋的细竹条，发出“咚、咚”的声音。

苗巴岱的卦一般用竹根来制作，劈成两半，一半是平的，一半是凸的。平的代表阳，凸的代表阴。打卦时得一阴一阳称为顺卦。卦也可以用其他材料做，图中的卦就是用牛角做的。

（四）苗巴岱与汉巴岱主持仪式的风格不一样。苗巴岱在主持仪式的时动作比较少，而汉巴岱主持仪式时伴有很多动作。因此，苗巴岱又被称为文教，汉巴岱又被称为武教。

（五）苗巴岱与汉巴岱所主持的仪式种类不一样。

石启贵先生在《湘西苗族实地考察报告》记载了苗族东部方言区 26 种“祈禳神鬼”的仪式。即：1. 椎牛，2. 椎猪，3. 接龙，4. 还傩愿，5. 祭家先，6. 祭雷神，7. 天王神，8. 罗孔山神，9. 波斯神，10. 淘砂神，11. 揭网神，12. 追魂，13. 除伤亡鬼，14. 飞山神，15. 公安三保神，16. 梅山神，17. 簸箕茶神，18. 布冲他力，19. 板可戎，20. 滚娘公，21. 解天狗，22. 出告祝，23. 推送五鬼及白虎，24. 架桥，25. 当坊土地神，26. 楼公楼婆神。这里未对哪一种仪式为苗巴岱主持，哪一种为汉巴岱主持做出区分。

张子伟、张子元先生在《湖南省花垣县排碧乡黄岩村苗族的椎牛祭》一书中对苗巴岱与汉巴岱所主持的仪式有比较详细的介绍，其中苗巴岱所主持的仪式有 16 种：1. 祭雷祖，2. 洗雷劈树，3. 送老母猪，4. 祭牛祖魂，5. 接龙神，6. 祭小米祖魂，7. 吃忌猪，8. 追魂，9. 招魂，10. 赎魂，11. 赶伤亡鬼，12. 祭口角鬼，13. 祭界污秽祖魂，14. 祭土地，15. 祭娃娃鬼，16. 买坟场。汉巴岱所主持的仪式有 20 种：1、买阎王关，2. 赎魂，3. 赎猪魂，4. 赎牛魂，5. 赶五鬼，6. 赶伤亡鬼之一，7. 赶伤亡鬼之二，8. 洗寨，9. 揭网，10. 砍枷，11. 架天桥，12. 祭三王爷，13. 请恶鬼，14. 祭公安神，15. 祭鲁班，16. 塞火塘，17. 歃血，18. 开天门，19. 祭滚娘公，20. 祭楼公楼婆。

笔者曾在贵州大兴镇野猪塘村做过田野调查，按苗巴岱龙桥良的说法，苗巴岱所主持的仪式有：1. 椎牛（nongx niex），2. 送猪（songt nbeat），3. 解令甲（pud qod ntad lins），4. 扎聂鬼（ghunb zhal nieb），5. 祭药公药母（bid noux bid shed），6. 依芒鬼（ghunb yil mangx），7. 祭禾神米鬼（liux miux liux nongt），8. 敬祖先（xib xangb），9. 敬雷神（xib sob），10. 祭伤亡神（songt max jad），11. 吃鸡（nongx ghab jid beab 或 beux ghab），12. 洗屋（nzead bloud），13. 招小魂（liux guib），14. 招魂（tud ngas），15. 招龙（xib rongx）。汉巴岱所主持的仪式有：1. 还傩愿，2. 祭天老相公，3. 祭

上殿公安，4. 祭下殿飞山，5. 五岳五天，6. 白帝天王，7. 青草大王，8. 龙口大王，9. 恶风大雨大怪，10. 阎罗王圣，11. 三郎三声口细，12. 破茶神，13. 阎光大王。

需要注意的是，苗巴岱与汉巴岱所主持的仪式系统并不是截然分开的，也有一些交叉的地方，有一些仪式是苗巴岱与汉巴岱都可以主持的，比如赎魂，但其仪式本身会有很多差异。同时，在苗族东部方言区，要得到一个比较准确的关于苗巴岱与汉巴岱主持的仪式的数字比较困难，因为这一地区内的各地本身有差别，而且仪式本身有一些变异。

（六）苗巴岱所主持的主要仪式为苗族所独有，而汉巴岱所主持的仪式不仅为苗族所信奉，同时也为这一地区周边的汉族、土家族所信奉。由此可见，苗巴岱所主持的仪式体系可能多属于苗族原生态文化系统，而苗区的汉巴岱所主持的仪式体系，基本上属于汉文化系统。

通过巴岱扎系统的渗入，苗族逐渐接纳这一系统里的神话故事以及相关的信仰，外人也逐渐认为其为原生的，这里有一个典型的案例，就是关于伏羲女娲的族属问题。巴岱扎有一堂法事叫还傩愿，其祭祀的主要神灵为傩公傩母，也就是伏羲女娲。芮逸夫在湖南湘西做田野调查的时候，就发现了苗族祭祀伏羲女娲，于是 1938 年发表了《苗族的洪水神话与伏羲女娲的传说》一文。他在文中推断，女娲伏羲出自南方的苗族，傩公傩母在《傩公傩母歌》中被说成是伏羲女娲。[①] 从这个案例可以看出，通过汉传

① 凌纯声、芮逸夫：《湘西苗族调查报告》，北京：民族出版社，2003 年，第 89 页。

民间信仰渗入到苗族的一些神灵、故事，虽然明显带有一些汉文化的痕迹，但也非常容易被认为是当地民族原生的文化。侯自佳认为湖南泸溪瓦乡人跳香节上所祭祀的主神是伏羲女娲，也是盘瓠辛女："十月跳香大会请了很多神，但从把龟、蛇祭品和门闩闩桃源洞门等内容看，主祭神是傩公、傩娘，也就是盘瓠、辛女，也就是伏羲、女娲。从图腾崇拜和宗教信仰来看，我们知道这三组名称，实是指同一对象。"[①] 虽然侯自佳只提出观点未加以论证，但这个观点应该是正确的，傩公傩母即伏羲女娲，只是这两位神灵是通过汉巴岱才深入到苗族民众之中。

与苗族相似，瑶族、畲族的师公虽然也带有某些本民族文化的元素，但深受汉族民间信仰的影响。就瑶族而言，其师公崇奉唐、葛、周三人为最高神，还信奉玉帝、雷王、神农、伏羲、盘王、灶王、土地、城隍、鲁班、功曹等，尊老君、张天师为祖师和教主。从瑶族师公所崇奉的这些神灵，很容易看出其汉文化元素，在道教形成之前估计已经渗入了瑶族民间，所以，这种渗入对盘瓠神话的传播不可忽视。

正因为汉传民间信仰的渗入，苗瑶畲对盘瓠文化的接纳相对来说比其他民族更为彻底，不仅有盘瓠神话流传，更有相应的信仰、民俗，比如瑶族的盘王节。当然，这种渗入只局限于接近汉族的地区，这也是苗族、瑶族中接受盘瓠文化不均匀的原因所在。

瓦乡人只有一种巫师，即苗族的巴岱扎那一种，而没有巴岱雄那一种，这也说明其外来性。瓦乡巫师所用的法器，与苗族的

① 侯自佳编著:《瓦乡人风俗风情》，北京：中国文联出版社，2005年，第82页。

巴岱扎所用的法器一样，有鬼刀、绺巾等。

海南苗族的盘瓠神话问题很值得思考与深究。海南苗族是明朝时期作为士兵从广西地区来到海南的，从语言上讲，他们的说的是勉语金门方言，与目前广西地区说勉语的瑶族可以通话。关键是，目前云南文山说金门方言的瑶族没有盘瓠崇拜，不流传盘瓠神话。那么，说同一方言的海南苗族，为什么会流传盘瓠神话呢？

关于海南苗族的语言，李爱金在文章中写道："海南苗族语言有'古语'和'现代语'二大类。'古语'又可细分为'山歌语'和'经文语'（经文语亦称盘皇语）二种，'现代语'即现在的苗话。'古语'与'现代语'的区别在于：'古语'只用于演唱山歌，'现代语'是人们日常生活交流交往的语言。"① 海南苗族的所谓"古语"，其实是一种汉语方言，在访谈中，海南乐东苗族陈敬新告诉笔者，经文语与粤语很接近。这种现象其实很普遍，比如分布于湘桂黔交界的三省坡及其附近的山地上的草苗，说话也是用本民族语，而唱歌却要用汉语。前文说到的湖南湘西苗族的巫也具有两套系统，一套是苗巫，另一套是汉巫。汉巫师在日常说话都是用苗语，但在做仪式的时候则要用汉语。这种在仪式中要用汉语的现象，其实没有什么特别的，只是延续一种传统，也就是说，汉巫系统是由汉族传入的，传入的时候是用汉语来做仪式的，目前虽然已经成为苗文化的一部分，但还是要延续使用汉语来做仪式念经文的传统。海南苗族做仪式念经文用与粤语近似的

① 李爱金：《浅谈苗族传统民歌〈盘皇歌〉及其艺术特征》，《第二届海南苗族文化论坛文稿汇编》，内部资料。

汉语方言来诵读，其实也是同样的道理。从使用的方言来看，我们可以推测海南苗族的传播渠道，也可推定大致的时间。也就是说，海南苗族的盘瓠神话传入，不能早于粤语的形成。粤语带有某些古代岭南“百越”语言的因素，但它毕竟是一种汉语方言，它的主要来源是古代中原一带的“雅言”。雅言在岭南传播，始于西汉平南越国之后。汉武帝设“交趾刺史部”监察各郡，东汉撤交趾刺史部设置交州，交趾刺史部和交州都是汉人政权，官方交际必须讲雅言。

综上所述，用图腾神话或族源神话难以解释盘瓠神话为什么在不同语族的民族中流传，它应是原产于汉族文化中心的中原一带，之后由南迁的汉族先民带到南方少数民族地区，并被当地的少数民族接纳。盘瓠神话向南传播应该是多次而不是一次，换言之，目前盘瓠神话文本的差异，有的是由于不同时代的传入造成的，有的是自身变异造成的。在传入的过程中，汉传民间信仰也起了重要的作用。

第三节　盘瓠神话的他者叙事到自我叙事

南宋刘克庄在《后村集·漳州谕畲》写道：“余读诸畲款状，有自称盘护孙者。彼曷尝读范史，知其鼻祖之为盘护者，殆受教于华人耳。”[①] 这意思是说，畲人自称盘护之后裔，是受到汉人

① [宋]刘克庄：《后村集》卷九十三，四部丛刊景旧抄本，第854页。

的影响。换言之，他的意思是，汉人先这么说了，畲人也就接受了。他的这一观点背后，涉及到一个故事讲述者的民族设定问题，即他者叙事还是自我叙事。

这里说的他者叙事，是指非本民族的人站在他者的立场来阐释某一民族的事情，而自我叙事指自己人站在自己民族的立场来阐释本民族的事情。盘瓠神话很多文本后部分都是阐释民族来源的，尤其是汉文献中记载的那些盘瓠神话文本。这些汉文献文本都是以汉人的身份来阐释其他民族的来源，而不是在少数民族地区田野调查所得的转述。其基本的内容就是认定盘瓠神话的故事是在中原汉族地区发生，之后盘瓠与公主演变成了南蛮或别的什么族群，这便是一种他者叙事。

台湾澎湖马公市东卫里一位叫庄决的老人在1997年讲述了一则盘瓠神话故事："从前皇帝之母病，许多医生都医不好她。皇帝下令，谁医好她，便把公主嫁给他。一小官养一猴，跟主人讲，他能医。小官报告皇帝，皇帝许诺真的医好太后便嫁公主给猴子。猴子上高山顶采茶叶，煎茶水，太后喝了以后，病好了。猴子娶了公主，坐船漂到美国。公主生下儿子。儿子送饭田间，打死猴子，儿子长大，母亲化妆嫁儿子，繁衍后代，便是美国人。"① 这是庄决老人用传统的盘瓠神话来解释美国人的来源，这是一种他者叙事。

借助这则神话，我们可以想象当年应劭、干宝等人对盘瓠神话的讲述。应劭的讲述与台湾庄决老人的讲述方式有惊人的

---

① 王甲辉、过伟主编：《台湾民间文学》，上海：上海文艺出版社，2005年，第386页。

相似："高辛氏之犬名曰盘瓠，妻帝之女，乃生六男六女，自相夫妇，是为南蛮。"从"是为南蛮"几个字便可以断定这是一种他者叙事，就像台湾老人说"便是美国人"一样。干宝《搜神记》最后也说："王遣使迎诸男女，天不复雨。衣服褊裢，言语侏离，饮食蹲踞，好山恶都。王顺其意，赐以名山广泽，号曰'蛮夷'。"[①] 从这种表述可以明确地知道干宝是站在汉人的立场来解释"蛮夷"的形成，他是置身于蛮夷之外的。

由于失去了当时叙事的语境，我们难以准确把握应劭、干宝的叙事态度，或许只是一种不带任何恶意的"客观"阐释，或许是一种"推送"，一种"转嫁"，甚至一种"撇清"，即将一种原本存在于本文化中的，但自己不想要的东西说成是别人的，而非自己的。仅从文字本身看，笔者并不认为应劭带有什么恶意。应劭是东汉学者，汝南郡南顿县（今河南项城市南顿镇）人。项城今属于淮阳，正好是目前河南发现有盘瓠神话的地区之一，应劭不可能没有听过老家的盘瓠神话故事。应劭父亲名奉，曾经任武陵太守，从事中郎、司隶校尉。在武陵任命期间，应奉会很容易听说武陵地区的盘瓠神话，因此，应劭也极可能从父亲嘴里了解到武陵地区的盘瓠神话，便将本地的盘瓠神话与"南蛮"联系起来。干宝是新蔡（今河南省新蔡县）人，和应劭也可以算是老乡，应劭的文章他应该很容易看到，便秉承了应劭将盘瓠与"南蛮"关联的说法。

称呼分为自称与他称，顾名思义，自称指自己称呼自己，他

① [晋] 干宝著，黄涤明译注：《搜神记全译》，贵阳：贵州人民出版社，1991 年，第 382 页。

称指他人称呼某一族群。自称与他称经常有混同的现象，这往往使他称变为自称。比如畲族自称山哈，“哈”指客人，“山哈”指山里的客人。这显然是他称转为自称，因为只有主人称外来的人才用“客人”这个词，自己一开始不会自称为客人。故事的讲述也有一个转换的过程，一开始是他者叙述，时间久了，被阐释的人接受了，也自己叙述，便成了自我叙述。用盘瓠神话来解释族源的文本就具有一个讲述主体的转换问题，是从他者叙事转换到自我叙事。需要注意的是，这种族源式的盘瓠神话往往又是以人祖神话的方式呈现的。

第五章　盘瓠神话的演变

第一节　文献记载的变异

盘瓠神话见于汉文献的不少，对这些文献进行梳理，发现其异同，可窥探其部分演变，但显然不是全部，从目前汉族地区搜集的盘瓠神话来看，古汉文献对民间流传的神话故事呈现得不多，文人们多沿袭旧说，很少亲自去做田野调查搜集新的文本。

但凡追溯盘瓠神话的源头，必提它最早见于文献是在东汉应劭的《风俗通义》，且都知道这本书早已不传于世，目前见到的是后人的辑本，而且在辑本里也见不到盘瓠神话的记载，只是从宋代罗泌《路史》中的间接引述才知道这本书原来曾经有过关于盘瓠神话的文字。那么，应劭是在一种怎样的语境下说出盘瓠神话的呢？以往去头掐尾的引述往往难以看出来，这里不妨将其前后引述出来：

《伯益经》云："卞明生白犬，是为蛮人之祖。"卞明，黄

> 帝氏之曾孙也。白犬者，乃其子之名，盖若后世之乌魋、犬子、豹奴、虎豼云者，非狗犬也。虽然世之诞妄，厥有形影，其言之不典，亦实自于《经》也。按:《经》又言:“下明生白犬，白犬有二，自相牝牡。”郭氏以为自相配合，盖若今之婆罗门半释迦者，而应劭书遂以为高辛氏之犬名曰盘瓠，妻帝之女，乃生六男六女，自相夫妇，是为南蛮。则知其说原衍于此，是殆以白犬为龙尔。①

《路史》的这段文字是《论盘瓠之妄》中的一部分。《论盘瓠之妄》是一篇反对视盘瓠故事为真实历史的文章，它首先说有人从辰沅归来，说泸溪县西边有武山，山上有一个洞，洞里有一石头，当地人说此石是盘瓠，而泸溪县西南有盘瓠祠。罗泌接着说这其实在黄闵的《武陵记》里就有记载，不过都是虚妄之词，不可信也。接着他解释这种虚妄之词的来源，即介绍郭璞与应劭两人是怎样解释《伯益经》里的“下明生白犬，是为蛮人之祖。”应劭版的盘瓠神话就是在这样的语境中被引用的。

《伯益经》实指《山海经》，因为早期传说《山海经》是伯益所写，西汉刘歆《上山海经表》云:“《山海经》者，出于唐虞之际……禹别九州，任上作贡；而益等类物善恶，著《山海经》。”②目前见到的《山海经》是在《大荒北经》里提到白犬的:“大荒之中。有山名曰融父山，顺水入焉。有人名曰犬戎。黄帝生苗龙，苗龙生融吾，融吾生弄明，弄明生白犬，白犬有牝牡，是为犬

① [宋]罗泌:《路史》卷三十三，清文渊阁四库全书本，第473页。

② 袁珂:《山海经校注》，成都:巴蜀书社，1996年，第540页。

戎，肉食。”[①] 目前见到的《山海经》版本没有“卞明生白犬，白犬有二，自相牝牡”这段话，《路史》说《伯益经》里有这句话，并介绍郭璞与应劭是怎样阐释的，其中应劭是用盘瓠神话来阐释。

从上文的分析我们知道应劭是为阐释“自相牝牡”才引用盘瓠神话的，因此十分简洁，只为突出自相婚配，其他情节都一语带过，没有典型盘瓠神话里的“许诺”“立功”等核心情节，不过也保留了关键的人犬婚之“婚配”“繁衍后代”两个情节单元，而“繁衍后代”又可细化为“盘瓠与帝女生子”以及“盘瓠子孙自相婚配”两个部分，且故事里的主角是犬，名为盘瓠，因此一直被视为最早的盘瓠神话。

三国时期魏国鱼豢撰有《魏略》，但此书早已亡佚，裴松之注《三国志》，大量引用《魏略》，从中可窥知《魏略》梗概，后人也多有引用。从后人的引用可知道《魏略》曾记载了盘瓠神话，比如后人对《后汉书》的注释引用了《魏略》记载的盘瓠神话：“《魏略》曰：‘高辛氏有老妇，居正王室。得耳疾，挑之乃得物，大如茧。妇人盛瓠中，覆之以盘，俄顷化为犬，其文五色，因名盘瓠。’”[②] 对郑樵《通志》的注释也说《魏略》引用了盘瓠神话：“《魏略》曰：‘高辛氏有老妇，患耳，挑之得物，大如茧。老妇盛于瓠中，覆之以盘，俄顷化为犬，其文五色，因名曰盘瓠。’”[③]《魏略》记载了非常关键的情节，它解释了“盘瓠”一名的来源，

① 袁珂：《山海经校注》，成都：巴蜀书社，1996 年，第 495 页。

② [南北朝] 范晔：《后汉书》卷八十六南蛮西南夷列传第七十六，百衲本景宋绍熙刻本，第 1154 页。

③ [宋] 郑樵：《通志》卷一百九十七四夷传第四，清文渊阁四库全书本，第 4620 页。

即“盛于瓠中，覆之以盘”。这显然是在汉语语境中的阐释，可见《魏略》所记载的盘瓠神话原本是在汉族地区流传的。

到了晋代，有两位史学家记载了盘瓠神话，一位是干宝（284—351年），新蔡（今河南省新蔡县）人，另一位是郭璞（276—324年），河东闻喜县人（今山西省闻喜县）。干宝是在《搜神记》中记载的盘瓠神话：“高辛氏有老妇人居于王宫，得耳疾历时。医为挑治，出顶虫，大如茧。妇人去后，置以瓠篱，覆之以盘。俄尔顶虫乃化为犬，其文五色，因名‘盘瓠’，遂畜之。时戎吴强盛，数侵边境。遣将征讨，不能擒胜。乃募天下有能得戎吴将军首者，赠金千斤，封邑万户，又赐以少女。后盘瓠衔得一头，将造王阙。王诊视之，即是戎吴。为之奈何？群臣皆曰：‘盘瓠是畜，不可官秩，又不可妻，虽有功，无施也。’少女闻之，启王曰：‘大王既以我许天下矣，盘瓠衔首而来，为国除害，此天命使然，岂狗之智力哉！王者重言，伯者重信，不可以女子微躯，而负明约于天下，国之祸也。’王惧而从之，令少女从盘瓠。盘瓠将女上南山，草木茂盛，无人行迹。于是女解去衣裳，为仆竖之结，着独力之衣，随盘瓠升山入谷，止于石室之中。王悲思之，遣往视觅，天辄风雨，岭震云晦，往者莫至。盖经三年，产六男六女。盘瓠死后，自相配偶，因为夫妇。织绩木皮，染以草实。好五色衣服，裁制皆有尾形。后母归，以语王。王遣使迎诸男女，天不复雨。衣服褊裢，言语侏离，饮食蹲踞，好山恶都。王顺其意，赐以名山广泽，号曰‘蛮夷’。”[1] 这一记载已经

① [晋]干宝著，黄涤明译注：《搜神记全译》，贵阳：贵州人民出版社，1991年，第382页。

十分详细，包括了“诞生”“许诺”“立功”“婚配”“封地”“繁衍后代”等情节。值得注意的是，应劭是把盘瓠神话与“南蛮”关联起来，而干宝是与“蛮夷”关联起来，干宝的关联更为广泛一些。按中原人南蛮、东夷、西戎、北狄的划分，应劭的关联比较确指，是指目前的苗瑶语族为主的南方民族，而“蛮夷”从字面上是指南蛮与东夷，如果不咬文嚼字，也可以理解为“非我族类”，泛指周边的少数民族。

郭璞的年龄与干宝差不多，都是西晋末东晋初时期的人。他是在《山海经传》里引用盘瓠神话，是用来注释《山海经》的。不过他不是注释前文所说的“自相牝牡”，而是注释“犬封国”。《山海经·海内北经》云：“在昆仑虚北，有人曰大行伯，把戈。其东有犬封国。”① 郭璞注释这一句的“犬封国”时说：

> 昔盘瓠杀戎王，高辛以美女妻之，不可以训，乃浮之会稽东南海中，得三百里地封之。生男为狗，女为美人，是为狗封之民也。②

郭璞版文本虽短，却包含了“立功”“婚配”“封地”“繁衍后代”等四个情节单元。值得注意的是，郭璞所引用的盘瓠神话与应劭所引用的有所不同，郭璞版的封地具体化了，在“会稽东南海中”，这自然容易让人将盘瓠与东南沿海的越民族联系起来，而不像应劭版那样让人将盘瓠与南蛮联系起来。

① [晋]郭璞：《山海经传》海内北经第十二，四部丛刊景明成化本，第58页。

② [晋]郭璞：《山海经传》海内北经第十二，四部丛刊景明成化本，第58、59页。

南北朝范晔（398—445 年）《后汉书》所记载的盘瓠神话基本是对《搜神记》的继承，但发生了一个很关键的讹误，即把“戎吴将军”变成了“犬戎之将吴将军”：“昔高辛氏有犬戎之寇，帝患其侵而征伐不克，乃访募天下有能得犬戎之将吴将军头者，购黄金千镒，邑万家，又妻以少女。”[①]《搜神记》是说“戎吴将军”，意思是戎吴的将军，因前文有“时戎吴强盛”之句，可确证“戎吴”是指一个部族。前文已经论述过，戎吴或许是融吾，《山海经·大荒北经》云：“有人名曰犬戎。皇帝生苗龙，苗龙生融吾，融吾生弄明，弄明生白犬，白犬有牝牡，是为犬戎。”[②]“融吾”与“戎吴”同音，把犬戎说成戎吴，可能是受到这一记载的影响。郦道元（472—527 年）也是南北朝人，他在《水经注》里也引述了盘瓠神话，可以说基本和范晔的一致，其中也是说取了“吴将军”的首级。

以后汉文献里出现的盘瓠神话基本都是延续干宝《搜神记》的版本，包括唐代杜佑的《通典》、樊绰的《蛮书》、李吉甫的《元和郡县志》、欧阳询的《艺文类聚》、释道世的《法苑珠林》、徐坚的《初学记》等。

宋代有晁补之的《鸡肋集》、乐史的《太平寰宇记》、陆佃的《增修埤雅广要》、欧阳忞的《舆地广记》、潘自牧的《记纂渊海》、王钦若的《册府元龟》、郑樵的《通志》、祝穆的《事文类聚》等。

元代沿袭记载盘瓠神话的有马端临的《文献通考》、张存中的《四书通证》，以及作者未详的《群书通要》等。

---

① [南北朝] 范晔：《后汉书》卷八十六，百衲本景宋绍熙刻本，第 1154 页。

② 袁珂：《山海经译注》，成都：巴蜀书社，1996 年，第 495 页。

到了明代，出现了与《搜神记》文本有很大差异的异文，是在嘉靖郑普刻本《大明一统赋》注释“三苗国”的部分，此异文的盘瓠立功的情节与蚕马神话很相似，与“父亲”有关，故事是这样的：

在荆扬之间，唐虞时恃险为乱，今岳州是也。昔高辛时有犬名盘瓠，人有父为贼所杀者，誓于众曰：“能为我复仇者，以女妻之。”盘瓠闻之棹尾而去，遂衔贼首而还。因妻以女，入山三年，生六子。六子既长。问于母曰：“吾父是谁？”母指犬曰：“此是父也。”六子耻之，遂杀盘瓠。[①]

《大明一统赋》是明代莫旦所著，刻本也是明代的，说明其注释也是在明代完成，其中的盘瓠神话便应该是明代人加入的。目前不清楚这个盘瓠神话的来源，究竟是从其它散落的汉文献抄录来的还是民间听到的，虽然这个不同于《搜神记》文本的盘瓠神话在明朝才出现，但从内容上看应该是很久远的，因为它与蚕马神话很接近，后文将另有讨论。

民国刘锡蕃《岭表纪蛮》引《古今图书集成》1410卷的一则盘瓠神话与《大明一统赋》里记载的又有几分类似：

南越王有犬名盘瓠，王被擒，其母传令有能脱王归者，当以王女妻之。盘瓠闻言，欣然往，窃负而逃，遂妻以女。盘瓠纳诸石谷，与之交媾。生子数人，曰獞、曰猺、曰獠、

① [明]莫旦：《大明一统赋》卷上，明嘉靖郑普刻本，第35页。

曰狼、曰狑、曰狪，各成一族，自为部落，不相往来。[①]

《岭表纪蛮》作者刘锡蕃在瑶区做田野调查，访谈得到多个盘瓠神话文本，其中有一则是这样的：

猺之始祖，蓄一犬，甚猛鸷。一日临战，于阵上为某大酋所执，将杀之，刃举而犬猛啮酋，酋出不意，竟死。猺甚德狗，封之为王，以所爱婢妻之。其后子孙昌大，遂成一族。[②]

刘锡蕃还听到了一则和《后汉书》里所记载的盘瓠神话差不多的故事，但故事结尾有所不同，他说："其又一说，则与范晔《后汉书》所云相类，惟谓'犬子长成之后，与狗父出猎，狗父老惫，坠崖而亡。子负犬还，犬时口流鲜血，沿子肩部下交于胸。子哀之，自后缝衣，即象其形另缀红线两条，以为纪念。'"[③] 这个结尾目前还有听闻。

第一节　狗与蛙：主角的演变

艾伯华在阐释故事类型"青蛙皇帝"的历史渊源时说："虽然

① [民国]刘锡蕃：《岭表纪蛮》，台北：南天书局有限公司，1987年，第3页。

② [民国]刘锡蕃：《岭表纪蛮》，台北：南天书局有限公司，1987年，第82页。

③ [民国]刘锡蕃：《岭表纪蛮》，台北：南天书局有限公司，1987年，第82页。

至今没有证实，然而这个民间故事跟‘狗的传说’非常接近，而且很可能是‘狗的传说’跟‘蛤蟆儿子’混合起来的产物。”[①] 艾伯华所说的“狗的传说”即盘瓠神话。虽然艾伯华把“青蛙皇帝”与盘瓠神话分开，单列为另一个故事类型，但他依然承认两者是非常接近的。换言之，把两者切割为不同的故事类型，只是一种主观性很强的行为，如果我们把两者合起来看成一个故事类型，在理论上完全是可以的。

艾伯华之所以要把两者分开，其实故事情节不是主要的依据，最主要的可能是因为两者的主角不同，一个是狗，另一个蛙。但我们知道，故事类型其实不应该以故事主角来区分，而是要看其故事结构、情节的相似性。从搜集到的一些蛤蟆故事来看，完全可以归纳到盘瓠型神话，比如笔者在海南岛调研时从五指山市南圣镇什拱村村民陈秀兴那里听来的一个蛤蟆故事：

> 两个国家打仗，其中一个没能打赢，即将被占领，国王出榜悬赏：谁能把敌人首领的头颅砍下来，就把最漂亮的第三个女儿嫁给他。一只蛤蟆把榜文吞进腹中，别人就说它领了榜文，就叫它去。国王问它要多少兵，它只要四个人抬轿子。它就去打民气国（也说民移国）（蛤蟆火烧民气国），就是民气国想来占领黄帝，几百千万的兵，密密麻麻的，但是四个人抬蛤蟆的时候，它只要三篼豆子（古代说三篼豆，四个兵）。它把三篼豆子一撒，全部变成了兵，蛤蟆嘴巴是吐

① 艾伯华著，王燕生、周祖生译：《中国民间故事类型》，北京：商务印书馆，2017年，第74页。

火的，熊熊火焰把那个国家烧了。最后回来，国王要把三女儿嫁给蛤蟆。女儿不肯，一直哭。国王就把所有宫女都化妆，让蛤蟆自己选，选不到就算了。蛤蟆懂，就看到了国王的女儿，公主耳朵边左右有一圈绿风总是飞，蛤蟆就跳上去，公主哭了。最后结婚入洞房的时候，公主还是猛哭不想嫁，一个星期后，公主不哭了，国王问公主不哭的原因。原来是蛤蟆晚上就把皮脱了，变成最漂亮的男子。国王教女儿把蛤蟆皮藏起来，换成漂亮的衣服。女儿把皮放进12层的谷仓中压住。结果七天七夜没有看见太阳，国王疑惑为什么这几天都是阴天，没有太阳，于是请先生来打卦。巫师说，你们家有人把太阳踩了，不给太阳上天。是那个蛤蟆知道衣服被人藏了，没有衣服穿，就用脚把太阳踩住，太阳上不了天。公主把衣服给蛤蟆，它才放了太阳。太阳升起来了，就又要落西了。公主有一个舅舅，经常把蛤蟆的衣服偷偷穿出来跳，蛤蟆生气了，就用钉子钉住舅舅后脖子，舅舅就变成了蛤蟆，现在蛤蟆永远是舅舅的模样。你看蛤蟆背上不是有两个小小的点，就是那两个钉子化成的了。[①]

1985年，潘先樗、王人造从陵水县祖关镇白水岭苗村村民邓文安、邓亚金那里搜集了韵文体的《蟾蜍歌》，其内容也是一则盘瓠型神话，摘录如下：

① 陈兴秀讲述，吴晓东记录。采录时间：2012年4月1日；采录地点：海南省五指山市南圣镇什拱村。

遇着蛮夷起大兵，皇帝出榜挂朝门，官人见榜心慌怕，蟾蜍含榜跳归来。……蟾蜍左鼻喷猛火，右鼻纷纷出火烟，蟾蜍喷火天地动，烧死蛮夷兵全亡。……皇帝心中思一计，捉个蟾蜍比短长："你俩都是一路货，如何娶得我三娘？你生得如锅盖大，形似妖怪怎作郎？我赠金银一百担，你带回家养爹娘。"……殿前磬乐连天响，迎接蟾蜍进洞房。蟾蜍夜来床头仆，三娘眼泪湿边床。睡在三更娘眼见，蟾蜍化成俊才郎。①

这首《蟾蜍歌》不仅在故事结构上与盘瓠神话极为相似，具有许诺、立功、悔约、结合等主要情节单元，而且某些细节也是一样的，比如很多盘瓠神话中的女子是三公主，《蟾蜍歌》里也是"三娘"。

以蛙为主角的盘瓠型神话不是单例，在广西天峨县流传的壮族神话《蛙婆节》② 也属于以蛙为主角的盘瓠型神话。那么，为什么盘瓠型神话的主角会是狗和蛙呢？

关于盘瓠为什么是狗，有学者认为是源于绰号或名字，这种观点存在一个问题，即崇拜盘瓠的苗族、瑶族和畲族虽然也有把盘瓠称为龙犬的，但大多名称不是这样的，而是翼洛、邦尕、更、龙麒等等。还有学者认为："盘瓠之所以成为犬，那是过去文人在鱼豢《魏略》'俄顷化为大瓠'一句中，将'大'字加了一

①《中国歌谣集成·海南卷》，北京：中国ISBN中心，1997年，第503—506页。

② 参见《蛙婆节》，载《中国民间故事集成·广西卷》，北京：中国ISBN中心，2001年，第342页。

点，改成了‘犬’字，并去掉了‘化为大瓠’的‘瓠’字，于是就成了‘化为犬’的史话了。”[①]《魏略》原文已经散失，按唐代李贤注释《后汉书》时所引《魏略》的记载，并无“化为大瓠”的话。即使《魏略》的原文是这样，这种解释也比较牵强，首先是要误把“大”写成“犬”，其次是要去掉“瓠”字，为什么要去掉呢？盘瓠神话现在依然有“瓠”字，并非被去掉。

下文试图从语音的角度来阐释为什么盘瓠神话会出现主角为狗与蛙的现象。

一　蛙、狗的形成

前文从“羲呙（䕻娲）”的语音演变阐释了盘瓠神话中故事主角名称伏羲、盘瓠、盘匏、翼洛、盘古、邦尕、更的来源，这几个不同的名称，都能通过这种演变解释得通，说明它不是偶然的巧合，也说明把这些名称追溯到“羲呙（䕻娲）”，甚至更远的“日月”“眼睛”“窟窿”等词汇是可能的。下文试图证明，是同样的语源在语音演变过程中与“狗”“蛙”的语音雷同，才导致盘瓠神话中的主角被说成是狗或蛙。

语音相同而引起关联，是故事发生演变的极为重要的原因。这里引一个嫘祖的故事来加以说明。在湖南的临湘市流传有蚕起源的故事，1987年搜集到的《蚕茧的起源》与蚕马神话几乎一致，其梗概是：蚩尤抢走了黄帝的女儿，黄帝许诺谁找回他女儿就将女儿许配给谁。结果是黄帝经常骑的一匹骡子把他女儿救回

① 莫厚材编著：《盘古新说》，北京：中国文联出版社，2008年，第273页。

来了。黄帝反悔，将骡子杀了。骡皮飞起裹走女儿，变成蚕虫。“黄帝为了纪念这事，就把女儿封为‘骡祖’，也就是嫘祖。”① 按比较流行的说法，嫘祖是黄帝的妻子，但在临湘《蚕茧的起源》中的嫘祖演变成了黄帝女儿。嫘祖的“嫘”普通话念 lei，但在湖南临湘念 luo，与骡子的“骡”同音。正因为这一同音，致使蚕马神话的主角马演变成了骡。

嫘祖的“嫘”是从羲咼（羲娲）的“咼”演变来的，从咼（guo）、各（guo）、洛（luo）、螺（luo）、嫘（lei）可以看到语音的演变路线。这样的演变不是孤立的，从果（guo）、裸（luo）、摞（luo）、累（lei）等字也可以看出这样的演变。

黄帝姓姬，“姬”与“羲”可同音，从颐和园的“颐（yi）”可以得到证明，“姬”“颐”声旁相同。另外，在号称黄帝故里的河南新郑有一条河叫姬水，也写成沂（yi）水，也可证明“姬”与“羲”可同音。因此，姬、嫘与羲、咼是对应的。临湘的《蚕茧的起源》正是蚕马神话主角附会为“羲（羲）、咼（娲）”，在“咼”演变为“嫘”的过程中，因为读音正好与“骡”相同，才导致了故事主角演变为骡。

盘瓠神话来源于蚕马神话，蚕马神话主角附会为“羲咼（羲娲）”，那么“羲”或“咼”的语音演变是否也恰巧与“蛙”“狗”雷同呢？

“娲”“蛙”目前读音本身就相同，都读 wa。那么这两个字是后来才同音还是很早就同音了呢？“咼”，上古音构拟为

---

①《蚕茧的起源》，湖南省文学艺术界联合会编《湖南民间故事集成（一）》，长沙：湖南文艺出版社，2009 年，第 52 页。

[k^{hw}ro:l]，“蛙”的上古音构拟为 [q^{w}raa]。在广西，青蛙称为蚂蜗，“蜗”的上古音构拟为 [g^{w}ro:lʔ]。所以，无论是古音还是现代音，“娲”“蛙”都是相同或相近的，这便导致了主角名称附会为“義咼（羲娲）”的盘瓠神话其主角形象是蛙的现象。

狗，《说文解字》云：“从犬句声。”狗上古音构拟为 [ko:ʔ]，与“锅”川方言目前的读音 [ko] 几乎一样，这说明“咼”“狗”以前同过音。“犬”和“狗”是一组同义词，“狗”字不见于甲骨文，而“犬”字在商周甲金文字里就已经大量使用，这说明“犬”字比“狗”字悠久，估计“狗”字是“犬”音演变到与“句”音相同的时候才创造的新字。“犬”上古音构拟为 [k^{hw}e:nʔ]，“咼”上古音构拟为 [k^{hw}ro:l]，非常接近。所以，“咼”无论是与比较早的“犬”还是与稍晚的“狗”，其语音都很相近，这应该是造成盘瓠神话中主角为狗的直接原因。为了直观，也将这一演变图示如下：

图 13　蛙、狗来源演变图

从目前搜集到的文本来看，以蛙为故事主角的盘瓠神话主要分布在海南岛的苗族，以及广西天峨、田阳一带的壮族。

在海南岛，黎族也有盘瓠神话，但黎族的盘瓠神话故事主角为犬，而且立功的方式是治病，而不是立战功，可见海南苗族与黎族的盘瓠神话具有比较大的差异，海南苗族的蛙形象盘瓠型神话不会是受到黎族的影响，那么海南苗族的这一亚类型是从哪里来的呢?

如前文所述，海南苗族的历史来源比较清晰，根据《光绪崖州志》的记载，他们是明代时被朝廷从广西作为兵士征调来镇压当地少数民族起义的。清代道光的《琼州府志》也沿袭此说："儋州又有苗黎，……盖前明时，剿平罗活峒黎叛，建乐安城，调广西苗兵防守，号为弩手，后营汛废，子孙散居山谷，仍以苗名。"[①] 这一记载的时间、因由、地点都十分明确。罗活、抱由黎族起义即在明代的弘治十四年（1501 年）儋州坊峒符南蛇起义。

虽然海南苗族称为苗，但海南苗族人并非来源于广西的苗族。从语言上考证，它与目前广西的瑶族关系密切。其自称有两种，大多数称为"金门"或"金第门"，只有儋州南部地区的少数苗族自称为"南丰角"。无论其自称怎样，海南苗族的语言都属于汉藏语系苗瑶语族的瑶语支。这是语言学家调查后得出的结论，他们与从广西来的瑶族在语言上没有很大差别，能比较流畅地交流。也就是说，这一支苗人，在广西那边，其民族成分是划分为瑶族的。这一支瑶族最突出的一个特点就是崇拜盘皇，每年都要祭祀盘皇、过盘皇节，并在此节日跳盘皇舞。

这一次被征调是苗人进入海南的主要原因，但也有学者认为，除了这次征调，苗人还在其他时间迁徙来海南，因为苗人关于来海南的事迹有自己的一些传说，这一传说是这样的：苗人从广西来，是坐船过海的。坐船过海，船到海中，遇狂风恶浪，幸得神灵保佑才来到海南岛。登岸后，第一个居住点是凰田。凰田

① 张巂、邢定纶、赵以谦：《崖州志》，广州：广东人民出版社，1983 年，第 247 页。

为一盆地，苗人将此盆地开垦成一片良田。但统治者见苗人生活富庶，因此常进村抢劫并要将苗人斩尽杀绝。苗人只得抛弃家园，逃往原始森林大伦山（即今乐东县境内得尖峰岭），但又遭统治者追剿。劫后余生的苗人被迫向全岛最险恶的山岭散开去。[①]这种迁徙说法是否可靠有待研究，因为民间传说与真实情况不相吻合的个案很多。其传说中提到的两个地名，凰田与尖峰岭，都在海南的西部，与文献记载的征苗兵“平剿黎叛”的地域吻合，反而证明这种传说其实与文献记载是一致的，很难从这些传说证明海南苗族是因为其他原因迁徙来海南的，而主要是这次征战而来，可能是为了避讳，才产生这样的说法。当然，这些士兵来了之后，也可能再有一些人跟随而来，但应该为数不多。从文献记载的这次迁徙来算，苗族迁入海南已达500年之久，寻找海南苗族关于蟾蜍传说的渊源，得参考海南苗族具体从哪个地方而来。

海南苗族说的勉语金门方言，毛宗武把国内的金门方言划分为两个土语：滇桂土语，自称“金门”（云南河口县瑶山乡新寨村 /kje 洂 mun/）或“甘迪门”，16万6千多人；防海土语，自称“金门”（广西防城港市防城区那垌乡滩散村 /ki 洂 mun/），6万多人，分布在广西和海南。虽然在广西河池的巴马、百色的乐业、凌云等地都有金门方言的瑶族，但只有广西防城、崇左一带，即十万大山一带的瑶族与海南苗族的语言、服饰、习俗最接近，当年明朝官府征兵，征的应当主要是十万大山一带的瑶族，

① 海南省民族宗教事务厅：《海南苗族》，海口：海南出版社，1997年，第41、42页。

其他地区的可能有，但不会太多。在广西防城港市，有十万大山瑶族乡和南屏瑶族乡两个主要聚居地，因为身着花衣，头饰五彩缤纷，而被称为花头瑶。目前海南苗族的服饰与这里瑶族的头饰基本相似。另外，海南瑶族与这里的瑶族使用的鼓也是一致的，都是单面鼓。更重要的是，防城港一带的花头瑶也流传以蛙为主角的盘瓠型神话，笔者与另几位同事在防城港那良乡那巴村调研时，就从村民李永学那里搜集到这一亚类型神话。

在广东连南县，瑶族也有主角为蛙的盘瓠型神话，叫作《甘基王》，故事大意是皇帝许诺谁打败么理国就把三公主嫁给他，结果一只蛤蟆通过吐火把么理国打败了，皇帝起初想要悔约，后来蛤蟆脱去蛙皮，变成了英俊小伙，便与三公主成了婚。① 这则神话采录于连南县南岗油岭瑶寨，另外，在黄连瑶寨与三水区也发现类似的神话异文，南岗油岭瑶寨的瑶族说的是勉语的藻敏方言，称为排瑶，而黄连瑶寨的瑶族与三水的瑶族都是过山瑶。这说明蛙形象的盘瓠型神话主要在靠南地区流行，靠北部地区的瑶族都没有发现这一亚类型的盘瓠型神话。海南苗族很可能是迁徙到比较靠南的地区才开始接受这一亚类型的盘瓠型神话。

另外，还有一点值得注意，就是金门方言瑶族有一个特点，他们与汉藏语系壮侗语族的壮族杂居，很多金门方言的瑶族都会说壮语。因此，海南苗族的盘瓠型神话也有可能是他们接受了壮族相关神话的影响之后，才被征兵到海南的，并把以蛤蟆为主角的盘瓠型神话故事带到了海南，而不是受到海南黎族的影响。

---

①《中国民间故事集成·广东卷》，北京：中国 ISBN 中心，2006 年，第 869—877 页。

在广西红水河流域的天峨县，也流传有相似的神话《蛙婆节》，在百色地区的田阳，有搜集到类似的《皇帝变蛤蟆》。通过比较，海南苗族的蟾蜍神话与广西壮族地区的青蛙神话无论是整体结构上还是一些细节上，都极为相似，都属于盘瓠神话故事类型。由此我们有理由推测，说金门方言的瑶族在长期与壮族杂居的情况下，接受了青蛙神话故事，并带到了海南。

也许有学者认为盘瓠型神话中以蛙为主角的亚型是在壮族地区独立产生的，其实不然，因为蛙突破难题之后取得妻子的故事并不是孤立存在的，而是广泛存在的，最有名的异文就是《青蛙王子》。以蛙为主角的盘瓠型神话与青蛙王子的故事应该是同一来源。在壮族地区，以蛙为故事主角的盘瓠型神话带有很多《莫一大王》的元素，而《莫一大王》正好也是“羲娲”名称系统下的故事变异。

无论是犬还是蛙，都是盘瓠型神话的主角，都是完全以一种动物的形象呈现的，但由于忌讳心理，动物主角往往会转变为人。动物神灵的演变有一个规律，即第一阶段完全是动物，第二阶段是人兽相伴，第三阶段完全蜕变为人，不见兽的痕迹。比如真武大帝是由龟蛇相交的玄武演变过来的，完全动物形态的玄武是龟蛇相交的形象，第二阶段是人形的真武大帝与龟蛇相伴，往往是在其脚下有一龟一蛇，第三阶段的真武大帝只剩下人形，完全不见龟蛇的身影。故事主角也有这样的演变规律，比如以犬为主角的盘瓠神话一开始是主角为完全动物形态的犬，第二个阶段是犬伴人，这个阶段的案例有广东海康县（今雷州市）搜集到的《神犬》，说的是皇帝公主腿生疮后张榜告示，谁能治好就将公主嫁给他，揭榜的是一位带着狗的白胡子老头，老头让狗去给公主治病，他说："公主的闺房我进不得，以后，给公主看病、送药，都是我这只神狗，它就是我，谨记，谨记！"[①] 第三阶段则完全脱离犬的影子，而成为一个人，黎族的盘瓠神话《青青和红红》中故事主角红红便是一位打扫皇宫的小伙子，完全没有犬的痕迹了。牛郎织女神话也一样，一开始是牛，第二阶段发展为与牛相伴的牛郎，最后发展到完全与牛无关了，比如《天仙配》里的董永。

二　咬头情节与狗、蛙吃日月

前文从语音分析了盘瓠型神话中故事主角为什么是狗或蛙，下文再阐释狗咬敌人首领头颅立功情节的来源。

盘瓠型神话有一个主要的情节就是立功，这是故事主角狗或蛙得以娶妻的前提。从盘瓠神话立功的方式来看，可划分为立战功、治病、取得谷种、敲响石鼓、找印等五种。立战功情节即狗或蛙揭榜之后将敌方打败。在于犬形象的盘瓠神话，则多是犬去到敌方咬掉了敌人首领的头颅，将头颅衔回来献给帝王，并按照榜文的许诺要求娶公主为妻。那么狗咬头颅的情节是怎么来的呢？

有一个现象很特殊，值得重视，即盘瓠神话的主角是狗或蛙，而在中国，日食月食神话中吞噬日月的也是狗或蛙。天狗吃月亮的说法众所周知，蛙吃日月的神话目前在汉族地区虽然不普遍，但在汉文献中也有出现，并且目前在南方一些少数民族中依

---

① 周翔编著：《盘瓠神话资料汇编》，北京：学苑出版社，2018 年，第 37 页。

然流传。《史记·龟策列传》云："月为刑而相佐，见食于虾蟆。"[①]《淮南子·说林训》云："月照天下，蚀于詹诸。"[②]唐代卢仝《月蚀诗》云："传闻古老说，蚀月虾蟆精。"[③]蛙吃日月的故事，广泛存在于许多民族，傣族《蛙王衔日、蛙王衔月》说："在最古老的时候，有两夫妻，雇了一个长丁，非常虐待他。长工实在经受不住，就去寻死，死后变成一个蛙王。后来，夫妻俩也老死了。女的死后变成月亮，男的死后变成了太阳。后来蛙王知道了，见了月亮追月亮，见了太阳追太阳。如果被他追到哪个，就将它衔在口里，表示羞辱一番给世人看，然后又放掉。"[④]土家族也有蛙吃太阳的口头神话："在马桑树上呷蚊子的青蛤蟆，见这样晒下去，样样会断子绝孙，缘着齐天高的马桑树，爬到天上去，一口吞下一个太阳，当吞了十一个时，有人怕它把太阳全吞光了，就一棒把马桑树打弯，哪晓得剩下的这个太阳，也被打落到海里去了。"[⑤]盘瓠神话主角是狗和蛙，日食月食神话中主角也是狗和蛙（蛤蟆），这其实不是一种巧合。

---

① [汉]司马迁撰，[刘宋]裴骃集解，[唐]司马贞索隐，[唐]张守节正义：《史记》，北京：中华书局，1982年，第3237页。

② [汉]刘安著，刘少影译注：《淮南子》，北京：中国工人出版社，2016年，第152页。

③ 管仁福主编：《苏轼徐州诗文辑注》，徐州：中国矿业大学出版社，2014年，第246页。

④ 中国民间文艺研究会云南分会等编：《云南民间文艺源流新探》，昆明：云南民族出版社，1986年，第251页。

⑤《六月六给太阳祝生》，载《中国民间故事集成湖南卷·湘西土家族苗族自治州分卷》（下册），内部发行，1989年。

那么盘瓠神话中犬咬掉敌人首领头颅的情节与日食月食有什么关联呢？断头情节是为了解释日月食的需要而产生的。关于断头情节的产生，可以参考印度的罗睺吃日月的神话：传说有一种长生不死的药，叫不死甘露，它被藏在须弥山（Mountain Meru）底下的乳海（Ocean of Milk）中。为了长生不死，毗湿奴提出让天神（Deva）和阿修罗（Asura）齐心协力搅乳海，以便取得甘露。毗湿奴端坐在须弥山之上，并使自己的化身巨龟沉入海底作须弥山的底座，再用巨蟒舍沙作转动大山的绳索，天神拉住蛇尾，阿修罗拉住蛇头，来回反复拉动，于是从乳海中浮出十种东西：月亮、吉祥天女、宝石、酒神、乳牛、如意树、白马、大象、毒药，以及神医搜般陀里（Phanwantari），他手里拿着盛满不死甘露的碗。毗湿奴为了不让阿修罗们喝到甘露，他让天神和阿修罗分坐两边，又化作美女跳舞，与好色的阿修罗调情，天神们则乘机在一旁分饮甘露。有一个叫罗睺（Rahu）的阿修罗见到此景，便化身为天神的样子混在天神之中分饮甘露。太阳神苏利耶（Surya）和月亮神旃陀罗（Chandra）发现了罗睺，并揭穿了他的伪装。毗湿奴大怒，砍下了罗睺的头。由于罗睺已经喝了不死甘露，他的头得以不死。为了报仇，他的头经常咬啮或吞食日月。但由于罗睺没有身子，他吃掉的日月又从后面出来了。这就是日食或月食的来源。众所周知，全日食或全月食现象是日月先黑一小部分，之后慢慢全部黑掉，再往后是一小部分恢复光亮，最后全部恢复。为了解释这种奇怪的现象，最好的逻辑就是编造一个故事，说日月被一个没有身子的头颅吃掉了，因为没有肚子，就漏了出来，所以日月就恢复了光亮。

中国是狗或蛙吃日月，印度是罗睺吃日月，两者有什么关联吗？罗睺吃日月是因吃不死甘露而起，其特点是断头，我们可以从这两点来寻找两者的关系。这得从《山海经》里遗留的一些故事来连缀。《海内西经》里记载了危与贰负杀窫窳的故事：

> 贰负之臣曰危，危与贰负杀窫窳。帝乃梏之疏属之山，桎其右足，反缚两手与发，系之山上木。在开题西北。[①]

贰负的臣子叫危，危与贰负一起杀了窫窳，天帝便把危禁锢在疏属之山，铐住了他的右脚，又将他的双手与头发反捆在一起，绑在疏属山的一棵树上。之后，一群巫医不惜余力用不死药挽救被杀的窫窳：

> 开明东有巫彭、巫抵、巫阳、巫履、巫凡、巫相，夹窫窳之尸，皆操不死之药以距之。窫窳者，蛇身人面，贰负臣所杀也。[②]

一群巫医簇拥着窫窳之尸，用不死药使之起死回生，这一场面真可谓是惊心动魄，令人震撼，但这个故事在后世却鲜为人知。清代汪绂《山海经存》卷首《汉刘秀上山海经疏》中有言道："孝宣皇帝时击磻石于上郡，陷得石室，其中有反缚盗械人，时臣秀父向为谏议大夫，言此贰负之臣也。诏问何以知之，亦以《山海经》对其文，曰：'贰负杀窫窳，帝乃梏之疏属之山，桎其

---

① 袁珂：《山海经校注》，成都：巴蜀书社，1996年，第335页。

② 袁珂：《山海经校注》，成都：巴蜀书社，1996年，第352页。

右足，反缚两手。’上大惊，朝士由是多奇《山海经》者。”[①]在石室中发现反缚盗械之人的尸骨的可能性是有的，但未必就是杀窫窳的危的尸骨。不过，这说明了一个问题，这个故事在当时已经不再流传，知道这个故事的人很少，刘向用这个故事来解释发现的尸骨，竟然让朝士们大为惊奇。那么，如此传奇的故事何以会失传呢？其实，这个故事并非失传，而是有所变异，以另外的表述在民间流传。

这个故事与《西次三经》里鼓与钦䲹杀葆江的故事很相似，袁珂也曾表示“黄帝戮鼓与钦䲹，亦犹黄帝梏贰负与危之类是也。”[②]那么，这两个故事是否是同一个故事呢？答案是肯定的。

首先，我们来看看这场杀戮发生在哪里。“危与贰负杀窫窳”是《海内西经》的第一个条目。《海内西经》的叙事顺序是“海内西南陬以北者”，也就是说，《海内经》是以作者为中心，然后按四方来叙事，在叙述每一边的时候，又是从一端叙述到另一端。具体来说，《海内南经》是“海内东南陬以西者”，换言之，是从东南角叙述到西南角，而《海内西经》是“海内西南陬以北者”，也就是从西南角叙述到西北角。《海内南经》的最后一句是“旄马，其状如马，四节有毛。在巴蛇西北，高山南。匈奴、开题之国、列人之国并在西北”[③]。意思是说，在西南角的这个方位，有很多国家，开题国与列人国、匈奴等其他方国一起，都在巴蛇的

① [清]汪绂：《山海经存》，杭州：杭州古籍书店，据光绪二十一年立学斋印本影印，1984年。

② 袁珂：《山海经校注》，成都：巴蜀书社，1996年，第51页。

③ 袁珂：《山海经校注》，成都：巴蜀书社，1996年，第332、333页。

西北。讲到这里，《海内南经》便结束了，接下来便到了《海内西经》。此经的开头一句便是关于危与贰负杀窫窳的记载，后面的“在开题西北”是点明了这一事件发生的地理位置。从整体上来说，这个地点是在作者所处位置的西南方。《海内西经》从西南角讲到西北角，处于西北角的是昆仑之虚：“海内昆仑之虚，在西北，帝之下都。”[①] 也就是说，危与贰负杀窫窳的事件发生在昆仑之虚的南面。这样的地理位置与《西次三经》里鼓与钦䲹在昆仑之阳杀葆江的地理位置是吻合的：

> 又西北四百二十里，曰钟山，其子曰鼓，其状如人面而龙身，是与钦䲹杀葆江于昆仑之阳，帝乃戮之钟山之东曰瑶崖，钦䲹化为大鹗，其状如雕而墨文白首，赤喙而虎爪，其音如晨鹄，见则有大兵；鼓亦化为鵕鸟，其状如鸱，赤足而直喙，黄文而白首，其音如鹄，见则其邑大旱。[②]

与危和贰负杀死窫窳相似，这里是鼓和钦䲹杀死葆江，危和贰负杀死窫窳之后，天帝便把危给绑在了疏属之山上，这里则是天帝将鼓和钦䲹杀死在钟山之东的瑶崖。之后，钦䲹化为大鹗，鼓亦化为鵕鸟。危和贰负杀死窫窳是在昆仑之虚的南面，这里是在“昆仑之阳”，所谓的阳，也就是南面。在同一地点，事件又如此类似，我们很难解释它们不是同一事件。

其次，从名称上看，“鼓”与“危”似乎很难对上号，如果我

---

① 袁珂：《山海经校注》，成都：巴蜀书社，1996 年，第 344 页。

② 袁珂：《山海经校注》，成都：巴蜀书社，1996 年，第 50 页。

们参考“妫”“隗”二字，便容易看出两者的语音关系。“妫”读gui，而其声符是“为”，读wei，与“危”同音；“隗”读wei，而其声符是“鬼”，读gui，可见wei与gui具有语音演变关系。“圭”读gui，以“圭”为声符的文字有“蛙”，蛙古音为“顾”，《天问》有“夜光何德，死则又育？厥利维何，而顾兔在腹？”的句子，其中的顾，便是“蛙”的古音，顾兔在腹，指蛙与玉兔在月亮里。目前湘西苗语里“蛙”也依然保留读gu这个音。由此可见，“危”与“鼓”在语音上具有演变关系。

在语音上，“贰负”与“钦䲹”初看上去似乎也相距甚远，其实，负与䲹也存在语音对应关系。钦䲹，《广韵》：“符悲切”；《集韵》：“贫悲切”。也就是说，䲹在《广韵》中注音为fei，在《集韵》中注音为pei。钦䲹，唐本《淮南子·齐俗训》作“钦负”。[①]古倍、负通用。

危与贰负杀窫窳的故事不仅和鼓与钦䲹杀葆江是同一故事，而且与《海内经》里的“相顾之尸”也是同一故事。鼓、危的名称也被记载为顾：

> 北海之内，有反缚盗械，带戈，常倍之佐，名曰相顾之尸。[②]

这位相顾之尸，其实也就是鼓，顾与鼓同，常倍即钦䲹，语

① 张儒、刘毓庆：《汉字通用声素研究》，太原：山西古籍出版社，2002年，第1页。

② 袁珂：《山海经校注》，成都：巴蜀书社，1996年，第524页。

音非常近，当是用不同文字来记音。相顾之相，是臣子的意思，也正因为顾是常倍的相（臣），前面才说“常倍之佐”，也就是常倍的辅佐。在《山海经》中，臣子也叫相，比如相柳，《海外北经》中有“共工之臣曰相柳氏，九首，以食于九山”的句子，也能证明相便是臣。对应的因素如下：

相——臣
顾——鼓
常倍——钦䲹

在语音对应方面，相顾之尸的记载与鼓杀葆江的故事更接近，在故事情节结构上，则与危杀窫窳的故事更接近。通过相顾之尸作为中介，能更好地证明危杀窫窳的故事即鼓杀葆江的故事。

危杀死窫窳之后，天帝为什么要惩罚危？要回答这个问题，我们先来看看危和贰负为什么要杀死窫窳？从《山海经》其他记载来看，窫窳是一种食人的怪兽：

有窫窳，龙首，是食人。[①]（《海内经》）

窫窳龙首，居弱水中，在狌狌知人名之西，其状如龙首，食人。[②]（《海内南经》）

又北二百里，曰少咸之山，无草木，多青碧。有兽焉，其状如牛，而赤身、人面、马足，名曰窫窳，其音如婴儿，

① 袁珂：《山海经校注》，成都：巴蜀书社，1996 年，第 513 页。
② 袁珂：《山海经校注》，成都：巴蜀书社，1996 年，第 328 页。

是食人。[①]（《北山首经》）

既然窫窳是食人兽，危和贰负杀死窫窳也就等于为民除害了，天帝应该高兴才是，为什么反而会激怒天帝？群巫医为什么又会不惜余力来抢救这个食人兽呢？这必定还有更为深层的原因，也就是说，窫窳被说成食人兽，必定是故事发生变异的结果，远离了故事的原型。在这之前，窫窳当与天帝有某种特殊的关系。

王孝廉《岭云关雪——民族神话学论集》中提出的"窫窳与蚩尤为一神说"，"窫字从契，与蚩音通。窳或作窬，音尤(《集韻》促侯切音尤）与蚩尤之尤相同，窫窳在神名的语音上就是蚩尤"[②]。窫窳即蚩尤的观点也解释不了窫窳被杀为什么使天帝那么动怒。孙琳的《"窫窳与蚩尤为一神说"献疑》便对窫窳即蚩尤的观点提出了质疑。[③]

徐客注释《山海经》说："传说窫窳原来是一位天神，蛇身人面，后被贰负的下臣所杀。天帝念他罪不至死，命开明东的群巫用不死药救活了他。复活后的窫窳变成龙头怪兽，专门吃人，以此来发泄他被冤杀的怨恨。"[④]这种窫窳原来是天神的观点倒是能解释为什么它被杀使天帝动怒的问题，遗憾的是，我们找不到窫窳是天神的任何文字记载，这种观点只能提停留在猜测而不是推

① 袁珂：《山海经校注》，成都：巴蜀书社，1996年，第92页。

② 王孝廉：《岭云关雪——民族神话学论集》，北京：学苑出版社，2002年，第231页。

③ 孙琳：《"窫窳与蚩尤为一神说"献疑》，《鸡西大学学报》2013年第7期。

④ 徐客：《图解山海经》，南昌：江西科学技术出版社，2012年，第475页。

测的层面上。

窫窳被杀之后，众巫医用不死药挽救他，使其死而复生，说明这个故事与不死药有关。鼓与钦䲹所杀的对象叫葆江，巫医救窫窳采药地点叫登葆山，“葆”字依然遗留有不死药的痕迹。《海外西经》云：“在登葆山，群巫所从上下也。”[①] 登葆山在《大荒西经》中叫作灵山：“有灵山，巫咸、巫即、巫盼、巫彭、巫姑、巫真、巫礼、巫抵、巫谢、巫罗十巫，从此升降，百药爰在。”[②] 登葆山是群巫采药的地方，而这些药又与不死有关，因为用不死药挽救窫窳的正是这些巫医。“永葆青春”一词的“葆”，字典上一般解释为“保持”，那为什么不写成“永保青春”呢？这可能与葆这种野菜被民间认为是一种延年益寿的药有关。葆，是永远青春的象征。因此，鼓所杀的对象葆江，或许正是不死药葆的拟人化，而窫窳是葆的另一种称呼，窳与榆同音，葆是榆的孽生。《史记·天官书》有“主葆旅事”之句，《史记集解》引如淳语云：“关中俗谓桑榆孽生为葆。”[③] 这句话将窫窳与葆江联系起来了，桑榆即葆，而窫窳与桑榆一音之差。也就是说，窫窳可能也是不死药的人格化。

不死药的想象来自月亮的“死则又育”，月亮可以死后重生。西王母为月亮神，她拥有不死之药；嫦娥也是月亮神，她有吃不死药之后奔月的故事。在神话故事中，月亮不仅被人格化为西王母、嫦娥、女娲等，同时也被物化为不死药、砍了又长的桂树，

① 袁珂：《山海经校注》，成都：巴蜀书社，1996 年，第 263 页。

② 袁珂：《山海经校注》，成都：巴蜀书社，1996 年，第 453 页。

③ 莫超：《西北方言文献研究》，北京：北京大学出版社，2014 年，第 19 页。

以及能自动生长的息壤等。笔者在《鲧窃息壤神话考》一文中论证了息壤是月亮的物化表现，[①] 现实中没有能生长的息壤息石，只不过是人们把月亮视为不断运转的磨石，看见这一磨石从月牙儿长成满月，故称为息石。由息石演变到息壤，衍生出鲧窃息壤的神话来。鲧窃息壤的神话故事和危与贰负杀窫窳，以及鼓与钦䲹杀葆江的神话故事，在结构以及某些细节都可以对应得上。《海内经》云：

> 洪水滔天，鲧窃帝之息壤以堙洪水，不待帝命。帝令祝融杀鲧于羽郊。[②]

鲧、鼓、顾的上古音分别为 [kuunʔ]、[kʷaaʔ]、[kʷaas]，都十分相近，鼓杀死葆江，危杀死窫窳，犹如鲧窃息壤，被天帝杀戮。也就是说，窫窳是不死药的人格化，危杀窫窳的故事，是鲧窃息壤故事的变异。这就能比较合理地解释，危杀窫窳之后，天帝为什么如此动怒，要惩罚危。也能比较合理地解释，窫窳被杀之后，巫医为什么要用不死药使其起死回生，因为窫窳的原型就是不死药。

通过以上一系列故事的串联，可以看到危与贰负杀窫窳的故事与罗睺偷吃不死甘露被杀是有关联的。罗睺偷吃的不死甘露是一种长生不死药，与中国的传说不死药一样，其实都是月亮死则又育的物化表现。罗睺偷吃不死甘露后天帝毗湿奴很愤怒，杀了

① 吴晓东：《鲧窃息壤神话考》，《中原文化论坛》2015 年第 6 期。

② [晋] 郭璞：《山海经传》第十八，四部丛刊景明成化本，第 77 页。

罗睺；鲧偷窃了息壤后天帝很愤怒，杀了鲧；危杀了窫窳后天帝很愤怒，禁锢了危；鼓杀了葆江之后，天帝也很愤怒，杀了鼓。还有一点非常值得注意，就是罗睺偷吃不死甘露的地方是发生在搅动乳海的须弥山的旁边，而危杀窫窳、鼓杀葆江的故事是在昆仑山的旁边，须弥山与昆仑山都是古代人们想象的宇宙中心，可见这三个故事的结构相似，细节相似，极可能有同一来源。

在中国，危与贰负杀窫窳的故事还继续演变，并且也保留了断头情节，这便是刑天神话。上文提到的相顾故事与夏耕的故事很接近："有人无首，操戈盾立，名曰夏耕之尸。故成汤伐夏桀于章山，克之，斩耕厥前。耕既立，无首，走厥咎，乃降于巫山。"[①] 相顾与夏耕都操戈，一个是尸，一个无首，而且相顾与夏耕名称也几乎一样。夏耕故事又与刑天神话同出一辙，《山海经·海外西经》所记载的刑天神话如下：

> 刑天与帝至此争神，帝断其首，葬之常羊之山。乃以乳为目，以脐为口，操干戚以舞。[②]

著名的刑天神话众所周知，但鲜有人知道其故事的来源。通过以上的关联，可以知道它也是因为不死药而被砍头，也是与日食月食有关。虽然刑天神话这方面的元素已经丧失殆尽，但保留了断头的情节。

以上这些故事既然与不死药有关，就像罗睺偷吃不死甘露被

① 袁珂：《山海经校注》，成都：巴蜀书社，1996 年，第 470 页。

② 袁珂：《山海经校注》，成都：巴蜀书社，1996 年，第 258 页。

帝砍头一样，因此我们还可以再参考嫦娥偷吃不死药的神话故事来进一步分析。在一些民间的口传故事中，嫦娥因为偷吃了后羿从西王母那里要来的不死药，被天帝罚进了月宫，变成了丑陋的蛤蟆。就名称而言，嫦娥也与以上这些故事主角名称对应，“常”与常倍的“常”对应，“娥”与贰负的“贰”对应。

以上的故事其主角都是人，而且都是由“日月”古音拟人化的人物。他们被处罚的原因与不死药有关，而不死药观念是由月亮的盈缺现象产生的，给人一种死而复生的感觉。前文已经论证过，日月的古音曾经与“狗”“蛙”同音，这导致了古人传说日月上有蛙、狗。月亮上有蛙的传说众所周知，但太阳上有狗的传说却鲜为人知。在山东滕州出土过一块汉画像石，一只金乌背负日轮，日内刻有三足乌与天狗。在山东临沂也出土过一块类似内容的汉画像石，所刻的日轮是在伏羲身上，日内也有金乌与天狗。早期的日月语音不分，蛙、狗、兔、桂等物出现在太阳里还是月亮里，其实是随机的。古人在解释月亮为什么不死这个问题的时候，会说月亮吃了不死药，由于同音而演变为狗吃不死药或蛙吃不死药。同时，不死药又是月亮的代称，吃不死药又等于吃月亮。可能正是因为这一原因，导致在中国产生了用狗或蛙吃月亮来解释月食，同时也顺带解释了日食。

在以上的神话故事中，总是常倍、钦䲹、贰负的臣子顾、鼓、危犯了事，杀了葆江或窫窳，演变到二郎神的故事，则是二郎神的哮天犬来承担者一角色，这是由于“顾”“鼓”“危”与“狗”古音相同所致，而二郎与常倍、钦䲹、贰负具有语音对应关系。如果单从语音考虑，贰负的“负”也可以视为“父”，就像夸父的“父”一样，指成年男子，所以“贰负”可演变为“二郎”。

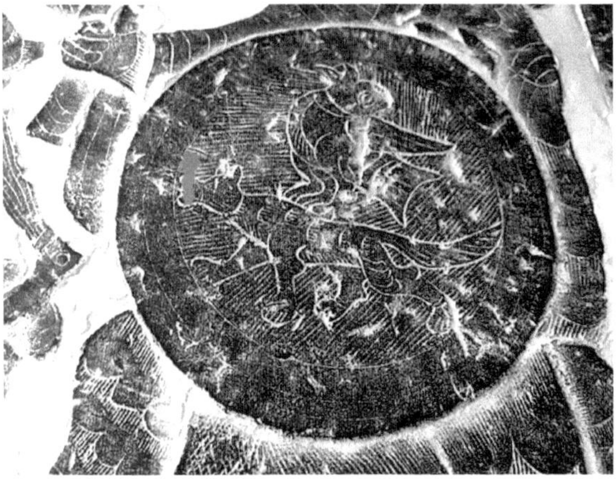

图 14　汉画像太阳里的狗与三足乌

在故事内容上，二郎神的哮天犬演化为二郎神的母亲，他母亲被玉帝贬到地狱，变成一只狗，这只狗后来去天上找玉帝报复，没找到玉帝，就咬太阳和月亮，这就是日食与月食的来源。这个故事更为人所知的是其异文《目连救母》。

二郎神的故事与盘瓠故事就比较接近了，二郎与狗对应着高辛帝喾（帝俊）与狗。上文已提及，“二”与嫦娥（常仪）的“娥”有对应关系，“娥”又“義”同声旁，具有共同语源，后世逐渐被定型为女性的嫦娥，原来被记录为“贰”或“二”，是男性，称贰负（父）或二郎，所以说二郎也出自日月神这一体系。高辛一般被认为是帝喾，姬姓，即帝俊，商人称其为夔。帝喾的“喾”，与“鼓”“顾”等音是 g-k 的不送气音转送气音的关系，从“古”与“枯”，便可看到这一演变规律。

为了便于比较这些故事人物名称以及故事情节，这里列表如下：

表 3　日食月食神话情节对照表

甲方	乙方	事件原因	突出特点与情节
罗睺	天帝毗湿奴	偷吃帝不死药	断头犹生、吃日月
刑天	帝	争神	断头犹生、操干戚
夏桀、夏耕	帝（成汤）	成汤伐夏桀	断头犹生、操戈
常倍、相顾	帝		反缚盗械、带戈
钦䲹、鼓	帝	杀葆江	
贰负、危	帝	杀窫窳	反缚两手、不死药
嫦娥	帝	偷吃不死药	奔月、嫦娥吃不死药
二郎狗	帝	受罚	狗吃日月
高辛狗	犬戎首领	受侵略	断头、狗咬掉首级

从这些名称的对比可以看出，耕、顾、鼓等不仅与狗对应，也与前文盘瓠神话中主角的名称“更”，蛙的古音即“顾菟在腹”的“顾”对应。

以上这些故事，无论是犯事的一方，处罚的一方，还是被吃被杀的一方，其原型都是日月，其结构关系如下：

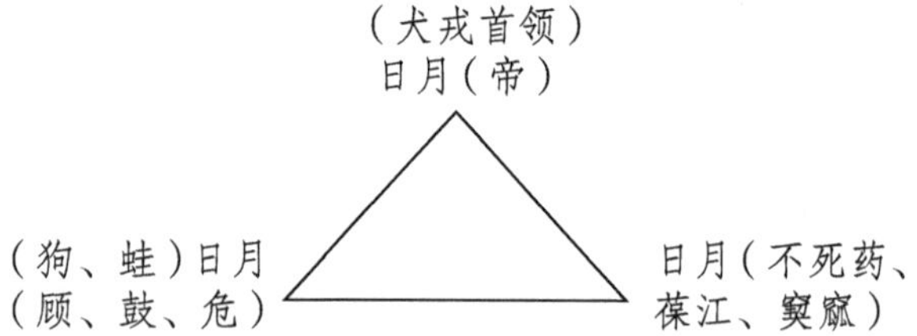

图 15　日食月食神话、盘瓠神话主角关系示意图

和钦䲹与鼓等故事相比，二郎与哮天犬的故事有很关键的变异，本来是顾、鼓、狗、蛙等一方因冒犯不死药一方而被帝处

罚，此故事却将因果关系颠倒了，钦䲹与鼓、贰负与危、嫦娥与逄蒙的故事是将冒犯不死药（月亮）作为被处罚的原因，而二郎与哮天犬的故事是将其作为结果，说是因为先受到帝的处罚，狗才去找帝报仇，没找到玉帝，才咬月亮太阳。

盘瓠神话走得更远，不仅与二郎神故事一样颠倒了因果关系，还把原本是自己被帝砍头的情节变成了咬掉帝（犬戎）首领的头。因为帝也是以日月为原型，所以其古音也与“狗”同音，这可能是盘瓠神话中敌人被说成是犬戎的原因。本来是处罚犯事者的天帝，在盘瓠神话中演变成了敌人，本来是砍掉犯事者头颅的，在盘瓠神话中却成了被咬掉头颅者。

在河南流传的伏羲的传说可以证明，作为天帝的伏羲，确实有只剩下一个头颅的说法。在河南淮阳有著名的太昊陵，也就是伏羲墓。关于这个墓，当地流传一个故事：有一年，蔡河发大水，河水上面漂着一个人头。人头跟着漩涡落了下去，并在漩涡处留下来了一个黑洞，深不见底。当地老人根据传说断定这颗人头是伏羲的头，于是就在人头入地的地方堆起一座大坟，这就是今天的伏羲墓，也叫太昊陵。[①] 关于这个故事，还有其他一些异文，大同小异，比如有的异文说是孔子辨认头颅。这些故事说明，民间认为伏羲墓埋的是伏羲的头颅，而不是伏羲的全尸，伏羲曾经是断过头的。伏羲又是天帝，又有断头的传说，这正好支持断头角色从日食月食神话到盘瓠神话的转换。

综上所述，盘瓠神话出现狗与蛙形象的原因是蚕马神话附会

① 参见《伏羲墓》，张振犁编著《中原神话通鉴》，郑州：河南大学出版社，2017年，第259、260页。

了以羲娲古音所演变出的名称导致的结果，同样的语音演变也导致了日食月食神话的主角是狗或蛙，即天狗吃日月或蛙吃日月，盘瓠神话中咬掉敌人首领头颅的情节即狗吃日月神话的演变。盘瓠神话中狗立战功本可以局限于狗打败敌人，但由于狗吃日月是比较流行的神话，便作为狗打败敌人的具体表现呈现在盘瓠神话里。

第三节　立功的演变

盘瓠要娶得辛女或别的什么女子为妻，其关键因素是立功，高辛或别的什么王许下了诺言，无论是谁立了功，都会将女儿嫁给他。在所搜集到的盘瓠神话文本中，盘瓠立功主要有立战功、治病、取谷种、敲响石鼓、找皇印。作为同一故事类型，这些变异是否有内在联系？又是怎样一步步发展变化而来的呢？

前文已经论证了盘瓠神话来源于早期的蚕马神话即蚕蜕皮神话，古人是用蚕蜕皮现象编故事来解释蚕的头为什么像马头。蚕蜕皮有两个关键环节，即蜕去旧皮与换上新皮，蜕去旧皮是换上新皮的起因。马要与蚕结合，仅仅蚕蜕去旧皮还不行，马还得给蚕一张皮，即后来演变成的马皮裹走女子。蚕拟人化为女子后，女子不适合再有蜕皮情节，于是蜕皮有两条演化路线，一条是牛郎织女中的衣服被偷，这一点后文再讨论。由于 yi 与 yin 这两个音具有变异关系，所以丢衣也被说成丢印，演化为寻找皇印的情节。另一条路线是丢失父亲，这就是目前所看到的蚕马神话。之所以演变为丢失父亲，是由于“肤”与“父”语音相同。寻找父亲的情节，不仅在蚕马神话中有，在盘瓠型神话中也有出现。

蚕蜕去旧皮作为马或犬与女子结合的起因，还有另一种演变方式，即皮肤出现病状，这便演化出常见的治病亚型。

由于狗与谷的同音，产生了狗取谷种的起源神话，这个故事嫁接到盘瓠神话故事，就有狗寻找父亲演变为寻找谷种了。“狗”不仅与“谷”同音，也与“鼓”同音，产生狗寻谷种情节的同时，也产生狗擂响石鼓的情节。这些变异可图示如下：

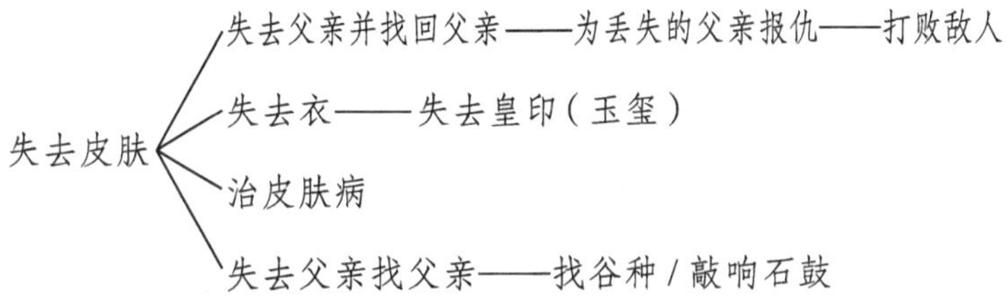

图 16　“失肤”情节演变图

一　立战功：失肤到失父

盘瓠神话诸多文本中，故事主角的立功主要是立战功，比如盘瓠将敌人首领的头颅咬掉，打败了敌方，以此娶到了辛女。应劭在《风俗通义》里记载的便是立战功，后世的汉文献，包括干宝《搜神记》、范晔《后汉书》、郦道元《水经注》、杜佑《通典》等等，所记载的盘瓠神话都是立战功。就目前所搜集到的少数民族盘瓠神话，也以立战功居多。那么，这一立功方式是怎样发展过来的呢？

前文已经论证了盘瓠神话源于早期的蚕马神话，即蚕蜕皮神话。早期蚕马神话是解释蚕的头为什么像马头，它可以简单到直接说蚕蜕去旧皮，换上了一张马皮，所以蚕的头就像马头了。也就是说，目前我们所看到的蚕马神话也是经过演变了的，其情节已经比较复杂，出现了马立功的情节。从语音上我们可以推测出这一演变过程。

蚕只有蜕去旧皮，才可能换上新皮，蜕去旧皮是换上新皮的先决条件。换上的新皮是一张马皮，是马给它皮，这就会慢慢演变为马给它找回了皮。“皮 / 肤”的语音有一个演变的过程，在这个过程中，“皮 / 肤”与“父”同音，导致了丢掉旧皮肤演变为丢失父亲。郑张尚芳对“皮”“肤”“父”的上古音构拟分别如下：“皮”的上古音为 [bral]，“肤”的上古音为 [pla] 或 [pa]，“父”的上古音为 [baʔ] 或 [paʔ]。[①]

从拟音看，“皮”与“肤”的上古音已经很接近，[bral] 与 [pla] 的差异主要表现在声母的清与浊，以及介音 [l] 与 [r]，所以如果继续往前追溯，两者极可能是有共同来源的。退一步说，即使“皮”与“肤”不同源，也不妨碍我们的推论，因为“肤”与“父”的上古音几乎是一样的，即 [pa] 与 [paʔ]。正因为同音或音近的缘故，蚕蜕皮神话中蚕失去旧皮演变成了女子（蚕的拟人化）丢失了父（肤）。马给蚕新皮（马皮）则演变成马给女子找回了父亲并飞起来裹走她。故事把找回旧皮 / 肤（父亲）与给新皮 / 肤（裹走）叠加在了一起，其实给新皮 / 肤与找回旧皮 / 肤是两码事，现实中蚕蜕皮是不需要找回旧皮的，但获得新皮本身也好似找回了皮，在故事里就容易合二为一。

① http：//ytenx.org/dciangx.

当马演变为狗之后，帮姑娘找回父亲的就是狗而不是马了。目前我们没有发现狗帮找回父亲的文本，但是有两个文本可以支持我们的推论，一个是关于父亲被杀，盘瓠为之报仇，另一个是南越王被擒，盘瓠帮找回。明嘉靖郑普刻本的《大明一统赋》在注释“三苗国”时引的盘瓠神话是父亲被杀：在荆扬之间，唐虞时恃险为乱，今岳州是也。昔高辛时有犬名盘瓠，人有父为贼所杀者，誓于众曰：“能为我复雠者，以女妻之。”盘瓠闻之棹尾而去，遂？贼首而还。因妻以女，入山三年，生六子。六子既长，问于母曰：“吾父是谁？”母指犬曰：“此是父也。”六子耻之，遂杀盘瓠。[①] 刘锡蕃《岭表纪蛮》引《古今图书集成》1410卷中所记载的盘瓠神话是盘瓠帮找回被抓走的南越王：“南越王有犬名盘瓠，王被擒，其母传令有能脱王归者，当以王女妻之。盘瓠闻言，欣然往，窃负而逃，遂妻以女。盘瓠纳诸石谷，与之交媾。生子数人，曰獞、曰猺、曰獠、曰狼、曰狑、曰狪，各成一族，自为部落，不相往来。”[②] 这两个神话故事一个保留了“失父”，一个保留“寻回”，这可以窥视到蚕马神话的主角演变成盘瓠之后，依然具有失父并找回的元素。

父亲是成人不是小孩，在通常情况下，一个成人是不容易丢失的，所以故事的讲述者为了使故事逻辑合理化，总要给出一个合情合理的原因，比如盗贼抓走了，被抓去当兵了，等等。总之是兵荒马乱的情况之下丢失的，这就使故事慢慢与战争挂钩了，加上父亲被杀或王被抓走，从逻辑上自然会发展为复仇等相关情

① [明]莫旦：《大明一统赋》卷上，明嘉靖郑普刻本，第35页。

② [民国]刘锡蕃：《岭表纪蛮》，台北：南天书局有限公司，1987年，第3页。

节，这便为立战功提供了条件。既然是战争，胜败是人们更为关注的事情，所以打败敌人比找回父亲更让人乐于接受。前文分析了狗、蛙吃日月到盘瓠咬掉敌人头颅情节的演变，这本来是一个独立的故事，后来与盘瓠神话结合了，咬掉头颅成了打败敌人的具体表现。

立战功的情节形成之后，被文人用文字记录下来，得以广泛传播，目前所见到的诸多盘瓠神话是以立战功的为多。目前在河南搜集到的汉族盘瓠神话也属于立战功亚型，包括淮阳流传的《伏羲的来历》与南阳流传的《盘葫》。应劭是河南南顿（今河南项城市南顿镇）人，他在《风俗通义》所记载的盘瓠神话，应该就是从当地搜集到的，他的文本是一种他者叙事立场，不像是在武陵或别的少数民族地区田野调查所得。河南再往南就是楚地中心区，这里是苗瑶畲的先民三苗聚居地，这三个民族的盘瓠神话虽也有别的类型，但以立战功型为主。汉族也有不属于立战功型的盘瓠神话，即分布在台湾的《美国人的来历》，分布在广东的《神犬》，以及分布于四川三台县的《人狗婚配》，前两个地方是沿海地区，与海南黎族的治病亚型一致。

畲族地区流传的盘瓠神话都是立战功亚型，尚未发现其他类型的文本。畲族目前分布在浙江、福建、广东等地，一般认为畲族是从瑶族分化出来的，但如前文所分析的，畲族很重要的来源当是融入瑶族的汉族。既如此，畲族先民早期也当是生活在湖南湖北等楚地，后来才南下到广东地区，再从广东迁徙到福建、浙江地区。正因为如此，畲族所流传的盘瓠神话才与河南淮阳、南阳等地区流传的属于同一亚型，即立战功。

瑶族地区的盘瓠神话多属于立战功亚型，在周翔编著的《盘瓠神话资料汇编》里收录了15则散文体瑶族盘瓠神话文本，有14则立战功亚型的，只有一则是取粮种亚型的。另外收有21篇《过山榜》和5篇韵文文本，也是立战功亚型的。这些文本分别分布在湖南、广西、广东、贵州等地区，唯一一则取粮种型分布于湖南常宁县洋泉区。

苗族有盘瓠神话分布的主要在东部方言区，即湖南湘西、怀化麻阳、贵州铜仁地区，在黔东南的台江县也搜集到一则，贵阳花溪区一则，遵义地区也有分布。这里说的苗族，包括了分布于湖南泸溪县的瓦乡人，瓦乡人虽然大多划归为苗族，但其主要来源是汉族，也可以说是融入了苗族中的汉族。在所搜集到的苗族盘瓠神话文本中，立战功与取粮种亚型所占的比例相当，瓦乡人中还有一则是寻找玉玺的。有意思的是，在所搜集到的苗族盘瓠神话文本中，有两则是将立战功亚型与取粮种亚型糅合在一起，其中流传于铜仁地区的《德归马篝》是这样糅合的：

远在神农时代，西方恩国有了五谷。神农布告天下，若有人能去恩国取得五谷来，愿以亲生女儿加价公主配嫁。

加价公主是神农七个女儿中最贤慧的一个，禽见禽不飞、兽见兽不走，看花花褪色，望月月减光。消息传出，人来人往，络绎不绝，都想娶加价公主，但无一个敢把榜文撕下。

三天的期限过去了两天，可是仍无一人敢来把榜文扯下，神农很失望。

第三天黄昏时，有一只大黄狗来扯了榜。待卫立即带它入宫，神农一看，原来是宫内的“翼落”。神农问道：“你能去恩国取五谷种吗？”翼落摇摇尾巴，表示能去。神农微笑点头说："那好，明天起程。"

天亮了，翼落起程去恩国取五谷种去了。翼落爬过千山，涉过万水，过了三十六关，七十二案，熬千辛，忍万苦，最后到了恩国。

那时正是秋天，翼落趴在恩国五谷堆里滚来滚去，满身沾满了五谷。

恩国有人发现了翼落，恩国二大爷带着兵马追赶，一心要射死翼落，剥下皮来添衣制裳。逼得翼落无法逃生，一口把国王咬死了，无人敢再追赶，最后照样越山涉水，忍辛赦苦，安全回国来了。①

主体上是说取粮种，但被追兵追击时，把敌人的国王咬死了。从立战功亚型与取粮种亚型都有，且有的文本将两种亚型糅合在一起这些情况来看，湖南苗族盘瓠神话流传区似乎是这两种类型的交接处。

海南有一些苗族，是从广西十万大山地区，即防城港、崇左一带的瑶族在明朝时期征兵过去的。到了海南之后，黎族称他们为苗瑶，在确定民族成分时，他们取了其中的一个，即苗，而留在十万大山地区的那些人后来被识别为瑶族。这些苗族也流传有盘瓠神话故事，也是属于立战功亚型的。关于海南苗族的盘瓠神话故事，笔者第一次在五指山南圣镇调查时，没有搜集到以犬为主角的类型，但2019年4月在海南参加海南苗族文化论坛

① 苗族文学史编写组编：《黔东苗族传说故事》，内部资料，1985年，第13—16页。

的时候，却意外地听说海南苗族也有以犬为主角的类型，海南热带海洋学院李爱金提交的会议论文为《浅谈苗族传统民歌〈盘皇歌〉及其艺术特征》，文中她提及她小的时候听过她父亲讲述过这一类型的故事："从小我就听祖辈们父辈们讲盘王的故事，在着手准备此文章前也上网查找了一些有关这方面的资料，发现网上有很多帖子是写盘王的故事的，而且有的故事竟与我小时候听到的大概一致，在'走进瑶族盘王节，揭秘盘王节的来历传说和习俗'这篇文章中，有一传说是这样写的：'古时高王入侵，平王出榜招贤，谁能斩下高王首级来献，就把公主嫁给他。这话被龙犬盘瓠听到了，盘瓠摘下金榜，渡海来到高王身边。'"① 笔者曾经与云南社会科学院的瑶族学者黄贵权交流过海南苗族的盘瓠文化问题，他是说金门方言的瑶族，与海南苗族是同一方言支系，也到过海南做过调研。据他所说，他在海南苗族里没有发现盘瓠信仰，也没有听说过以犬为主角的盘瓠神话故事。当我向他说明我在海南听说过的时候，他一再让我多验证一下，看看是否是受到黎族的影响。我觉得，受黎族影响的可能性很小，并不是海南苗族的文化从未受到黎族文化的影响，而是海南黎族的盘瓠型神话故事不是立战功亚型的，而是治病亚型的。所以，要不就是讲述者从书上看来的，要不就是迁徙到海南时带来的。因为孤例不足以为证，所以笔者在会议上还向几个苗族人问及立战功亚型盘瓠神话故事的流传问题，其中陈雄说他听他父亲说过，而他父亲正好也来参加这次会议，于是第二天我对他父

① 李爱金：《浅谈苗族传统民歌〈盘皇歌〉及其艺术特征》，《第二届海南苗族文化论坛文稿汇编》，2019 年会议论文集，内部资料。

亲进行了访谈，他父亲却否认有这一亚型的神话故事，只是说有以主角为蛤蟆立功的。

彝族盘瓠神话目前见到三则，即云南宣威的《彝族蹉蛆的仪式的由来》，云南洱源、漾濞一带流传的《彝家人为什么不吃狗肉》，以及云南丽江市龙蟠乡兴文村流传的《彝族为什么住在高山上》。这三则盘瓠神话都是立战功亚型的。

壮族的盘瓠型神话主角是蛙，与海南苗族一样，而且都是属于立战功亚型的。壮族盘瓠型神话主要分布在广西天峨县、田阳县。

总体来说，立战功亚型的盘瓠神话分布最广，从中原地区的河南汉族，到湖南、广西的瑶族、海南的苗族，广东、福建、浙江的畲族，湖南西部的苗族，以及云南的彝族，所流传的都是这一亚型。湖南西部的苗族既有立战功亚型又有取粮种亚型，而且有的异文甚至将两种亚型融合在一起。

二　治病：失肤到肤疮

盘瓠神话中主角的立功有一种是治病，这一亚型主要分布在台湾的高山族、汉族，广东雷州的汉族，海南黎族，以及贵州遵义的仡佬族、苗族与汉族，威宁的彝族，另外，在日本的冲绳也有流传。

考虑到早期的蚕马神话即蚕蜕皮故事，以及蚕马神话“失父”的情节，便不难找到治病立功的成因，故事的演变还是聚焦在皮肤上，所治疗的病大多文本都说是皮肤病。台湾布农人盘瓠神话说头目的公主“不知道是什么原因患了皮肤病，身体都溃烂发脓”[①]；太鲁阁人说的是一个有钱人的小姐“得了难治的皮肤病”[②]；贵州遵义仡佬族的《十兄弟》说女子的“下身突然生了一个疮，这疮越来越烂”[③]；雷州半岛汉族的《神犬》则说“公主的大腿上生了一个大疮，又发冷，又发热，痛得坐不稳，睡不着，哭声连天，许多名医的治疗都无效”[④]。海南黎族的《天狗》也是治病立功的方式，但稍有一些变异，而且是目前所见文本中这一情节最为复杂的，故事是这样的：

远古时候，天地不分开，混混沌沌，由天皇主宰一切。天狗最受天皇信赖，专为天皇看守宫门，替天皇传令，天女对他也十分恭敬，连天皇的女儿“婺女”对他也有好感。婺女生得十分娇艳，天狗在暗中爱她，想娶她为妻。天皇哪肯答应，天宫里的黄蜂便给他出个主意，黄蜂悄悄地在“婺女”脚上咬了一口，不久，婺女的伤口发炎，痛得钻心，喊爹又喊娘。天皇束手无策，黄蜂献计道：天狗有灵丹妙药，不如请他给治。天皇便召天狗上殿，问道：“听说你有灵丹妙药，如能治好婺女，珠宝任你挑选。”天狗摇摇头：“珠宝我不稀罕，如婺女治好了，我要她为妻。”天皇大怒，骂道：“你这贱狗相，怎配做我天皇的女婿，还不快滚！”天狗只好告辞。眼看婺女的伤口红肿化脓，病情越来越重，整天大喊大叫，哭

① 周翔编著：《盘瓠神话资料汇编》，北京：学苑出版社，2018 年，第 147 页。
② 周翔编著：《盘瓠神话资料汇编》，北京：学苑出版社，2018 年，第 150 页。
③ 周翔编著：《盘瓠神话资料汇编》，北京：学苑出版社，2018 年，第 32 页。
④ 周翔编著：《盘瓠神话资料汇编》，北京：学苑出版社，2018 年，第 36 页。

死哭活。天皇慌了，于是又把天狗召来，无可奈何地说："我答应你，只要治好了婺女的病痛，就准你们成亲。"天狗欢喜极了，便跑到婺女房中，伸长舌头，专舔婺女的伤口。一连数天，婺女病痛全好，婺女对天狗也有了情意，主动请求天皇给他们办婚事。天皇有言在先，也只好答应。但他怕婺女与天狗成亲，有失体面，便说："好吧，你们在地上成亲。"天皇一挥神鞭，便把天与地分开了，天越升越高，天皇随云登天，把天狗与婺女留在了地上。天狗变成黑犬，和婺女在地上安家，后生有一男子，长大后喜欢游猎，黑犬也常常跟随，每次游猎都有收获，捕得野猪、黄鹿无数。无奈，天狗渐渐衰老，每次虽随行，但力气渐弱，奔走不动。那男子发怒，便把黑犬杀死在山中。男子游猎归来，母亲不见了黑犬，问道："怎么不见黑犬归来？"男子照直说了，母亲大哭道："那黑犬是你父亲。"母亲把过去的事一五一十讲给儿子听，并说道："因你年幼，没有把实情告诉你，想不到你却杀了亲生父亲。"母子抱头恸哭。突然风雨大作，洪水泛滥，地上的一切生灵都毁灭了，母子俩因大风刮到一座高山上生存了下来。一个夜里，母亲在林中听到雷公对她说："快刺花面，让子认不得，与子婚配，生育后代，否则人类将绝种。"第二天，她跑到山中偷偷把面刺花了，儿子到处寻母，见到她却认不得。一声雷响，雷公传话了："我已把你母亲召回天宫，降一宫女与你成家。"之后，他们两人婚配了，生育了子女，成为黎族，女的都学母亲一样纹面。[①]

---

①《中国民间故事集成·海南卷》，北京：中国ISBN中心，2002年，第18—21页。

黎族的这个神话虽然有了一些变异，但病依然与皮肤有一些关系，无论是被蛇咬，还是被蜂子叮，都是表面上的伤，或者说在皮肤上的伤。当然，有的文本越变越远，看不出与皮肤的关系了，比如在日本冲绳的文本说“一户人家妻子得了重病”[①]或“妻子身体非常虚弱”[②]。

20世纪初，英国传教士柏格理（Samuel Pollard）曾经在贵州威宁的石门坎传教，那里是一个苗族村寨，但却是彝族土司管辖的地盘。他在那里搜集到一本诺苏[③]文字的书籍，并在他所写的《在未知的中国》中，介绍了一个出自这部诺苏书籍的故事，这个故事恰恰与治病亚型的盘瓠神话有许多相似之处：

> 基于老二对他们的人道态度，他们指点他在大水来到那天如何拯救自己。办法是找来木材，做一个能够在里面睡觉过夜的大食橱。二弟接受了此项建议，那些人即返回天庭。12天过后，洪水终于来临。老二借助他的木柜漂在水上，并救起各种不同的生灵。其中他救了蛇、蜜蜂和乌鸦。大哥在洪水中躲进一只铁柜中，结果被淹死。当洪水消退后，人世间之剩下“老二”一人。不久后，他就因寂寞而感到烦恼，希望有个妻子做伴。当时唯一有女人的就是天神所生活的地方。孤独的男子想向天神的某个女儿求婚，但却没有人代他传话提亲。这个古老的传说是根据东方人的观点写成，因此

① 周翔编著：《盘瓠神话资料汇编》，北京：学苑出版社，2018年，第454页。

② 周翔编著：《盘瓠神话资料汇编》，北京：学苑出版社，2018年，第457页。

③ 诺苏：彝族的一个支系。

所有的婚姻都需要一些媒人来牵线安排。蛇看到男子的困难，表示愿为他提供帮助，以报答好心人于洪水中对它的救命之恩。然而蛇也面临着一个困难，即它无法爬过姑娘父亲居住的长长的房间。小伙子还是解决了难题，他让蛇缠于自己的脖颈上，带着它进入天神的房间。夜幕降临，蛇开始实施帮助它朋友的计划，将主人的某个女儿咬了一口。年轻姑娘陷于痛苦的毒性发作之中，天神中无人能治愈她。此时，求婚的男子站出来，说他有办法治这种病，但提出如果成功，则把女儿嫁给他。百般无奈的父亲只好答应。于是姑娘的蛇伤被治愈，小伙子盼望协议能够兑现，但如同许多类似故事的情节，父亲拒不遵守诺言。年轻人只好怀着失望的心情离去。后来，他决定再试一番，此番是带着蜜蜂前往。蜜蜂效仿蛇，把刺扎在姑娘脸上。这位男子同样自告奋勇去疗伤，并提出同样的条件，条件再次被接受。这一回，当伤病被治好后，小伙子获准把姑娘作为妻子并带她离开。父亲竭尽全力待承小两口，临行时，给他们备下所需要的各样种子。然而，无论如何，有一样种子他没有给他们，那就是大麻籽。这位古代诺苏的夏娃最终解决了困难，她回到娘家，偷走了扣留下没给他们的种子。①

皮肤病依然是沿着皮肤出了问题这一逻辑，蚕蜕皮神话是蚕蜕去旧皮，在故事演变过程中，总要讲讲为什么要蜕去旧皮，是

① [英]柏格理、王树德、张绍乔著，东人达、东旻译：《在未知的中国》，昆明：云南民族出版社，2002年，第345、346页。

皮肤出了毛病才会蜕去旧皮。这便提供了治病情节的基础，失父（肤）要找父，有病自然要治病。

从日本冲绳和我国台湾、雷州、海南的地理位置来看，这一亚型的盘瓠神话都是在岛屿，或者是沿海。不过，在贵州遵义与威宁也出现了这一亚型，打破了这一分布特点。虽然如此，我们依然可以认为日本冲绳，[①] 中国台湾、[②] 海南以及雷州是一条重要的传播带。

三　取谷种："狗"到"谷"

取谷种是盘瓠神话中故事主角立功的方式之一。与治病、擂鼓等方式不同，取谷种这一情节往往作为一个独立的神话存在，并在诸多民族都有流传，在三套集成等资料中，汉族、独龙族、傈僳族、哈尼族、羌族、普米族、土家族、藏族、彝族、壮族、布依族、侗族、水族、仡佬族、苗族、瑶族、畲族等都有收入。从地域上看，这些资料几乎遍及整个中国。

在现实生活中，狗与稻种没有任何关联，不像麻雀、老鼠那样，麻雀等鸟类在稻谷成熟的时候，会飞来啄食谷物，老鼠会在谷仓里或稻田里偷吃谷子，这些都很容易让人将鸟（特别是麻雀）、老鼠与稻谷联系在一起，发展出人在鸟屎或鼠屎中发现谷

① 在日本冲绳，出现多种亚型的盘瓠神话故事，既有治病亚型的，也有立战功亚型的，甚至有因为每天清理女子大便而得到女子的。冲绳没有取粮种亚型的盘瓠神话故事，不过，有一则神话是说人在狗的引领下找到了水源，这可能是取粮种型的变异。

② 中国台湾的盘瓠神话也是同时流传不同的类型，即治病亚型与立战功亚型。

粒而获得初始的谷种这样的神话传说，进而演变成鸟、鼠为人类带来谷种的神话。那么，狗与稻谷没有丝毫关联，人们为什么会产生狗取谷种的神话呢？

陶阳、钟秀做了这样的解释："狗在取五谷谷种神话中曾经扮演了重要角色，它们或者自己去取，或者配合人一起去取，总之，在初民们看来，离开了狗，得到谷种简直就是不可能的事。这究竟是什么缘故？考察起来，原因有三：其一，考古学的结果告诉我们，人类最早饲养的动物是狗。而且，在生产工具极为落后的条件下，狗作为人们忠实的伴侣确实帮了大忙，因此，狗帮助人们去取五谷种，在初民们看来就成为理所当然的事。其二，谷穗形似狗尾，因而把取谷一事同狗联系起来，也很自然。其三，奉狗为图腾可能是最主要的原因……由于这种认为狗和自己有亲缘关系的观念，初民们也很自然地相信各种的恩惠是狗给他们带来的。"① 王光荣沿袭了这种观点："西南地区十几个少数民族中几乎都有狗取谷种神话。考察其原因大体有三：其一，人类最早饲养的动物是狗；其二，谷穗形似狗尾；其三，狗可能曾是这些民族祖先的图腾，如瑶族、哈尼族、拉祜族、藏族神话中都有狗图腾的痕迹。由于这三个原因，各民族的先民自然会相信谷种是狗给他们带来的。"② 苏志刚也认为："把谷种来源归功于狗，正是人们对曾经在过去生活里起过非凡作用的动物帮手——狗的

---

① 陶阳、钟秀：《中国创世神话》，上海：上海人民出版社，1989 年，第 278、279 页。

② 王光荣等编：《民族民间文学原理》，南宁：广西师范大学出版社，1993 年，第 129 页。

一种亲切追忆，是狗图腾崇拜的继续。这便是狗取谷种神话故事产生的思想基础和社会根源，自然，亦就是狗取谷种神话故事产生的实质。”[①] 正如苏志刚所说的，以上这些推论都是一种“思想基础与社会根源”，也就是说，这些理由都只是一些间接的可能性，没有说出狗与谷种的直接关联，以下试图从语音来进行阐释，找出狗取谷种的最为直接的根源。

狗取谷种也经常被说成狗取粮种，一字之差，在中国，南北方对“谷”的理解有地方性差异，南方指稻谷，其他的粮食不称为谷，但在北方，谷是庄稼和粮食的总称，故有五谷、百谷之称。取谷种与取粮种几乎是可以等同的，我们分析狗取谷种神话可以从汉字“谷”的读音来切入。

既然从汉语读音来分析，就需要确定在汉族地区也存在（或曾经存在）狗取谷种的神话。在中原，狗取谷种的神话也流传很广。目前在河南依然流传的《狗求五谷》是这样的：

> 在很早以前，人们还不会种地，吃的是野果、树叶，生活很苦。老天爷很心疼，就叫天神们夏天从天上下雨，冬天下面，春天下油，秋天下水，人们过上了好日子。可是时间一长，人们开始挥霍浪费了。老天爷听说后很生气，就让一年四季只下雨和雪。人们又没吃的了，就烧香磕头，求老天爷保佑。老天爷正在气头上，无论人们咋哀告也不动心。忽然看见老黄狗也在跪着求情，心就有些软了。哑巴畜牲没罪

① 苏志刚：《西南少数民族“狗取谷种”神话研究》，农冠品、过伟、罗秀兴、彭小加主编《岭南文化与百越民风》，南宁：广西教育出版社，1992 年。

> 呀，得给它留条生路，就对狗说：“我给你一粒谷、一粒麦、一粒桃黍、一粒黍子当种子，种到地里就能收五谷杂粮。今后狗吃粮食，人吃狗屎。”狗当人的奴才当惯了，赶紧把五粒种子交给人种到地里，以后就有了粮食。狗记性不好，把老天爷的话记反了，没咋后来一直是人吃粮食，狗吃人屎。人们知道这五粒种子来之不易，再不敢抛撒粮食了。那五粒种子打下的粮食，就是现在的五谷杂粮。[①]

在中原汉族地区存在狗取谷种的神话，是用汉语来分析其成因的先决条件。狗与谷种没有任何关系，之所以会把得到谷种的功劳归于狗，估计与语言疾病不无关系。

汉字有文白异读现象，即口语读音与书面语读音不一样的现象。比如“足”字一开始与口语读音一致，后来口语语音发生了变化，与书面语“足”的读音不一致了，人们便造出新字“脚”，造字的时候，“足”的口语读音与“却”同音，人们便用“却”来表示读音，又用“月”来表示这个字与身体有关。

“犬”与“狗”的情况应该是类似的。从文字上来说，先有“犬”，后有“狗”，“狗”是一个形声字，“句(gou)”为声符，“犬”为形符。“犬”字出现在甲骨文中，即，如果把甲骨文“犬”字横过来看，就是一只狗的样子。在甲骨文中没有出现“狗”字。到了东周，侯马盟书中出现了“狗”字，东汉许慎《说文解字》既收了“犬”字也收了“狗”字，说明东汉时期

① 张振犁编著:《中原神话通鉴》(第4卷)，郑州：河南大学出版社，2017年，第1319页。

“犬”“狗”两字并用。出现这种情况，一般是因为语音出现了变化，也就是说，一开始“犬”字的读音与口语的读音一致，慢慢地，口语语音发生了变化，与“犬”的读音不一致了，这时候，人们便造一个新字“狗”来代替。人们造新字“狗”的时候，其读音与当时的“句”应当是一致的，所以用“句”来做声符。在分析“谷”与“狗”的关系时，我们必须先考虑“犬”与“狗”的关系。“犬”与“狗”的含义目前没有什么区别，我们也没有证据证明在古代这是指不同的两种动物，所以我们认为它们的关系是以上所说的新旧字的关系。

“谷”的繁体字“穀”的上古音构拟为 [klo:g]，在《广韵》是 [kuk]。“狗”上古音构拟为 [ko:ʔ]，在《广韵》为 [ku][①] 或 [kəu]，这说明“穀”“狗”在上古音时期语音相近，在中古音时期语音相同或相近。音同而产生了狗等于穀的关联，自然也就产生狗取谷种的神话。

因“狗”与“穀”在某一历史时期音同而产生狗取谷种的神话，盘瓠神话主角附会为中原重要神话人物“羲/呙”，又因“呙”与“狗”在某一历史时期同音而导致盘瓠神话主角成了狗。两者结合，狗取谷种行为便不单是为了解释谷种的来源，而成了故事中的立功行为，构成了盘瓠神话的取谷种亚型。

因同音而产生关联的例子很多，纳西族有一则传说，说经书是蝙蝠取来的，而蝙蝠与经书在纳西语中是同音的。为了证明盘瓠神话中狗取谷种是由于语音导致的，这里再举一个广州《五羊送谷种》的例子。

---

① 李荣拟音，参见《汉典》http：//www.zdic.net/z/1e/yy/72D7.htm

广州不盛产羊，却称为羊城，在广州越秀公园还有一座五羊雕像，“羊城”这一名称来源于一个五羊送谷种的神话。这个神话最早载于晋人裴渊的《广州记》，但这本书已经失传了，只能从后人的引用中查到。在民国景宋本的白居易《白氏六帖事类集》中，有注释“梁羊悬谷”说：“《广州记》曰：‘州厅梁上画五羊，又作五谷囊随羊悬之。云昔高固为楚相，五羊衔谷萃于楚庭，故图其象为瑞。六国时广州属楚。’”①

这一神话引起了很多学者的关注，为什么说是羊送谷种的问题也就成了大家研究的重点。何浩深在《五羊——五个古老民族部落考》中认为五羊代表五个古老民族，称“根据历史学家徐松石考证：带着五只羊到广州的五位仙人，来自五个山寨，分别是穿着白衣裳、黄衣裳、黑衣裳、红衣裳和花衣裳的五个南方古老部落的代表。据徐氏考证，仙，即居住在山上的人。仙即寨字，五仙人即五寨人。红黄花白黑五寨少数民族土人，到广州报丰年进贡粮食，后来才有五仙羊故事的流传”②。刘付清认为：“由发明栽培水稻的古代百越民族创造的‘黄狗取稻种’神话传说，传播到经济与文化背景不同的楚人之中后，由于语言隔阂的原因，可能会讹变为‘五羊送水稻’。”③

其实，五羊送谷种的神话依然是语言疾病的结果。这一神话很可能是中原人将五羊江的神话带到了广州。首先，位于中原的

① [唐]白居易：《白氏六帖事类集》卷三，民国景宋本，第98页。

② 广州市人民政府地方志办公室、广州市文化广电新闻出版局编：《广州非物质文化遗产志》(上)，北京：方志出版社，2015年，第82页。

③ 刘付靖：《百越民族稻谷起源神话与广州五羊传说新解》，《中南民族大学学报》2003年第2期。

河南省西陕县太平镇东坪村就流传一则羊盗五谷种的神话：

在河南西陕县太平镇东坪村的西南坡上，有一块巨石，端平光滑，上面马、羊、虎、犬四种图像并列。尤其羊的图像更加生动、明显。可是这幅石画并不是人们雕刻的。它的来历，传说还有一段神奇的故事哩。

传说，很久很久以前，人间没有五谷（稻、稷、麦、豆、麻），这五样是羊从天宫玉皇大帝的御田里盗来的。

有一年，天上的神羊为了散心来到下界观赏人间秋色，恰好落在现在的太平镇地盘，发现大地草木丛生，一片荒凉景象。人们吃野菜野草过活，一个个面黄肌瘦。神羊走到人们的面前，问道："你们为什么不种粮食吃？""粮食？"人们有气无力地回答说："我们还不知道粮食是什么东西，连见都没见过。"神羊说："下次我摘些给你们送来。"神羊腾云驾雾上天去了。

可是，神羊来到玉皇大帝的御田里，身穿铠甲的武士手持明晃晃、闪亮亮的兵器，守护严密，不可近身。无可奈何，神羊只得等到晚上士兵们酣睡之后，偷偷潜入田内摘了五样种穗，噙在嘴里，腾云驾雾给人间送谷种来了。人们听说神羊送来谷种的消息，奔走相告，蜂拥而来。这个左看看，那个右瞧瞧，稀奇得不得了。神羊给人们教授种植栽培的方法后，就又回天宫去了。

人们种上了五谷，辛勤耕作，精心护理，当年就长上了庄稼。五谷种子都是羊叼来的，所以穗穗既像羊犄角，又似羊尾巴。人们开始吃上了五谷，穿上了麻衣，显得精神百倍，脸膛红润，生活比过去强多了。“吃水不忘掘井人”，每次秋收冬藏之后，人们就想起了神羊，于是人们举行了盛大的祭羊仪式。

不知咋的，民间祭神羊的事情被玉皇大帝知道了，玉皇大帝看到人间出现的五谷，猜想五谷种子很可能是神羊盗下凡了，就命令天神把神羊宰杀到人间，并要人们吃掉羊肉。

说也奇怪，第二年，在神羊被杀的大石头上，先是长出了青青的野草，后来又生出了羊娃，石块上也印出来羊的图案。从此以后，羊就在人间传宗接代。它生长在人间，仍以吃草为生，供人食肉。

人们为了感谢神羊送给五谷的恩情，每到年终都要举行“腊祭”。

羊为人们丧了性命，人们都拥护它十二生肖属相，玉帝也拗不过，只得把羊的名字也列在属相里。说也奇怪，那块巨石上又出现了马、羊、虎、犬的新图案。

从此，民间又把“马、羊、虎、犬”并列，作为“忠、孝、义、节”的代表。“羊盗五谷种”的传说也从此流传开了。[①]

其次，中原还有五羊江与谷物关系的神话。羊送谷种的说法目前只发现两处，即广州与河南西陕县太平镇。太平镇属于南阳，但它的地理位置挨近伊川的源头，伊川边上有一个县叫嵩县，这里传说是大禹故里，说大禹在此区域治水。在尹川，流传

① 张振犁编著：《中原神话通鉴》（第 4 卷），郑州：河南大学出版社，2017 年，第 1315—1316 页。

一则叫《夏宝》的传说，是用大禹治水的故事来解释“夏宝”这个地名由来的，故事里说到大禹的父亲鲧用堵的方法治水，把龙门山的一个豁口堵上了，山南便成了一片汪洋，人们称之为五羊江。后来大禹采用疏通的办法治水，把大坝撤了，五羊江便给下游带来了沃土，带来了粮食。故事是这样的：

相传远古时期，黄河流域水患严重，百姓流离失所，处处一片哀号。尧体恤民情，特派鲧到黄河流域去治水。但鲧只知道“水来土掩”的办法，把所有通往黄河的河流，都用大坝堵死。鲧治水九年，不仅没有把水患治理，反而使到处的河水越聚越深，受害的面积越来越大。就拿龙门南来说，由于鲧把龙门山的一个豁口堵上了，山南便成了一片汪洋，人称五羊江。人们的土地被淹了，房屋被冲了，只好到高山上去避难。

舜接任尧的位置之后，发现鲧治水无能，就把他杀了。鲧的儿子夏禹继承父业，决心治理洪水。他接受父亲治水失败的教训，采取掩堵与疏导相结合的办法，解决了不少地方的水患。当他来到龙门南察看水情时，正遇天降暴雨，洪水猛涨，他所到之处，刚才还是陆地，转眼间就被洪水淹没。他一连转了好几个地方，都因找不到立足之地，辛苦了好几天仍然一事无成。

一天，夏禹举目远望，见龙门山西南方向有一座高山，花木葱茏，祥云环绕，就向那座山奔去。来到山前，他测量了山的高度，兴奋地说：“这座高山，洪水难以淹没。”谁知夏禹这句话，竟使这座本来就比较高的山变成了活山。水涨它也长，水落它不落。夏禹在这座山上扎下大营，开采五色巨石，运用五味真火，炼成一只石船。夏禹乘坐这只石船，遍游龙门山南这一处汪洋的每一个角落，最后发现龙门山上原来被他父亲鲧堵住的那个豁口，认为这里是开山排洪最好的地方，就使出全身力气，抡起开山大斧，向龙门山砍去。只听“轰隆”一声巨响，山摇地动，火光飞溅，放眼望去，只见龙门山被砍开一个大缺口，洪水汹涌澎湃，通过这个缺口，向北流去。夏禹采石炼船的那座山，因夏禹曾称它为“高山”，后人就沿用此名。高山北麓的一个村子，也以“高山”命名。至今，高山上还有夏禹炼船剩下的石料。

“打开龙门口，撤干五羊江；打开黑石关，闪出夹河滩。”夏禹打开龙门口之后，接着又劈开了黑石关。五羊江水通过夹河滩流入黄河，而后流入东海。原来被洪水淹没的地方，慢慢变成了肥沃的良田。老百姓从山上迁移下来，男耕女织，开始了安居乐业的新生活。

且说原来被洪水逼到虎头山上去避难的百姓，现在耕种着肥沃的土地，望着长势喜人的庄稼，无不感念夏禹的恩德。在给他们聚居的村落命名时，人们七嘴八舌，众说纷纭，但都不能尽如人意。一个德高望重的老者说：“肥沃的土地是我们老百姓的宝贝，有了它我们才能生存。而这个宝贝是夏禹治理了洪水后赐给我们的。为使子孙后代永远不忘夏禹的功德，咱村的名称就叫‘夏宝’吧”。众百姓都认为这个村名贴切恰当，就定了下来，一直沿用至今。[①]

---

① 张振犁编著：《中原神话通鉴》（第4卷），郑州：河南大学出版社，2017年，第1105页。

这个神话故事的大意是比较普通的大禹治水故事，但值得注意的是河流名称“五羊江”。龙门口所在的河流是伊水，“五羊”这个名称来源可能与汝阳有关，因为故事中出现的那句熟语“打开龙门口，撤干五羊江；打开黑石关，闪出夹河滩”又有其他说法，即“打开龙门口，撤干汝阳江；打开黑石关，闪出夹河滩”。《中原神话通鉴》中关于《夏宝》这一神话故事的点评中也指出五羊江即汝阳江：“本篇大禹借在嵩山用五色石造石船的方法，查看水情地势，然后用具有超自然神力的开山斧劈开龙门山口，再劈开黑石关，让五羊江（汝阳江）的洪水通过伊水流入黄河。”[①]汝阳江这个名称比较奇怪，因为汝阳是源于它处在汝河之北而得名，它不是一条河的名称，而是一个地名。当然，汝阳也可以指一大片区域，即汝河的北部地区，所谓阳，乃山南水北。故事中说“由于鲧把龙门山的一个豁口堵上了，山南便成了一片汪洋，人称五羊江”。可见五羊江是指一个片区，但这个区域处于龙门山之南，又在汝河之北，所以称为汝阳江，再演变为五羊江。

五羊江水通过夹河滩流入黄河，原来被洪水淹没的地方变成了肥沃的良田，带来了谷物，这就等于是五羊带来谷物。加上这一地区又有羊盗谷种神话，两者一结合，便构成了五羊送谷种或五羊盗谷种的神话故事了。这一神话故事通过中原人南迁而带到了广州地区。

从纳西族关于经书来源的传说与汉族五羊送谷种的传说，可以看出语音讹误在神话传说的形成方面具有十分重要的作用，狗

① 张振犁编著：《中原神话通鉴》（第4卷），郑州：河南大学出版社，2017年，第1107页。

取谷种的神话，也应该就是“狗”与“谷”的古音相同导致的。狗取谷种的神话作为一则独立的神话在很大范围的区域里流传，具有深远的影响。又由于盘瓠神话中大多主角为狗，而且狗娶女子的重要原因是立功，于是两者结合，狗取谷种成了盘瓠神话中立功的方式之一。在湖南湘西地区流传的盘瓠神话，有的文本狗立战功与狗取谷种两种方式同时存在，透露出狗取谷种神话与盘瓠神话结合的渐变过程。

四　擂鼓：“狗”到“鼓”

盘瓠神话中以擂响石鼓作为立功方式的文本很少，目前只发现两个，一个搜集于四川三台县汉族的《人狗配婚》，故事情节是这样的：

> 很古的时候，世上没有人，只有飞禽走兽。后来，不知怎么出了一个小姑娘，住在山洞里。
>
> 这个小姑娘长大了，长得很漂亮，什么天上飞的，地下跑的，能爬树的，会打洞的都想娶她做老婆。姑娘发起愁来，这样多的东西都来找我，我嫁给谁呢？愁呀愁的，这一天终于想出了一个办法：她做了一个很大的石鼓，对天下所有的飞禽走兽说，谁能擂响这石鼓，她就嫁给谁。于是，大家都跑来擂鼓。可是，大家都试过了，谁也没有擂响。
>
> 这又咋办呢？姑娘正在发愁，忽然听见外面“咚”的一声，大鼓擂响了！姑娘出洞一看，原来是一只大黄狗。
>
> 大米撒了能扫起，话说出口难收回。姑娘说话得算数

呀！姑娘和黄狗成了亲，整整过了三个月零十天，这天，黄狗告诉她："我今天要办一件事，你在山洞里，要把门关得严严实实的，无论外面发生了什么事，我若不叫你，你就千万莫开门，也莫向门外张望。"她答应说："好！"

黄狗出去没多大一会儿，她就听见外面"轰隆隆"震天动地一声响。她想，外面一定发生了大事情，出去看一看呢，黄狗又叫不能开门出去的呀！她憋不住了，就把眼睛贴着门缝往外瞅。只见那黄狗已经变成了一个人，浑身的毛都褪得差不多了。可是，她这一瞅就坏大事了，被她看见的头上那一块毛，再也褪不脱了。那块毛，就是人们现在脑瓜顶上的头发。据说，现在的人们都是他们的后代。[①]

另一个是朝鲜族的，此故事收集于日本学者今西龙《朱蒙传说与老獭稚传说》一文中，载于西田直二郎主编的《内藤博士颂寿史学论丛》，1930年由弘文堂出版，《钟敬文文集》转引了这一故事：

从前黄帝轩辕氏有一个最爱的女儿，为了选女婿而用绳作一个大鼓挂在门前，布告说：如果有人打这个大鼓使鼓声传到内庭去便收他做女婿。某一天有了鼓声，出来一看，见是狗在打鼓。叫它再打，它又举起脚来，真的发出像敲大鼓一样的声音。只得依照约言把女儿给了它。狗伴着女子，日里是狗，夜晚就变成美少年，言语应对也和人一样。某天狗

①《中国民间故事集成·四川卷》，北京：中国ISBN中心，1998年，第48页。

> 对妻子说，明晚为了要完全变做人，须得禁闭在房内。房内如果有痛苦的声音也切不可偷看。第二晚果然房内有痛苦的声音，妻子忘记戒约跑去偷看，狗已经脱去皮毛几乎是完全的人形，但是只有头上还剩有些皮毛，因为被妻子所窥，已经不能再脱了。现在的□□人是他们的后裔，所以头上留长发作标志。[①]

韩国的这则盘瓠神话也只是曾经流传过，目前已经难寻踪迹了，2018 年笔者曾经到韩国进行学术交流，询问做民间故事集成工作的学者，都说没发现有盘瓠神话。由于这一亚类型的文本太少，我们很难做出有力的推论，但有一点可以肯定，四川省三台县的这则文本与韩国朝鲜族的这则文本不会是偶合，而应该具有共同的来源。四川到朝鲜半岛是一个很远的距离，或许这个故事曾经也很流行，只不过目前基本消失了。

关于擂鼓的情节，我们可以结合取谷种来分析。前文已经分析了狗取谷种神话的起源与语言疾病有关，因为以前“狗”与“谷”同音或相近，导致了谷种起源被说成是狗取来的，虽然在现实生活中狗与谷种很难发生关联。那么，“谷”与“鼓”目前同音，“鼓”的语音演变过程中是否也曾经与“狗”同音呢?

鼓，上古音构拟为 [kʷaːʔ]，[②] 中古音为 [ku] 或 [kuo]，[③] “狗”

---

① 钟敬文:《钟敬文文集·民间文艺学卷》，合肥：安徽教育出版社，2002 年，第 423 页。

② 郑张尚芳拟音。参见《汉典》https：//www.zdic.net/zd/yy/sgy/%E9%BC%93

③ 王力、董同龢拟音。参见《汉典》https：//www.zdic.net/zd/yy/zgy/%E9%BC%93

上古音构拟为 [koːʔ]，[①] 中古音为 [ku] 或 [kəu]，[②] 可见“狗”与“鼓”在上古时候语音已经相近，在中古时期语音已经相同，具备产生狗擂响石鼓的条件了。

五　找皇印：“衣”到“印”

盘瓠神话主角立功的方式也有寻找皇印玉玺的。湖南湘西泸溪县瓦乡人的《辛女岩》是这样说的：“有一天，高辛王的玉印不见了，四方寻找，找不到，请部下的臣子找也找不到，眼看帝王做不成，他心急如焚，急忙贴告示：‘哪个把玉印找得还我，职务提升，还愿将吾女儿许配于他。’告示贴出好久没有人找得。辛女叫盘瓠去，盘瓠点点头，四面八方地找呀找，找呀找，从阴沟里面找到了，衔回来交给高辛王。”[③]

那么，丢失印与蚕蜕皮之皮肤有关系吗？应该是有的，因为蚕蜕皮故事中的蚕拟人化为女子之后，就再也不好说女子丢失皮肤，只能说丢失与皮肤相当的衣服。这在牛郎织女神话中有比较显著的表现，第六章将要阐释蚕蜕皮故事演变的几条路线，在牛郎织女这一条路线中将详细解释这个问题。牛郎织女神话也是从蚕蜕皮神话演变形成的，蚕演变为织女，蜕皮演变为织女衣服被偷，马皮飞起来裹走女子演变为牛郎踩着牛皮飞上天去追织女。

---

① 郑张尚芳拟音。参见《汉典》https://www.zdic.net/zd/yy/sgy/%E7%8B%97

② 董同龢与王力拟音。参见《汉典》https://www.zdic.net/zd/yy/zgy/%E7%8B%97

③《中国民间故事集成湖南卷·湘西土家族苗族自治州分卷》，内部资料，1989年，第26页。

“衣”与“印”往往会发生变异。这从牛郎织女神话中主角的名字可以看出来。从河南等地搜集到的许多牛郎织女故事异文中，牛郎的名字分别叫“印”“小印”“意儿”“如意”“守义”“永”等。比如桐柏县流传的一则牛郎织女故事叫《意儿与仙女》，[1] 鲁山县的《牛郎织女的传说》中牛郎叫孙小印，[2] 社旗县《乞巧节的传说》中牛郎叫如意。[3] 唐河县的《牛郎织女的来历》中牛郎叫印，开头一句便说：“牛郎名印，年代不可考，是个父母早亡的孤儿，靠着兄嫂过活。”[4] 在鲁山与南阳，牛郎也叫孙守义。鲁山县是“中国牛郎织女文化之乡”，其辛集乡有个孙义村，传说就是牛郎的故里，这里还有孙氏祠堂。《天仙配》是牛郎织女的不同版本，不仅故事情节基本一致，而且董永这个名称的“永”也应该是“义”“意”“印”的变异。

表 4　牛郎织女神话主角名称对照表

故事名称	牛郎名称	流传地
《意儿与仙女》	意儿	桐柏
《牛郎织女的传说》	孙小印	鲁山
	孙守义	鲁山、南阳

① 张振犁编著：《中原神话通鉴》（第 3 卷），郑州：河南大学出版社，2017 年，第 829 页。

② 张振犁编著：《中原神话通鉴》（第 3 卷），郑州：河南大学出版社，2017 年，第 818 页。

③ 张振犁编著：《中原神话通鉴》（第 3 卷），郑州：河南大学出版社，2017 年，第 819 页。

④ 张振犁编著：《中原神话通鉴》（第 3 卷），郑州：河南大学出版社，2017 年，第 835 页。

续表

故事名称	牛郎名称	流传地
《乞巧节的传说》	如意	社旗
《牛郎织女的来历》	印	唐河
《天仙配》	董永	

正因为yi（衣、义、意）与yin（印）具有语音演变关系，丢衣才会演变成丢印。所以，丢印的情节表面上看起来与蚕蜕皮很难联系起来，但只要通过中间环节“衣”，便能找到它的来龙去脉。需要注意的是，丢印的一般是皇上，而丢衣的一般是公主，但这种细节的差异应该是演化的结果，印也只能是像皇上这类人物才有。对于找印立功的情节来说，关键的是谁找到印，而不在于是谁丢。

畲族有传说解释女子衣衫花纹的，流传在福安市康厝畲族乡凤洋村的《畲族女人衫里有两个皇帝印》是这样的：传说高辛皇帝管天下时，番邦大乱。我们祖公盘匏王平番立了大功，回朝后，高辛帝留他不住，就封他去广东凤凰山，还派了大臣、将士一路护送盘匏王、三公主一家人往凤凰山去。高辛帝最爱三公主。当三公主拜别父王时，高辛皇帝拿出御印，将自己的衣衫和女儿的衣衫对在一起，盖上一个印，印的一半留在女儿衣衫上，另一半留在皇帝自己衣衫上。高辛帝还不放心，又在女儿肩内再印上一个大印，作为自家人永久的印记。这就是畲族女人衫里有两个皇帝印的缘故。[①] 这里没有说皇帝丢了御印，皇上给出御印，不知是否和皇上丢印有无关系。

①《中国民间故事集成·福建卷》，北京：中国ISBN中心，1998年，第495页。

第四节　盘瓠神话的延展性变异与变异节点

前文分析了盘瓠神话主角的变异，主角立功方式的变异，下面来看看其他变异。典型盘瓠神话主要由“诞生—许诺—立功—悔约—婚配—繁衍后代”这一情节链构成，也可以说这是盘瓠神话的主干。主干的情节单元是可以变异的，比如立功就有立战功、取谷种立功、治病立功、找印立功、擂鼓立功等不同方式。就目前搜集到的各种文本来看，故事主干虽然也有变化，但变化最多的还是故事的后面部分。故事的延展性变异具有一定的规律，主要表现为对民族或人类来源的解释，对某种习俗的解释等等。这些变异主要在一些节点上，比如盘瓠立功、盘瓠的死便是非常重要的延展节点。

盘瓠神话在瑶族的很多文本中是用来解释免徭役的，流传于广西修仁县的一则神话这样说：“大公主再问：‘子孙在山里繁殖多了，不够饮食，怎样办呢？’天王道：‘准你们食一山，过一山，不必完税纳粮。’大公主与狗即同到瑶山里度其生活。”[①] 这是因为盘瓠立功，得到天王的特许。这是从立功情节衍生出来的情节。

从应劭开始，盘瓠神话的一个主要功能便是解释民族的来源。这在第三章第四节已经做了比较多的讨论，这里就不再重

① 周翔编著：《盘瓠神话资料汇编》，北京：学苑出版社，2018 年，第 205 页。

复了。在畲族的文本中，这种民族的形成还表现在更为具体的姓氏来源。比如广东潮州的一则文本说："回到凤凰山后的第二年，三公主生了一个男孩，龙麒用白玉石盘盛着向高辛王报喜，高辛王欣喜地说：'既然用盘装，就赐姓盘吧。'第三年，三公主又生了一个男孩，龙麒用绿竹编的篮子装着向高辛王报喜，高辛王说：'既然用篮子装，就赐姓篮吧。'第四年，三公主又生了一个男孩，恰逢洪水泛滥，阻断了通往高辛国的道路，两年后龙麒才抱着会走路的孩子去向高辛王报喜。谁知刚进城就听到暗天响雷，高辛王更加高兴，道：'这是吉兆，这个孩子就赐姓雷吧！'又过几年，三公主生了个小女儿，长大之后，出嫁跟丈夫姓钟。"①

在苗族地区，盘瓠神话演变为解释吃鼓藏或椎牛的来源。吃鼓藏是贵州黔东南一带的仪式名称，其对应的仪式在湖南湘西及贵州铜仁地区称为椎牛。黔东南苗族的文本是今旦在台江搜集到的，其解释部分如下：有一个孩子还生火让烟子把蛆熏落下来，那个去寻找的人回来告诉王说："在遥远的那边方找到他们了。他们生了三个孩子，狗已经死了。"王说："它的功劳大得很哩，你们去看看那边方有什么东西最大，就拿来执闹（祭祀）它吧。""这地方水牯牛最大。""十三年拿大水牯祭它一回，祭的时候要什么礼物你们来告诉我。"要祭服祭帽王就送来了。他还告示普天之下：你们要是碰上一些人戴着尖顶帽，披着一块毛毡，慢步走着，骑马的要下马，坐轿的要下轿。于是，现在人们就按

① 周翔编著：《盘瓠神话资料汇编》，北京：学苑出版社，2018 年，第 94 页。

着王定下的规矩来“吃鼓藏”。[①] 湖南湘西与贵州铜仁地区苗族的椎牛仪式与吃鼓藏相比，规模要小很多，吃鼓藏是一个鼓社一起做仪式，每家都要杀一头牯牛，有的家甚至杀两头，而椎牛是以家庭为单位举行的，即每次只有一家，杀一头牯牛。湘西与铜仁地区的盘瓠神话是解释椎牛来源的，比如《神母狗父》说是水牛告诉了盘瓠（名为翼洛）的孩子他们的父亲就是与他们成天相伴的那只狗，孩子们感到十分羞愧，便将翼洛杀死了。因为是牛惹的祸，后人便杀牛来祭祖，这便是椎牛的起源。[②]

汉文献中记载的盘瓠神话多解释“好山恶都”的居住习惯，正如干宝在《搜神记》里所写的“衣服褊裢，言语侏离，饮食蹲踞，好山恶都。王顺其意，赐以名山广泽，号曰‘蛮夷’。”目前河南南阳搜集到的一则盘瓠神话也延续这样的表述：“高辛氏很高兴，要留他们长期住下。但这些住惯了深山的儿女们好山恶市，不愿在平地生活，便又跑到西部大山里，在那里繁衍、传续后代，这就形成以后所说的八夷。”[③]

在丽江生活的彝族有一则盘瓠神话，是用来解释彝族为什么住在高山上的：

> 彝人的老祖宗最早居住在平坝里……那只狗朝着黄金叫了三声，仍无动于衷，却走到公主前面，咬住她的衣袖，示

① 今旦：《台江苗族的盘瓠传说》，《贵州民族研究》1987年第3期。

② 参见《神母狗父》，燕宝编《苗族民间故事选》，上海：上海文艺出版社，1981年，第20—23页。

③ 参见《盘葫》，张振犁编著《中原神话通鉴》（第3卷），郑州：河南大学出版社，2017年，第961页。

意要她跟它走。国王知道了它是一条神犬，只得同意了。大臣们问国王，让他们去哪里呢？国王说："大河任它过，高山任他住，随它去吧。"神犬听到国王同意把公主嫁给它，一时高兴，把国王的话听成了"高山让它住"，就带着公主朝高山上走。走了三天三夜，终于爬到了最高的一座山上，山上有个大山洞，他们就住在里面。一到晚上，住在黑洞洞的山洞里，公主一想到这一辈子要与一只狗为伴，心里伤心，就哭了起来。哭了一阵子，抬起头时突然看见眼前站着一个英俊的小伙子！一问他，才知道那只狗是小伙子变的，公主也喜欢上他了，就与他过上了幸福的生活，后来生了很多孩子。这就是彝族为什么住在高山上的原因。①

福建畲族有一则文本也有类似的解释：

高辛帝又问他："那天下四方角，你要去哪角呢？"盘瓠王心想：三个儿子都要繁衍后代，三公主又很爱独女，那就叫女婿跟自己吧，让三个儿子分三个方向去狩猎耕山，所以回答说："要上山狩猎，向三角发展。"因"三角"与"山脚"，同音，高辛帝听后便说："好，你们就向山脚发展吧。南方凤凰山是天下四只凤凰栖息的好地方，就到那里山脚下住吧！"于是，盘瓠王和三公主一家就迁到广东的凤凰山、会稽山和七贤洞一带居住下来。②

---

① 周翔编著：《盘瓠神话资料汇编》，北京：学苑出版社，2018年，第209—211页。

②《中国民间故事集成·福建卷》，北京：中国ISBN中心，1998年，第21—22页。

在这些解释居住习惯的文本中，汉族文本是用来解释他族居住习惯的形成，而畲族、彝族的则是一种自我叙事，从他者叙事到自我叙事的转换，可窥视到少数民族对盘瓠神话的接受。

瑶族有一种鼓叫长鼓，瑶族很多盘瓠神话文本是用来解释这种鼓的形成以及为什么跳长鼓舞：一天为了追一只山羊，这只狗公夹死在一棵双杈树上。儿女们一个个哭得死去活来，一边向妈妈报告噩耗，一边将爸爸的尸首收殓安葬。事后，大家商量如何纪念爸爸，通过几天的议论，思想统一了，就是把那棵树杈砍倒，主干用来做大鼓，大树枝做长鼓和短鼓，小树枝挖空做芦笙，打死山羊剥皮做鼓皮，并决定组织成乐队，用舞蹈的形式来纪念爸爸。这就是后人所跳的长鼓舞。总而言之，狗被视为瑶族的祖先，瑶族所以不吃狗肉，和六月六尝新时，新米饭一定要先喂狗，以及跳长鼓舞。① 畲族的《“祭祖舞”的来源》的解释也相似：“有一次打猎，龙王被一只野山羊撞死了，尸体从高山上摔下，挂在石壁树杈上。家中人找了三天才找到龙王，见他的尸体被挂在万丈高崖石壁树枝上。取又取不下来，家中人就用各种工具敲打驱赶鸟兽。后来子子孙孙都跪下，天仙帮助放落下来。家中人悲痛不已，取回尸体，设立灵堂，在灵堂前拿各种工具（弓、角、刀、铃）边哭边舞，意为在驱赶野兽及妖魔鬼怪不能再伤害龙王，也不能再啄龙王的肉。就这样，以祭祖的形式，形

① 参见《关于祭祀盘王跳长鼓舞的来历》，周翔编著《盘瓠神话资料汇编》，北京：学苑出版社，2018 年，第 160 页。

成了现在的畲族民间舞蹈‘祭祖舞’。”①

湖南常宁县瑶族《龙犬盗谷种》是解释为什么先让狗尝新米：“龙犬盗谷有功，神农把它点化成人，招为驸马，封他做“逢山吃山”的大官，成了瑶族人的祖先。所以瑶族人过“尝新节”时把谷穗插在神堂上，先叫狗尝新米饭，吃麸子肉。”② 土家族的《狗带谷种》也做了类似的阐释：“阿胖按妈妈的交待，一一照办。神龛供狗，给狗先吃年庚饭的风俗，就一代一代地传下来。”③

盘瓠神话源于早期的蚕马神话，即蚕蜕皮神话，蚕马神话又是解释蚕的来源的，蚕生活在树上，所以故事结尾说女子被马皮飞起来裹走之后，家人在树上找到了化为蚕的女子。蚕的诞生，是女子与马的死亡。当早期的蚕马神话演变为盘瓠神话，主角由马演变为犬，那么，蚕的诞生便是女子与犬的死亡，这可能就是盘瓠的死与树息息相关的原因。在很多的盘瓠神话文本中，盘瓠被山羊撞下悬崖，死时挂在树椏上。由此也产生了相关的习俗，比如刺北斗。唐段成式《酉阳杂俎》记载：“峡中俗，夷风不改。武宁蛮好着芒心接离，名曰苧绥。尝以稻记年月，葬时以笄向天，谓之刺北斗。相传盘瓠初死，置于树，以笄刺之下，其后为象临。”④ 因为蚕马神话不是历史事实，盘瓠神话也就无从真实，故而可以推测，这种习俗应当是受到神话的影响而产生的。

---

① 水亭圣山畲族乡文化志编纂委员会编：《水亭圣山畲族乡文化志》，内部资料，1988年，第96—97页。

②《中国民间故事集成·湖南卷》，北京：中国ISBN中心，2002年，第40页。

③《中国民间故事集成·贵州卷》，北京：中国ISBN中心，2003年，第68页。

④［唐］段成式：《酉阳杂俎》，四部丛刊景明本，第26页。

云南宣威彝族有一则文本是用来解释丧葬中的蹉蛆仪式的："过了几天，弟兄们商量好到山间去埋葬老黄狗的尸体，走到岩边，只见尸已腐烂，臭气腥人，乌鸦正啄肉吃，但人又去不得，蛆一个个地滚到岩下，他们过去都一一蹉死，并用石子投击乌鸦。这样过了几天，尸体完了，乌鸦也飞走了，今日夷人开丧时要举行'蹉蛆'的仪式，就是当日'蹉蛆赶老鸦'的意思。"①

还有用来解释人的头发的，比如四川三台县石安乡流传的一则盘瓠神话这样说："她这一瞅就坏大事了，被她看见的头上那一块毛，再也褪不脱了。那块毛，就是人们现在脑瓜顶上的头发。据说，现在的人们都是他们的后代。"②

黎族的盘瓠神话在解释方面主要表现在纹面的来源，因儿子杀死了父亲黑犬，而洪水泛滥大地上一切生灵皆被毁灭，为了繁衍人类，母亲纹面让儿子不认识，便于与儿子成婚。从此黎族女子都学母亲一样纹面。③

类似这样的解释还有很多，这里就不一一列出了。有趣的是，这种衍生具有一定的规律，虽然盘瓠神话的主干有好几个情节单元，理论上说，每一个节点情节单元都可以衍生出其他情节，但就目前搜集到的盘瓠型神话文本来看，衍生节点情节单元集中在"立功"与"盘瓠去世"。在典型文本中盘瓠的死只是一句带过，并没有得到渲染，而在诸多少数民族的口头文本中这一情

① 马绍房、傅玉声：《宣威河东营调查记》，《西南边疆》1940 年第 8 期。

② 参见《人狗婚配》，《中国民间故事集成·四川卷》，北京：中国 ISBN 中心，1998 年，第 48 页。

③ 参见黎族神话《天狗》，《中国民间故事集成·海南卷》，北京：中国ISBN中心，2002 年。

节却分外重要，不仅解释盘瓠是怎样去世的，而且从这里进一步衍生出不少的情节。以下是一个粗略的列举：

表 5　盘瓠神话情节衍生一览表

节点情节	衍生情节
盘瓠立功	免徭役（瑶族《过山榜》） 下马脱帽（苗族《关于吃鼓藏的传说》） 居住山区的来源（畲族《畲族姓氏及世居山脚的来历》） 民族来源（仡佬族《十兄弟》） 姓氏来源（畲族《畲族姓氏及世居山脚的来历》） 服饰印图案的来源（畲族《畲女衫内两个皇帝印》） 织机帽与花边衣的来历（瑶族《织机帽和花边衣》） 凤凰装的由来（畲族《凤凰装束的由来》） 为什么先让狗吃新米饭（瑶族《龙犬盗谷种》）
盘瓠去世	树葬（仡佬族《十兄弟》） 纹面的来源（黎族《天狗》） 苗族无文字汉族有文字的缘由（苗族《乃拐妈苟》） 椎牛的来源（苗族《神母狗父》） 吃鼓藏的来历（苗族《关于吃鼓藏的传说》） 杀牛祭祖送牛腿给舅爷习俗的来源（苗族《神犬揭榜》） 猎捕舞的由来（畲族《猎捕舞》《祭祖舞的由来》） 祭祖舞的由来（畲族《祭祖舞的由来》） 长鼓舞的由来（瑶族《关于祭祀盘王跳长鼓舞的来历》） 黄狗坨等地名的由来（苗族《辛女岩》《盘瓠与辛女》）
盘瓠变身	头发的来历（汉族《伏羲的来历》《人狗婚配》） “伏羲”名称的来源（汉族《伏羲的来历》）
悔约	俗语“嫁鸡随鸡嫁狗随狗”的来历（汉族《盘葫》）

第六章　蚕蜕皮神话的几条演变路线

前文讲述了盘瓠神话怎样从早期蚕马神话即蚕蜕皮神话演变而来，盘瓠神话只是早期蚕蜕皮神话发展出的一条路线，为了更透彻地理解这一演变，这里将再论述蚕蜕皮神话所发展出的其他几条主要演变路线。

故事类型学在故事研究中提供了很多的便利，学者们通常一类一类地进行研究，通过搜集海量的同类文本进行比较、梳理，试图寻找出故事的源头与流变，但在搜集资料的阶段问题就来了，往往无法判断一些具体的文本是否属于正在研究的那一个类型。之所以会发生这样的情况，是因为现实世界里并没有明确分类，分类是人类为了认知世界，才对世界进行切割。民间故事也是一样，并不是一类一类地存在，而是相互交错，网状存在的。我们对其进行分类，只是便以认知而已。在进行研究的时候，类型只是一个参考，不能以为现实中的各个故事真的就如我们分类的那样整整齐齐地存在于现实中。

蚕蜕皮神话的发展变异，可以说也是网状四处发展的，但为了便于阐释，我们也只能采用类型这一工具，梳理出几条比较显著的路线来。

蚕蜕皮是蜕去旧蚕皮，呈现新蚕皮，可是故事化之后是蜕去旧蚕皮，换上了别的一种皮。因为是为了解释蚕头为什么像马头，故而最早是说换了马皮。在流传的过程中，发生许多变异，这种变化主要体现在双边主角的替换。也就是说，蚕与马是故事最早的主角，以后的变异其实主要是这两个主角的变异。在这一变化过程中，曾经历过兽与兽婚、人与兽婚、人与人婚三种状况（阶段）。人兽婚这种状况无疑是最为津津乐道的，一方是人而另一方是禽或兽的状况无疑给故事带来某种神秘感。

首先是蚕被比喻为女子，而马保持不变，这就是蚕马神话。蚕马神话具有较好的生存语境，马头蚕神一直被供奉，所以这个神话一致被传颂，直至今日。

又因为蚕与丝织有关，于是蚕不仅被拟人为女子，还演化为与丝织有关的女子，也就是织女。目前我们找不到织女与马的故事，但猜想这在早期应该存在。目前我们看到的是织女与牛或牛郎的故事，也能看到织女与犬郎的故事，后者在日本依然有保留。

蚕马神话有一个很关键的演变，就是与中原上古神话人物“羲”“呙”结合，从此蚕马双方获得名称，并因名称而发展出不同的变异。

织女成为帝女、天女之后，这个故事开始被附会到天上，与星象发生了联系，并与“羲”“呙”联系起来，演变为天鹅、鹤、螺等，而马这一角色，分别被牛、狗、蛙等替代。

蚕蜕皮故事的发展路线有许多条，但本书只把有立功情节的归入盘瓠型神话，其中包括蛤蟆神话故事与蚕马神话故事。其他的神话停留在“蜕皮”的情节上，包括天鹅处女型中的毛衣女、牛郎织女等，以及田螺姑娘等神话故事。

双边的变异以及形成的故事类型，可图示如下：

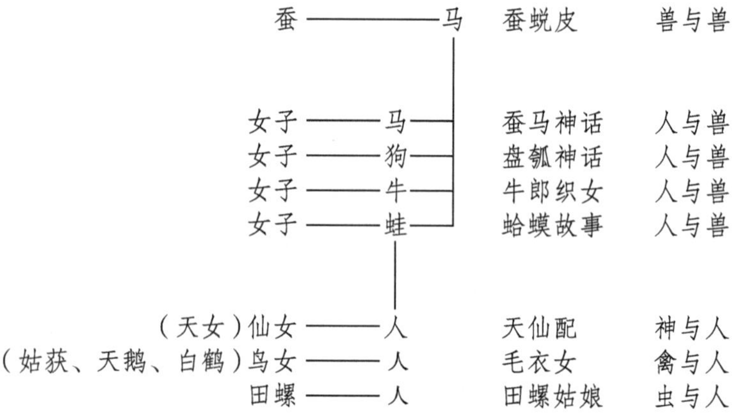

图 17　蚕蜕皮神话变异发展图

前文已经讲述了包括蛙形象在内的盘瓠型神话，以下分别讲述牛郎织女、毛衣女、田螺姑娘等几条演变路线。

第一节　牛郎织女

一　蚕蜕皮与牛郎织女故事结构

目前搜集到的牛郎织女神话异文有多种，但其故事情节基本一致，梗概是：牛郎趁仙女们在湖中洗澡的时候，偷走了织女的衣服，织女失去衣服无法回到天上，做了牛郎的妻子，并生了一男一女。后来织女找到了被藏的衣服，飞回天上（或被抓回天上）。牛郎发现后，挑着儿女，踩着（或披着）牛皮去追赶织女。快追上的时候，织女（或西王母）用簪子划出一条天河，将两人隔开。以后两人每年只能在七月七日相见一次。有的异文会在故事的开头讲述牛郎与其哥嫂分家得到一头牛的过程，以解释牛的来源。

牛郎织女神话可以划分为两部分，前一部分是讲述在牛的帮助下通过偷衣服的方式娶织女为妻，后一部分是讲述通过牛皮的帮助试图追回织女，最后形成每年相见一次的结局。两部分其实都是讲述怎样获得织女，而且特别强调获得的方式。为了比较各种异文的异同，宣炳善在其《牛郎织女》一书中的第一章列举了七个比较典型的异文。七个异文中，除了第四篇与第六篇异文是通过骑牛之外，其余都是通过偷衣服来得到织女，又试图通过踩（或披）着牛皮追回织女。这里将七个文本中关于得到织女与追赶织女的方式列举如下：[①]

表 6　牛郎得到织女、追赶织女方式对照表

文本	得到织女的方式	追赶织女的方式	流传地
1	他在里头找，果然有一件粉红色的纱衣，他就拿起来，转身走进森林。	他赶紧找来牛皮披上……一出屋门，他就飞起来了。	
2	牛郎便从芦苇里跑出来，拿走了那件红色的仙衣。	织女回头一看，只见牛郎披着牛皮，挑着一对箩筐，里面各放着一个孩子，在后面赶来了。	

① 宣炳善：《牛郎织女》，北京：中国社会出版社，2011 年，第 47—74 页。

续表

文本	得到织女的方式	追赶织女的方式	流传地
3	二小瞅准了那身绿衣裳，蹿过去抓起来就跑。	他急忙担起两个孩子，披上牛皮去追织女。	
4	老牛四蹄腾空，一会儿来到了天上的玉池。牛郎下车，和织女把织布机抬到车上，织女挎着蚕篮上了车，牛郎也跳上车同织女坐在一起。老牛腾云驾雾，一会儿就到家了。	牛郎急忙回家穿用老牛皮做的鞋，一手拉着金哥，一手拉着玉妹，腾空就追。	河南南阳
5	一位叫织女的，因为衣服被拿掉，不能腾空驾云，结果，只好跟着牛郎做妻子。	牛郎忙拉了儿女，靠肩上牛皮的法力，腾空赶去。	江苏
6	牛郎骑在牛背上，到天上和织女相会了……结为夫妻。	急忙披上牛皮，挑落一担儿女。飞升上天，急急追赶上去，一边追赶，一边喊叫。	江苏太仓
7	牛郎就听信了老牛的话，就去了，偷偷地把一件比较鲜艳的衣服藏起来了。	他就跑回去把这个牛皮和牛肋巴找出来，把这两个孩子放到两个框里，让这个牛肋巴担着，站在牛皮上，这牛皮就像一朵云彩一样飘起来，就向织女追过去。	山东沂源

由此可以看到，牛郎织女神话的两个主要情节都与皮或相当于皮的衣服有关，这暗含着某种玄机，可能是解开牛郎织女神话之谜的关键。为什么牛郎是通过偷衣服（或骑牛）的方式来娶织女为妻？后来牛郎为什么又通过披（或踩）着牛皮追赶织女？

关于第一个问题，有学者认为与女人的身体禁忌有关，即女人的身体一旦被男人看见了，只好嫁给那个看见她的男人。[①] 这种

① 宣炳善：《牛郎织女》，北京：中国社会出版社，2011 年，第 89 页。

观点难以进一步解释织女重新获得衣服后为何要逃跑飞回天宫，也就是说，牛郎只有靠持有织女原来所穿的衣服才能维持他与织女的婚姻，一旦衣服被织女重新获得，他便失去织女。衣服是决定婚姻的关键，是否被看到身体无关紧要。冯和一认为："这些天女的衣服本身就是她们身体的一部分。"[①] 这比较接近事实真相，可惜的是没能揭开织女的原型之谜，而是将天女的衣服与喜鹊的羽毛挂钩："乌鹊披上完整的羽衣时，它们是鸟，而脱落羽毛后重新生长羽毛的那段时间，则又是脱去羽衣的神女。"[②] 其实，织女与喜鹊无关，其真正原型是蚕，蚕拟人化之后被称为织女。

《小尔雅·广服》云："治丝曰织。"[③] 上古时期织指丝织，麻织品的纺织叫绩，因此，织女的字面意思是指用蚕丝纺织的女人。但神话中织女的原型不会是现实中从事桑蚕纺织的女性，因为现实中的织女解释不了以上有关衣服与皮的谜团。我们不妨将织女的原型指向自然界能纺织的动物。在自然界中，能"纺织"的动物有蜘蛛、蚕等，蚂蚱虽然被称为纺织娘，却不能纺织，只是因为它常在野外草丛中发出"轧织、轧织"的声音，犹如织女在纺织，因而被人们取名为"纺织娘"。蚕虫能吐丝、能织茧，又常常被拟人化，称为蚕姑娘、蚕女，因此蚕极可能是神话中织女的原型。纺织是女人的事务，能吐丝供纺织之用的蚕便容易被想象为女人，或被想象能变化为女人。《山海经·海外北经》云："欧

① 冯和一：《牛女神话传说的演变及其文学价值》，北京师范大学硕士学位论文，2005年。

② 冯和一：《中国神话中的"天衣情结"探析——以牛郎织女神话之"天衣情结"为例》，《中北大学学报》2013年第6期。

③ 杨琳：《小尔雅今注》，上海：汉语大辞典出版社，2002年，第185页。

丝之野大踵东，一女子跪据树欧丝。”[①] 这里便是把蚕比喻为一位女子。《搜神记》有一则故事也把蚕神想象为一个女人：

> 吴县张成，夜起，忽见一妇人立于宅南角。举手招成曰："此是君家之蚕室，我即此地之神。明年正月十五，宜作白粥，泛膏于上。"以后年年得大蚕。今之作膏糜像此。[②]

可见，人们所想象的蚕神是一位女子。以被想象为女子的蚕作为织女的原型，能很好地解释神话中牛郎为什么要通过窃取衣服来娶得织女为妻的问题，这与蚕的形状、蜕皮有关。

钟敬文在探讨天鹅处女型故事的文章中说："我以为鸟兽脱弃羽毛或外皮而变成为人的原始思想，或许由虫类脱蜕的事实做根据而衍绎成功的也未可知。"[③] 这一猜测极有见地，只是天鹅处女型故事的主角包括天鹅、田螺等多种不同的动物，比较复杂，他未能具体到什么动物。就牛郎织女神话而言，则可以具体到蚕的蜕皮现象。

因为蚕丝可以织成衣服，极大地影响了人们的生活，人们在长期养蚕的过程中，自然会关注蚕的形状与生活习性。从破茧的幼虫到成虫，蚕要经过四次蜕变。幼蚕破茧后，以桑叶为食，几天后，便不吃不动，之后蜕去旧皮，换上新皮，长大一轮。之后

① 袁珂：《山海经校注》，成都：巴蜀书社，1996 年，第 290 页。

② [晋] 干宝著，黄涤明译注：《搜神记全译》，贵阳：贵州人民出版社，1991 年，第 124 页。

③ 钟敬文：《钟敬文民间文学论集》（下册），上海：上海文艺出版社，1985 年，第 64 页。

又开始吃桑叶，几天后又不吃不动了，再次蜕去旧皮换上新皮，如此反复。有意思的是，蚕虽然是虫子，但它的头却有些怪异，像兽头。有的地方将兽头具体化为马头，因而称蚕为马头娘。

民间文学的内容之一是解释现实中的一些现象，比如鸡为什么一叫太阳就出来，穿山甲为什么有鳞甲，等等。蚕的头像马头，自然是人们编造故事的好材料，蚕马神话便是一则用换皮来解释马头形状的蚕的神话。

蚕马神话透露出这样一种观念：马头娘（蚕）是马皮裹住女子变化的。不难想象，故事的早期无非是解释蚕的头为什么像马头，人们用观察到的蚕虫蜕皮现象来加以解释：蚕是要蜕皮的，在蜕皮的过程中，蚕换上了马皮，于是，蚕的头便形似马头了。其故事化便是马皮裹住了蚕虫之后变化为马头形的蚕，即“马皮＋蚕＝马头蚕”。又因蚕常常被人格化为女子，故而演变成马皮裹住女子而变化为马头蚕，即“马皮＋女子＝马头蚕”。

蚕马神话解释了蚕头形状的原因，可视为牛郎织女神话的前身，之后慢慢发生一些变异。在浙江流传着一则黄牛化蚕的神话，其故事结构与蚕马神话一致。故事情节是这样的：

> 传说在很早以前，钱塘江北岸有一户富豪人家，家中有一个小姐，自出娘胎十八春，还从来没有走出过房门一步呢。她生得眉清目秀，十分美貌，整天只知道躲在绣楼之上，描龙绣凤，做着女红。
>
> 有一天，小姐觉得有些气闷，在贴身丫环的再三劝说下，才和丫环二人一起下了楼，到花园里去游玩了半天工夫。
>
> 谁知道从此以后，小姐就觉得自己的身子有些不适意。

日子一长，连肚子都有些大起来了。小姐的父亲大吃一惊，请来医生给女儿看病。医生说小姐是有了喜。

啊呀呀，这可怎么了得！父亲心想：女儿长到一十八岁，还从没见她跟哪个陌生的男人来往过，怎么会出这种事的呢？就把那丫环叫了来，再三盘问，问到后来，丫环说：“小姐确实从来没有和外人来往过，就是那天游花园，看见一头大黄牛。小姐很喜欢它，和它在一起玩了一阵子，难道是……”听到这里，小姐的父亲早已火冒三丈，哪里还有心思再听下去！当场派人到花园去，把大黄牛活活杀死，剥下一张皮，晾在花园的一棵大树上。

过了两天，小姐知道了，心里十分难过，正在自己房里伤心哩。突然，天空中刮起了一股龙卷风，先把牛皮卷了起来，接着又把小姐也裹了进去，一眨眼工夫就飞得无影无踪了。

小姐的父亲得到这个消息，连忙派人四处寻找小姐的下落。东寻西找，最后终于在一棵大树上找到了那张牛皮。

派出去的人把牛皮带回来，交给主人。大家打开牛皮一看，只见里面有许许多多黑油油的小虫子，在蠕蠕爬动着。大家说：“也许这就是小姐变的吧？”

小姐的母亲心疼死了，就把这些小虫子收集起来，放在一只竹匾里喂养。又从当初发现牛皮的那棵大树上采来许多树叶，这就是后来的桑叶，拿给它们吃。慢慢地，黑虫子就变成了白色的蚕了，最后结成茧。[①]

① 陈永昊、余连祥等编著：《中国丝绸文化》，杭州：浙江摄影出版社，1995 年，第 328—330 页。

比照蚕马神话，这一故事可称之为蚕牛神话。在故事中，牛替代了马，情节依然类似蚕马神话。不难看出，在进一步演变出的牛郎织女神话中，牛郎靠牛皮来追赶织女的情节正是从这一神话中牛皮卷走女子的情节演变而来的，“织女”这一名称也透露出她的原型是蚕。蚕牛神话可视为蚕马神话向牛郎织女神话演变的中间环节。这一神话也包括两个部分，第一部分牛与女子结合、怀孕，没有受到大的阻碍，相当于牛郎织女神话中织女被偷了衣服之后与牛郎的结合、生子；第二部分虽然牛与女子也结合了，但已经带有了悲剧色彩。最关键的是，无论是蚕牛神话还是后来的牛郎织女神话，获得女子的方式都是通过牛皮。蚕牛神话里的女子显然是蚕的化身，而牛郎织女神话里的织女也不难看出其蚕的原型。至此，我们明白了为什么牛郎织女神话中牛郎要偷织女衣服和踩着牛皮追赶织女了，原来，织女失去衣服意味着蚕蜕去旧皮，而牛郎踩着牛皮追赶织女意味着用牛皮换上蚕皮，完成整个蜕皮的“异化”过程。

二　从“五彩皮”到“乌鹊桥”

“鹊桥相会”一词众人皆知，说的是牛郎与织女被河汉隔开后，每年七月七日，乌鹊搭桥，牛郎织女踩着鹊桥相会。在乌鹊搭桥的浪漫背后，人们一直在纠结一个问题，“乌鹊”是乌鸦与喜鹊的合称还是单指喜鹊？

这一问题的产生，是因为文献中也有称“鹊桥”为“乌鹊桥”的不同记载，比如唐代诗人宋之问的《明河篇》中写道：“鸳鸯机上疏萤度，乌鹊桥边一雁飞。雁飞萤度愁难歇，坐见明河渐微没。……更将织女支机石，还访成都卖卜人。”[①] 关于乌鹊是指乌鸦和喜鹊的合称还是单指黑色的喜鹊，学者们有不同的观点。大多认为单指喜鹊，乌只是指喜鹊羽毛的颜色。宋代罗愿《尔雅翼》卷十三中也有乌鹊为梁的记载：“相传是日河鼓与织女会于汉东，役乌鹊为梁以渡，故毛皆脱去。”[②] 这里使用了“乌鹊”，但指的只是喜鹊，因为后文解释了乌鹊脱毛的原因是因为搭桥被踩秃的，这是单指喜鹊而言，乌鸦没有秃头的现象。宣炳善力主“乌鹊”指乌鸦与喜鹊，因为在民间除了喜鹊填河之外，还有乌鸦填河的说法。[③] 不过，如果乌鹊是乌鸦与喜鹊的合称，就应该是乌鸦与喜鹊同时搭桥，但是目前找不到乌鸦与喜鹊同时搭桥的文本，要么单说喜鹊搭桥，要么单说乌鸦搭桥，

其实，“乌鹊”极可能只是“五彩”讹误所致。牛郎织女神话的结构关键点在于皮的互换，织女失去衣服意味着蚕虫失去蚕皮，牛郎踩着牛皮追赶织女意味着通过换皮而达到获得织女的目的。牛郎踩着牛皮就相当于踩着桥，而这张皮的颜色是五彩的。说蚕虫的颜色是五彩的，只是出于古人对蚕的传统说法。晋干宝《搜神记》记载：“园客者，济阴人也。貌美，邑人多欲妻之，客终不娶。尝种五色香草，积数十年，服食其实。忽有五色神蛾，止香草之上。客收而荐之以布，生桑蚕焉。至蚕时，有神女夜至，助客养蚕。亦以香草食蚕，得茧百二十头，大如翁。每一

① 周啸天：《唐诗鉴赏辞典》，北京：商务印书馆，2012年，第92页。

② 罗愿撰，石云孙点校：《尔雅翼》，合肥：黄山书社，1991年，第142页。

③ 宣炳善：《牛郎织女》，北京：中国社会出版社，2011年，第124页。

茧，缫六七日乃尽。缫讫，女与客俱仙去，莫知所如。”[①] 这则故事是关于蚕神助人养蚕，文中渲染了蚕的五色特点，说是一只五色的蛾子生出了桑蚕。致使五彩蛾子过来的原因，是园客种五色的香草，并不断服用。这个故事的蛾被说成五色神蛾，与盘瓠神话中的盘瓠被说成五彩是一致的。

盘瓠神话的故事情节与蚕马神话基本一致，是蚕马神话中马被犬替代的结果，其故事主角犬依然留有蚕的五彩痕迹。盘瓠神话描述了盘瓠是茧一般大的金虫变来的，而且这只狗“其文五色”。不仅如此，其后裔也好五色衣服，即“盘瓠死后，自相配偶，因为夫妻。织绩木皮，染以草实，好五色衣服”[②]。明末屈大均《广东新语》云：“槃瓠毛五彩。故今傜妋徒衣服斑斓。”[③] 清朝魏祝亭《两粤瑶俗记》也记载：“衣则男女皆涑五色缕织之。若贸汉纯素及间色布，亦必绣刺五彩。以槃瓠毛五彩故也。”[④] 现实中的狗有黄的，黑的，白的，黑白相间的，但没有五色相杂的，这里强调盘瓠是五色的，又是“大如茧”的虫子变来的，他的后裔又好五色衣服，显然与蚕虫的五彩说法有关。同样作为蚕马神话变异的牛郎织女神话，也可能与盘瓠神话一样，那张神奇的牛皮，在早期也应该受到蚕五彩之说的影响，如盘瓠（狗）的皮毛

---

① [晋] 干宝著，黄涤明译注：《搜神记全译》，贵阳：贵州人民出版社，1991 年，第 35 页。

② [晋] 干宝著，黄涤明译注：《搜神记全译》，贵阳：贵州人民出版社，1991 年，第 382 页。

③ [清] 屈大均：《广东新语》，北京：中华书局，1985 年，第 238 页。

④ 钟敬文：《钟敬文民间文学论集》（下册），上海：上海文艺出版社，1985 年，第 124 页。

一样是五彩的。

在瑶族流传的牛郎织女神话异文《五彩带》中，男女相会靠的正是一条五彩的带子，这可视为五彩皮演变到乌鹊桥的中间环节。瑶族的《五彩带》故事梗概是这样的：有一名瑶族青年小伙叫阿古。他早年失去父母，凭着自己勤劳的双手，用父母遗留下来的一把锄头和一把钩刀，在荒凉的瑶山上开田锄地，经过多年的辛苦劳动，开垦出一块肥沃的良田。秋天，谷子熟了，他一个人在田里收割。一天，七只天鹅飞来，脱下翅膀，变成七位美丽的姑娘，她们告诉阿古，她们是玉皇大帝的女儿，是来帮助他收割的。最小的姑娘在收割的过程中爱上了勤劳的阿古，让阿古把她的翅膀藏了起来，借口翅膀不见了，让姐姐们先飞回天宫，自己留在了人间，与阿古成了夫妻。玉皇大帝知道了之后十分生气，派雷公去催七仙女回天上来，七仙女借口翅膀不见了，拒绝回去。后来这个借口被雷公识破，七仙女只好飞回天上。回天上之前她告诉阿古，说等到七月七日，让他与儿子到后村的山脚下，她会放下一条五色彩带，把他们拉上去。等到那一天，阿古与儿子一起按照七仙女的嘱咐，抓住五色彩带上到了天宫，与七仙女团聚了。玉皇大帝痛恨阿古，几次设计陷害他。在七仙女的帮助下，阿古才逃过陷害。玉皇大帝见害不死阿古，便将他们的儿子从天上推下到人间。阿古和七仙女失去了儿子，心里又悲又恨，常常难过得泪流满面，泪水变成雨点，化作五彩带，放下人间，盼望儿子能抓住五彩带爬上天去。[①]

---

① 陆文祥编:《瑶族民间故事选》，南宁：广西人民出版社，1984 年，第 322—330 页。

从这个神话文本不难看到，阿古与七仙女相会的五彩带其功能相当于其他文本的乌鹊桥。瑶族盛传盘瓠神话，我们可猜测，这根五彩带可能来源于盘瓠的五彩狗皮的变异，在《五彩带》神话的早期，也可能存在着阿古踩着五彩皮追仙女的情节，后来这五彩皮才演变为五彩带。中原牛郎织女神话的早期文本，也很可能存在着把牛郎踩着的牛皮说成是五彩的。五彩皮演变为五彩带，五彩带很容易让人联想到雨后的彩虹桥，正如《五彩带》开头时所描述的："每当雨过天晴，天空便出现一条红的、黄的、蓝的、橙的、青的五种颜色的彩带，把山峰映照得五彩缤纷，格外美丽。这五彩带是怎样来的呢？原来这里有一个动人的传说。"① 这为五彩桥最后讹误为乌鹊桥提供了可能。

这种演变在语言上也是可能的。"五""乌"两字上古音极为接近，"鹊"与"彩"上古音声母相同，韵母相近，也极易混同。以下是高本汉、王力、李方桂三人对这四个字的上古音构拟：

五	乌	鹊	彩	
ŋo	ʔo	ts'i̯ak	ts'əg	高本汉
ŋa	a	tshia	tshə	王力
ŋagx	ʔag	tshjak	tshəgx	李方桂

由此我们可以猜测，"乌鹊"桥是由"五彩"桥讹误而来，而"五彩桥"又来源于五彩皮。一开始，蚕马神话只是为了解释蚕的头为什么像马头，便用换皮来解释。一旦蚕被拟人化了之后，

① 陆文祥编：《瑶族民间故事选》，南宁：广西人民出版社，1984 年，第 322 页。

故事便成了人兽婚了，便要添加一点曲折的情节来，皮是通过“飞起来卷走”的暴力方式得到女子的。当牛演化为人（牛郎）之后，人便是通过踩着五彩皮来追赶女子，或者通过拉着五彩带与女子相会。五彩带演变出五彩桥，最后才发展出踩着乌鹊桥相会的情节。

三　两组牛、女星的转换

如果说牛郎织女神话来源于蚕蜕皮这一自然现象，那么，牛郎织女神话又是怎样从地上转到了天上呢？这得从天上的星象说起。

现在我们一说到牛郎星与织女星，就想到那是被银河隔开的两颗星，[①] 其实，与牛郎织女神话相关的星有两组，第一组是北方七宿中的牛（牵牛）、女（婺女或须女）二宿，第二组才是目前我们所说的位于银河两岸的牛郎星与织女星。牛郎星与织女星原来与牛郎织女神话无关，从它们名称的混乱多变就可得到证明。在《山海经》中，它们分别被记为槃木与跂踵，后来才取代了北方七宿中的牛、女。是北方七宿中的牛、女二宿将蚕牛神话引向了天空，又由于故事情节的演变，即乌鹊桥的出现，才使槃木星与跂踵星逐渐代替了牛、女二宿的角色。下面详细分析这一转变。

蚕马神话演变成了蚕牛神话之后，便附会到北方七宿的牛、女二宿。女宿又名须女或婺女，须，指根须状、线的物体，与

① 也可以说是两组星，牛郎星既指相连的三颗星，也指这相连的三颗星的中间那颗。

蚕丝吻合。婺女，或许指务工劳作的女人。须女或婺女的得名，当与它出现的时间有关，《礼记·月令》云："孟夏之月，日在毕，昏翼中，旦婺女中。"[①] 意思是说，农历四月（四月、五月、六月分别为孟夏、仲夏、季夏）的时候，黎明时可以看见婺女星出现在南天正中。春夏之交，正是养蚕的好时节，《礼记·月令》云："季春之月，日在胃，昏七星中，旦牵牛中。……是月也，命野虞，无伐桑柘。鸣鸠拂其羽，戴胜降于桑，具曲植蘧筐，后妃斋戒，亲东乡躬桑。禁妇女毋观。省妇使，以劝蚕事。蚕事既登，分茧称丝效功，以共郊庙之服，无有敢堕。"[②] 按理说，牵牛出现的时候应讲述用牺牲祭祀的，这里却讲桑蚕之事，可能是《礼记》成书时牛、女星宿出现在南正天的时节已出现偏差，但这两宿相邻，误差不大。女宿的出现表明蚕事时节的到来，因而将它称为须女即能吐丝的蚕女，或者称为婺女即务工的女人。既然天上的须女就是蚕女，那么地上蚕女与牛的神话被附会到夜空中的牛、女二宿，就成了自然而然的事。

在牛郎织女神话一开始被附会到牛、女二宿的时候，尚未与目前所说的牛郎星与织女星发生关系。《山海经》之《海经》是对星相的隐晦描写，《海外北经》与《大荒北经》是同一性质的两个版本，都是对北方星宿的描述，其中就包括了对牛、女两宿，以及后期所谓的牛郎星、织女星的描述。[③]《海外北经》有以下几个

① [元]陈澔：《礼记集说》，北京：中国书店，1994年，第136页。

② [元]陈澔：《礼记集说》，北京：中国书店，1994年，第133、135页。

③ 参见吴晓东：《〈山海经〉语境重建与神话解读》，北京：中国社会科学出版社，2013年，第七章第三节之"牛郎、织女与拘缨、跂踵之国"。

句子：

> 拘缨之国在其东，一手把缨。一曰利缨之国。
> 寻木长千里，在拘缨南，生河上西北。
> 跂踵国在拘缨东，其为人大，两足亦大。一曰大踵。
> 欧丝之野大踵东，一女子跪据树欧丝。
> 三桑无枝，在欧丝东，其木长百仞，无枝。①

《大荒北经》有与其对应的描述：

> 有槃木千里。
> 有人名曰大人。有大人之国，厘姓，黍食。
> 有虫，兽首蛇身，名曰琴虫。
> 有三桑无枝。②

除了“拘缨之国”在《大荒北经》中没有找到对应的句子外，其他的“寻木”“跂踵”“欧丝之野”“三桑无枝”分别对应“槃木”“大人之国”“琴虫”“三桑无枝”。结合北方夜空的星象，我们能大致知道这些隐晦描述的所指。

拘缨之国指牵牛星宿，缨是牛鼻子上的绳索，“一手把缨”正好是牵牛的形象。

槃木（或寻木）是指扁担星。扁担星由三颗排成一线的星组

① 袁珂：《山海经校注》，成都：巴蜀书社，1996 年，第 258—291 页。

② 袁珂：《山海经校注》，成都：巴蜀书社，1996 年，第 478—482 页。

成。槃木可理解为大木或爿木，是指劈成片的木头，也就是指三星相连的扁担星。这三颗星十分显眼，像一根扁担横在银河的边上，因而《大荒北经》说“有槃木千里”，而《海外北经》则说“寻木长千里，在拘缨南，生河上西北”。这个“河”乃是指天上的银河。

跂踵国（大人之国）指目前我们所说的织女星。织女星非常亮，无论是《大荒北经》还是《海外北经》都将它形象地称为大人。形状上它由三颗星组成一个三角形，像两只叉开的脚，因而又叫跂踵星。《诗经·大东》在描写织女星的时候依然透露出了跂踵的形象：“跂彼织女，终日七襄，虽则七襄，不成报章。”[①] 这里的“跂彼织女”可以翻译成“那个叉开脚的织女”，正好与跂踵星的名称吻合。

欧丝之野（琴虫）指的是须女星，即四颗星组成的女宿。《海外北经》的描写已将其人格化了，即一女子在树旁欧（呕）丝，而《大荒北经》则是对蚕虫的直接描写，即“兽首蛇身”。《大荒北经》只说蚕的头像兽类的头，并未像蚕马神话那样具体到马头，也没有像盘瓠神话那样具体到狗头。

三桑无枝在欧丝之野（琴虫）的旁边，大概是把几颗星想象为桑树，为蚕虫所食用。具体指哪几颗星，不得而知。

从以上分析可以知道，《大荒经》和《海外经》成书的时候，牛、女依然是北方七宿中的牵牛与须女，槃木星（俗称扁担星）、跂踵星尚未演化为牛郎星、织女星。

另外，文献对牵牛星、织女星位置的混乱记载，也反映了

① 《诗经》（下），北京：长城出版社，1999 年，第 376 页。

牛、女二宿与檠木星、跂踵星有一个转换过程。杜甫的诗《牵牛织女》前两句是："牵牛出河西，织女处其东。"[①] 这与目前牛郎星、织女星的实际位置正好相反。是杜甫错了吗？不是，在其他文献中也有牵牛在西，织女在东的记载。郑文光是这样解释这一倒错的："目前织女在河鼓[②]西，不符合牛、女的顺序，据计算，公元前2400年，河鼓在织女西。"[③] 其实，这与星星位置的变动无关，而是由于星象所指发生了转移。当牛、女指的是北方七宿中的牵牛、须女时，是女在东，牛在西；当牛、女指的是银河两岸的檠木星与跂踵星时，则是女在西，牛在东。

那么，是什么原因致使檠木星（俗称扁担星）、跂踵星代替了牵牛、须女二宿？或许就是鹊桥的出现。

图18 两组牛、女星的分布图

① 竞鸿、陆力主编：《全唐诗佳句类典》，长春：吉林文史出版社，2013年，第473页。

② 这里的"河鼓"是牵牛星的另一名称。

③ 郑文光：《中国天文学源流》，北京：科学出版社，1979年，第77页。

在由皮演变到桥之前，故事无需河的出现，这时的牛、女二星依然是北方七宿中的牛、女，一旦出现了桥，便需要一条河与之搭配。恰恰天上又有天河，致使牛、女二星的实指发生了变化，被移到了天河两岸之檠木星与跂踵星。檠木星被说成了牛郎星或牵牛星，甚至河鼓星（河鼓是“黄牯”的讹误），而跂踵星被说成了织女星。

因为蚕马神话在流传中不仅变异为蚕牛神话，还变异为蚕犬神话（即盘瓠神话），所以扁担星不仅被说成牵牛星，还被说成饲犬星。这一说法在中国已经失传，但在日本还有保留，柳田国男在《犬饲七夕谭》一文中把牵牛星叫饲犬星。①

综上所述，蚕蜕皮是牛郎织女神话的原型。蚕与纺织关系密切，人们把蚕比喻为织女。织女衣服被牛郎偷去，牛郎踩着牛皮追赶织女，构成了蚕蜕皮的“异化”过程。牛郎织女踩着乌鹊桥相会可能来源于牛郎踩着五彩皮去与织女相会，“乌鹊”为“五彩”的讹误。牛郎织女神话有一个附会到天上星象的过程。

第二节　毛衣女

毛衣女神话与牛郎织女神话都属于天鹅处女型，但由于故事主角保留了比较多的动物元素，学者们往往又单独拿出来讨论。

① [日]小男一郎著，孙昌武译：《中国的神话传说与古小说》，北京：中华书局，2006年，第6页。

此神话最早见于文献在晋代郭璞《玄中记》中的《雀女》：

> 昔豫章男子，见田中有六七女人，不知是鸟，匍匐往，先得其所解毛衣，藏之，即往就诸鸟。诸鸟各走就毛衣，衣之飞去。一鸟独不得去，男子取以为妇。生三女。其母后令女问父，知衣在积稻下，得衣飞去。后以衣迎三女，三女儿得衣亦飞去。①

文中的豫章是在江西，江西一带一直流传这一故事，清文渊阁四库全书本《大明一统志》在注解“洗马池”时说：“在府子城东南隅，旧传灌婴饮马处，《职方乘》云：‘尝有少年见美女七人脱五彩衣岸侧，浴池中。少年戏藏其一，诸女浴竟，就衣化白鹤飞去，独失衣女不能去，随至少年家为夫妇。约以三年还其衣，亦飞去。’故又名浴仙池。”②

毛衣女神话显然是女郎织女神话的异文，是同一类型的故事，只不过牛郎织女中的女方已经完全演变为神女，而毛衣女神话中的女子还残留鸟的痕迹。这一故事类型的主角有的时候又是天鹅。

一般说到毛衣女神话的时候，引文都是如上文那样从豫章男子发现田中有六七女子开始，忽略了前面的相关部分，毛衣女神话在原文中是用来补充姑获鸟的，《玄中记》关于毛衣女神话的前半段是这样的：

① [晋]郭璞撰，[清]茆泮林辑：《玄中记》，清道光梅瑞轩刻十种古逸书本。

② [明]李贤撰：《大明一统志》卷四十九，清文渊阁四库全书本，第1594页。

姑获鸟，夜飞昼藏，盖鬼车类。衣毛为飞鸟，脱毛为女人。名为天帝少女，一名夜行游女。一名钩星，一名隐飞。鸟无子，喜取人子养为子。人养小儿不可露其衣，此鸟度即取儿也。以血点其衣为验。故世人名为鬼鸟，荆州为多。①

豫章男子看见田里有六七个女子，不知道是鸟，爬过去偷得一件羽衣，被偷羽衣的鸟飞不回天上，成了男子的妻子。结合前面这段文字可以知道，被偷衣服的鸟是姑获鸟，是天帝少女。自然界没有一种叫姑获的鸟，这种鸟不仅被传喜欢抱别人家的小孩，而且被说成有九个脑袋，宋唐慎微《证类本草》记载："鬼车，晦瞑则飞鸣，能入人室收人魂气，一名鬼鸟。此鸟昔有十首，一首为犬所噬，今犹余九首，其一常下血，滴人家则凶，夜闻其飞鸣则捩狗耳，犹言其畏狗也，亦名九头鸟。《荆楚岁时记》云：'姑获夜鸣，闻则捩耳乃非姑获也，鬼车鸟耳，二鸟相似。'故有此同。"②

这显然只是一种想象的鸟，一种传说中的鸟。周作人怀疑关于姑获鸟的这段文字原先并非和毛衣女型故事是一道的，不过因为"衣毛为飞鸟，脱毛为女人"二语，而联带记述了它罢了，其实不然。如果我们将姑获鸟与太阳鸟联系起来，或许能找到其关联的线索。姑获鸟有十个头，被狗咬去一个，乘下九个，如果我们把十个头理解为十个太阳，从逻辑上就不难理解了。太阳的运

① [晋]郭璞撰，[清]茆泮林辑：《玄中记》，清道光梅瑞轩刻十种古逸书本，第6页。

② [宋]唐慎微：《证类本草》，四部丛刊景金泰和晦明轩本，第719页。

行，早期被想象为鸟托着飞走的，天上有十日之说，那鸟被想象为十首之鸟，也合情合理。至于传说有一个头被狗吃掉，正好也可以联系天狗食日的神话。远古时候，由于人们理解不了日食，就传说有一只天狗，它恨太阳，经常追太阳吃，不过它最怕锣鼓、爆竹，一听到锣鼓和爆竹，就吓得把吞下的太阳吐了出来。太阳获救后，又重新运行。恶狗不甘心又追赶上去，这样就形成了一次又一次日食，民间就叫“天狗吃太阳”。《证类本草》还补充说：“《荆楚岁时记》云姑获，一名钩星，衣毛为鸟，脱毛为女，《左传》云：‘鸟鸣于亳杜，注云嘻嘻是也。’《周礼》：‘庭氏以救日之弓救月之矢射之，即此鸟也。’”① 可见姑获鸟与日月的联系很紧。

从名称上，我们也可以看到姑获鸟与太阳的一丝联系。笔者认为“姑”与“获”都是从“羲呙”的“呙”演变过来的。古汉语的名称一般是单名，双音名称一般是后起的，其形成的方式之一是将意思相同的两个名称重叠起来，比如蜥蜴，蜥即蜴，两者重叠成为蜥蜴。同理，姑与获很可能为同一种名称的变异，后来才重叠成为姑获。

在第三章第二节中，已经证明过盘古的“古”与羲呙的“呙”的语音关系，而姑获鸟的“姑”是以“古”为声符，它与“呙”的语音关系就无需再重复证明了。而姑获鸟的“获”目前读 huo，以“呙”为声符的“祸”也读 huo，另外，羲呙即羲和，而“和”也可读 huo。可见，无论是姑鸟还是获鸟，都可能是呙鸟（太阳鸟或月亮鸟）的不同文字记录，重叠称呼的姑获鸟其性质也是一

① [宋] 唐慎微：《证类本草》，四部丛刊景金泰和晦明轩本，第 719 页。

样。“呙”也读 wo，与“鹅”同音，所以呙鸟会演变为天鹅。另外，“鹤”在川方言读 huo，与“获”的读音相同，所以获鸟也会演变为鹤。

这一演变可图示如下：

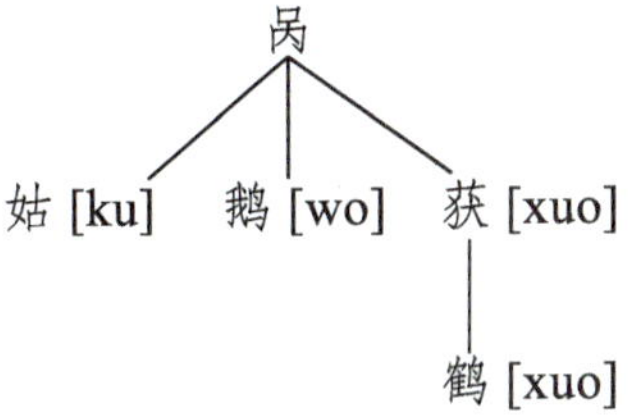

图 19　“呙”演变关系图

可能正是由于语音的相同与相似，才使得原本叫“呙”的太阳鸟（羲和鸟、羲呙鸟）演变成了姑鸟与获鸟，之后合并成姑获鸟。“呙”又演变为“鹅”，这就使得这种天帝之女的姑获鸟演变成了天鹅，而呙、获又演变成鹤。天鹅、白鹤构成了毛衣女神话的主角。

天鹅古音叫鹄，从鹄的读音，也可以看到这一语音变化规律，“鹄”字目前是个多音字，一共有三种读音，可读 [ku]（拼音写为 gu），也可读 [xu]（拼音写为 hu），还可读为 [xə]（拼音写为 he）。古代的鹄到现在的天鹅，即 [ku] 到 [wo] 的变化，正好体现了上表中“姑”与“鹅”的关系，这就解释了毛衣女神话中的主角为什么会由姑获鸟演变为天鹅。而 [xə] 的读音，正好反映了获到鹤的演变路线。

东方朔撰、张华注释的《神异经》中有一段关于鹄的文字：

西海之外，有鹄国焉，男女皆七寸，为人自然有礼，好经纶跪拜，其人皆三百岁，行如飞，日行千里，百物不敢犯之，唯畏海鹄，过辄吞之，亦寿三百岁，此人在鹄腹中不死，而鹄一举千里。[①]

这里的鹄，有两个特点，一是长寿，能活三百岁，此特点与鹤相似了，姑获鸟从形象上看，保留有太阳“十”的元素，从吃人等凶残的特点看，又保留有月亮的元素，月亮是夜晚出没，它象征着死亡，因而由月神演变而来的西王母其形象凶残，且司天之厉与五残。自然中的鹤，寿命一般只有二三十年，并不长寿，其长寿的特点只是一种想象。

第三节　田螺姑娘

田螺姑娘的故事在艾伯华的《中国民间故事索引》中列为“35. 田螺娘”。他把这一类型分为四个情节单元：

（1）有个人见到一只田螺，他把她带回了家。

（2）田螺趁他不在家的时候变成了一个少女，她又做饭，又打扫屋子。

（3）几天后他窥见这姑娘，上前拥抱她，娶她为妻。

（4）过了若干时间，妻子拿到被丈夫藏起来的田螺壳，便离

① [汉]东方朔：《神异经》，明汉魏丛书本。

家而去。①

这一故事类型最早见于文献是在《搜神后记》：

晋安帝时，侯官人谢端，少丧父母，无有亲属，为邻人所养。至年十七八，恭谨自守，不履非法。始出居，未有妻，邻人共愍念之，规为娶妇，未得。

端夜卧早起，躬耕力作，不舍昼夜。后于邑下得一大螺，如三升壶。以为异物，捡以归，贮瓮中。畜之十数日。端每早至野还，见其户中有饭饮汤火，如有人为者。端谓邻人为之惠也。数日如此，便往谢邻人。邻人曰："吾初不为是，何见谢也？"端又以邻人不喻其意，然数尔如此，后更实问，邻人笑曰："卿已自取妇，密著室中炊爨，而言吾为之炊耶？"端默然心疑，不知其故。

后以鸡鸣出去，平早潜归，于篱外窃窥其家中，见一少女，从瓮中出，至灶下燃火。端便入门，径至瓮所视螺，但见女。乃到灶下问之曰："新妇从何所来，而相为炊？"女大惶惑，欲还瓮中，不能得去，答曰："我天汉中白水素女也。天帝哀卿少孤，恭慎自守，故使我权为守舍炊烹。十年之中，使卿居富得妇，自当还去。而卿无故窃相窥掩，吾形已见，不宜复留，当相委去。虽然，尔后自当少差。勤于田作，渔采治生。留此壳去，以贮米谷，常不可乏。"端请留，终不肯。时天忽风雨，翕然而去。

① [德]艾伯华著，王燕生、周祖生译：《中国民间故事类型》，北京：商务印书馆，1999年，第64页。

端为立神座，时节祭祀。居常饶足，不致大富耳。于是乡人以女妻之。后仕至令长云。今道中素女祠是也。[①]

这个神话与典型的田螺娘类型神话有一些差异，田螺姑娘被发现之后便离去了。典型的田螺娘神话在结构上与牛郎织女神话几乎是一样的，都是失去衣服或壳，女子便只好嫁给男子，而当她重新得到衣服或壳之后便离开了。不同的主要是女主角的形象，一个是织女，一个是田螺。

之所以说田螺娘类型是蚕马神话的发展变异，一是因为两者故事结构比较接近，二是故事主角名称在语音上具有演变的可能性。前文已经证明了毛衣女神话中的姑、获、鹅、鹤都是从“呙”演变过来的，也证明了嫘祖神话的“嫘”是从“呙”演变过来的，那么田螺的“螺”是否也是从“呙”演变而来？从“呙 / 锅（guo）—各（guo）—洛（luo）—螺（luo）”的语音联系可以看出“呙”与“螺”之间的演变可能性。简单来说，guo 音是可以演变为 luo 音的，从“各”到“洛”“骆”“络”就可以得到证明。“虢”读 guo，“捋”读 luo，两者都以“寽”为声旁，也说明了 guo 到 luo 的转化。在口传的过程中，主角为 guo（呙）的蜕皮神话，逐渐演化为主角为 luo（螺）的蜕壳神话，也就是今天听到的田螺姑娘神话。

田螺姑娘神话有的版本结尾也与某些天鹅处女型故事一样，最后男子成了皇帝。流传于贵州平坝县羊昌乡本寨一带的《螺蛳姑娘》就是由农夫巧遇螺蛳、螺蛳变为仙女、娶仙女为妻、仙女

① [晋] 陶潜撰:《搜神后记》卷五，明津逮秘书本，第 9 页。

被抓到皇宫、皇帝被杀、农夫做皇帝六个部分组成。[①]

由此可见，蚕马神话的主角附会到“羲呙”名称之后，由于语音的关系，不仅产生了与蚕关系密切的嫘祖神话，还产生了远离蚕丝的田螺姑娘神话。

蚕蜕皮神话的演变线路其实远不止以上这几个著名的神话，还包括其他一些演变路线，比如虎井皮神话、西北地区回族民间流传的《白兔姑娘》神话。这些神话不仅在故事结构与蚕蜕皮神话有关，而且在语音上也能找到关联，由于本书主要是论述盘瓠神话，这里就不一一论述了。

① 安顺市民族事务委员会编:《安顺少数民族古籍总目提要》，贵阳：贵州民族出版社，2013 年，第 87 页。

参考文献

[汉]司马迁:《史记》,清乾隆四年武英殿刻本。

[汉]班固:《汉书》,清乾隆武英殿刻本。

[汉]王充:《论衡》,四部丛刊景通津草堂本。

[汉]许慎:《说文解字》,清文渊阁四库全书本。

[汉]东方朔:《神异经》,明汉魏丛书本。

[汉]赵爽注,[南北朝]甄鸾述,[唐]李淳风注:《周髀算经》,四部丛刊景明刊本。

[晋]干宝:《搜神记》,明津逮秘书本。

[晋]陶潜:《搜神后记》,明津逮秘书本。

[晋]郭璞:《山海经传》,四部丛刊景明成化本。

[晋]郭璞撰,[清]茆泮林辑:《玄中记》,清道光梅瑞轩刻十种古逸书本。

[晋]杜预注,[宋]林尧叟注,[明]王道焜、赵如源辑:《左传杜林合注》,清文渊阁四库全书本。

[晋]皇甫谧撰,[清]宋翔凤集校:《帝王世纪》卷一,清光绪贵筑杨氏刻训纂堂丛书本。

[南北朝]魏收:《魏书》,清乾隆武英殿刻本。

[南北朝]范晔:《后汉书》，百衲本景宋绍熙刻本。
[南北朝]郦道元:《水经注》，清武英殿聚珍版丛书本。
[南北朝]沈约:《宋书》，清乾隆武英殿刻本。
[唐]杜佑:《通典》，清武英殿刻本。
[唐]令狐德棻:《周书》，清乾隆武英殿刻本。
[唐]樊绰:《蛮书》，清武英殿聚珍版丛书本。
[唐]魏徵:《隋书》，清乾隆武英殿刻本。
[唐]段成式:《酉阳杂俎》，四部丛刊景明本。
[唐]徐坚:《初学记》，清光绪孔氏三十三万卷堂本。
[唐]白居易:《白氏六帖事类集》，民国景宋本。
[五代]刘昫:《旧唐书》，清乾隆武英殿刻本。
[宋]李昉:《太平御览》，四部丛刊三编景宋本。
[宋]王存:《元丰九域志》，清文渊阁四库全书本。
[宋]王象之:《舆地纪胜》，清影宋钞本。
[宋]罗泌:《路史》，清文渊阁四库全书本。
[宋]郑樵:《通志》，清文渊阁四库全书本。
[宋]刘克庄:《后村集》卷九十三,四部丛刊景旧抄本。
[宋]唐慎微:《证类本草》，四部丛刊景金泰和晦明轩本。
[元]陶宗仪:《游志续编》，清嘉庆宛委别藏本。
[明]莫旦:《大明一统赋》，明嘉靖郑普刻本。
[明]杜应芳辑:《补续全蜀艺文志》，明万历刻本。
[明]曹学佺:《蜀中广记》，清文渊阁四库全书本。
[明]李贤撰:《明一统志》，清文渊阁四库全书本。
[清]鄂尔泰修:《云南通志》，清文渊阁四库全书本。
[清]鄂尔泰修，杜诠纂:《贵州通志》，清乾隆六年刻嘉庆

修补本。

[清]徐宗亮:《(光绪)重修天津府志》,清光绪二十五年刻本。

[清]杨守敬:《隋书地理志考证》,清光绪二十七年刻第三次校改本。

[清]姚之骃:《后汉书补逸》,清文渊阁四库全书本。

[日]西田直二郎:《内藤博士颂寿史学论丛》,弘文堂,1930年。

何子星:《畲民问题》,《东方杂志》1933年。

马绍房、傅玉声:《宣威河东营调查记》,《西南边疆》1940年第8期。

陈梦家:《殷墟卜辞综述》,北京:科学出版社,1956年。

郑文光:《中国天文学源流》,北京:科学出版社,1979年。

燕宝:《苗族民间故事选》,上海:上海文艺出版社,1981年。

马学良主编,《中国少数民族文学作品选》编委会编:《中国少数民族文学作品选》第3册,上海:上海文艺出版社,1981年。

石光树:《从盘瓠神话看苗、瑶、畲三族的渊源关系》,《中央民族学院学报》1982年第3期。

王辅世:《湖南泸溪瓦乡话语音》,《语言研究》1982年第1期。

金德顺讲,裴永镇整理:《金德顺故事集(朝鲜族)》,上海:上海文艺出版社,1983年。

张嶲、邢定纶、赵以谦:《崖州志》,广州:广东人民出版社,1983年。

张永家、侯自佳:《关于"瓦乡人"的调查报告》,《吉首大学学报》1984年第1期。

陆文祥编:《瑶族民间故事选》,南宁:广西人民出版社,

1984年。

[清]屈大均:《广东新语》，北京：中华书局，1985年。

徐华龙、吴菊芬编:《中国民间风俗传说》，昆明：云南人民出版社，1985年。

王辅世:《再论湖南泸溪瓦乡话是汉语方言》，《中国语文》1985年第3期。

苗族文学史编写组编:《黔东苗族传说故事》，内部资料，1985年。

钟敬文:《钟敬文民间文学论集》(下册)，上海：上海文艺出版社，1985年。

鲍厚星、伍云姬:《沅陵乡话记略》，《湖南师范大学学报》1985年增刊。

叶舒宪:《日出扶桑：中国上古英雄史诗发掘报告》，《民间文学论坛》1986年第1期。

《中国民间故事集成湖南卷·湘西土家族苗族自治州分卷》(上册)，内部资料，1986年。

毛宗武、蒙朝吉:《畲语简志》，北京：民族出版社，1986年。

中国民间文艺研究会云南分会等编:《云南民间文艺源流新探》，昆明：云南民族出版社，1986年。

[民国]刘锡蕃:《岭表纪蛮》，台北：南天书局有限公司，1987年。

今旦:《台江苗族的盘瓠传说》，《贵州民族研究》1987年第3期。

水亭圣山畲族乡文化志编纂委员会编:《水亭圣山畲族乡文化志》，内部资料，1988年。

彭官章:《盘古即盘瓠说质疑》,《广西民族研究》1988年第2期。

宁夏大学回族文学研究所编:《宁夏回族文学史》，银川：宁夏人民出版社，1988年。

勒莫瓦纳:《盘瓠是否盘古》,《中央民族学院学报》1989年第2期。

彭官章:《盘古并非盘瓠》,《中央民族学院学报》1989年第5期。

李高本:《盘古非盘瓠——从瑶族文献中看盘古与盘瓠的区别》,《中央民族学院学报》1989年第6期。

《中国民间故事集成湖南卷·湘西土家族苗族自治州分卷》（下册），内部发行，1989年。

陶阳、钟秀:《中国创世神话》，上海：上海人民出版社，1989年。

龙炳文、龙秀祥等整理译注:《古老话》，岳麓书社,1990年。

赵海洲:《麻阳县苗族盘瓠文化的特点》,《民族论坛》1990年第3期。

韩伯泉:《粤东畲族盘瓠文化研究》,《中南民族学院学报》1991年第3期。

黄钰:《盘古盘瓠盘王辨识》,《广西民族研究》1991年第4期。

杨源、唐绪祥:《海南岛黎族文身艺术》,《中国纺织美术》1991年第3期。

中国社会科学院民族研究所民族学研究室:《民族学资料丛编·南方民族的文化习俗》，昆明：云南人民出版社，1991年。

岑家梧:《瑶麓社会》,《岑家梧民族研究文集》，北京：民族出版社，1992 年。

广西民族学院赴泰国考察组编著：《泰国瑶族考察》，南宁：广西人民出版社，1992 年。

浙江省民族事务委员会编：《畲族高皇歌》，北京：中国广播电视出版社，1992 年。

麻树兰：《湘西苗族民间文学概要》，北京：中央民族学院出版社，1992 年。

农冠品、过伟、罗秀兴、彭小加主编：《岭南文化与百越民风》，南宁：广西教育出版社，1992 年。

[日] 小南一郎：《中国的神话传说与古小说》，北京：中华书局，1993 年。

吴荣臻、杨章柏、罗晓宁：《古苗疆绥宁》，成都：四川民族出版社，1993 年。

李剑国：《唐五代志怪传奇叙录》（上册），天津：南开大学出版社，1993 年。

王光荣等编：《民族民间文学原理》，南宁：广西师范大学出版社，1993 年。

谢荣：《槃瓠见疑》，《韩山师专学报》1993 年第 2 期。

[元] 陈澔：《礼记集说》，北京：中国书店，1994 年。

王爱平：《淮阳"泥泥狗"：远古文化的"活化石"》，《寻根》1994 年第 1 期。

苑利：《盘瓠神话源出北方考》，《民族文学研究》1994 年第 1 期。

农学冠：《盘瓠神话新探》，南宁：广西人民出版社，1994 年。

陈永昊、余连祥等编著：《中国丝绸文化》，杭州：浙江摄影出版社，1995 年。

吴松弟:《客家南宋源流说》,《复旦学报》1995 年第 5 期。

陈永昊、余连祥等编著:《中国丝绸文化》，杭州：浙江摄影出版社，1995 年。

袁珂:《山海经校注》，成都：巴蜀书社，1996 年。

《中国歌谣集成·海南卷》，北京：中国 ISBN 中心，1997 年。

海南省民族宗教事务厅:《海南苗族》，海口：海南出版社，1997 年。

陈斌:《瑶族盘瓠神话刍议》,《云南师范大学学报》1998 年第 1 期。

吕大吉、何耀华总主编:《中国各民族原始宗教资料集成·土家族卷、瑶族卷、壮族卷、黎族卷》，北京：中国社会科学出版社，1998 年。

《中国民间故事集成·福建卷》，北京：中国 ISBN 中心，1998 年。

《中国民间故事集成·四川卷》，北京：中国 ISBN 中心，1998 年。

伍新福:《中国苗族通史》，贵阳：贵州民族出版社，1999 年。

杨蔚:《沅陵乡话研究》，长沙：湖南教育出版社，1999 年。

过伟:《中国女神》，南宁：广西教育出版社，2000 年。

农学冠:《岭南神话解读》，南宁：广西民族出版社，2000 年。

《中国民间故事集成·广西卷》，北京：中国 ISBN 中心，2001 年。

李福清:《神话与鬼话——台湾原住民神话故事比较研究》，北京：社会科学文献出版社，2001 年。

朱洪、李筱文编:《广东会族古籍资料汇编——图腾文化及其他》，广州：中山大学出版社，2001 年。

张儒、刘毓庆:《汉字通用声素研究》，太原：山西古籍出版社，2002 年。

杨蔚:《沅陵乡话、湘南几个土话的韵母研究》,《湖南师范大学社会科学学报》2002 年第 5 期。

钟敬文:《钟敬文文集·民间文艺学卷》，合肥：安徽教育出版社，2002 年。

《中国民间故事集成·海南卷》，北京：中国 ISBN 中心，2002 年。

《中国民间故事集成·湖南卷》，北京：中国 ISBN 中心，2002 年。

李燕、司徒尚纪:《浅论盘古文化与盘瓠文化关系及其在岭南融合》,《中国历史地理论丛》2002 年第 4 辑。

[英]柏格理、王树德、张绍乔著，东人达、东旻翻译:《在未知的中国》，昆明：云南民族出版社，2002 年。

杨琳:《小尔雅今注》，上海：汉语大辞典出版社，2002 年。

王孝廉:《岭云关雪——民族神话学论集》，北京：学苑出版社，2002 年。

凌纯声、芮逸夫:《湘西苗族调查报告》，北京：民族出版社，2003 年。

《中国民间故事集成·贵州卷》，北京：中国 ISBN 中心，2003 年。

尹荣方:《神话求原》，上海：上海古籍出版社，2003 年。

[日]竹村卓二著，金少萍，朱桂昌译:《瑶族的历史和文

化——华南、东南亚山地民族的社会人类学研究》，北京：民族出版社，2003年。

刘付靖：《百越民族稻谷起源神话与广州五羊传说新解》，《中南民族大学学报》2003年第2期。

吴晓东：《西部苗族史诗并非有关蚩尤的口碑史》，《民族文学研究》2003年第3期。

倪宝诚：《淮阳太昊陵："二月会"溯源》，《河南日报》2004年2月26日。

宋金兰：《汉藏语"日""月"语源考》，《汉字文化》2004年第4期。

王甲辉、过伟主编：《台湾民间文学》，上海：上海文艺出版社，2005年。

《中国民间故事全书·云南洱源卷》，北京：知识产权出版社，2005年。

石奕龙，张实主编：《畲族：福建罗源县八井村调查》，昆明：云南大学出版社，2005年。

侯自佳：《瓦乡人风俗风情》，北京：中国文联出版社，2005年。

中国少数民族社会历史资料丛刊福建省编辑组：《畲族社会历史调查》，北京：中央民族大学出版社，2005年。

冯和一：《牛女神话传说的演变及其文学价值》，北京师范大学硕士学位论文，2005年。

[清]钟元棣创修：《光绪崖州志》，海口：海南出版社，2006年。

吴曦云：《苗族与凤凰》，香港：香港天马出版有限公司，2006年。

于长敏：《日本牛郎织女传说与中国原型的比较》，《名家谈牛郎织女》，北京：文化艺术出版社，2006年。

[日]小男一郎著，孙昌武译：《中国的神话传说与古小说》，北京：中华书局，2006年。

[清]钟元棣创修：《光绪崖州志》(上册)，海口：海南出版社，2006年。

陈元煦：《畲族研究回顾》，《畲族文化研究》，北京：民族出版社，2007年。

吴晓东：《苗族祭仪"送猪"》，北京：民族出版社，2007年。

《中国歌谣集成·广东卷》，北京：中国ISBN中心，2007年。

明跃玲：《边界的对话：漂泊在苗汉之间的瓦乡文化》，哈尔滨：黑龙江人民出版社，2007年。

嵩明县文化体育局编：《嵩明民族民间文学集》，昆明：云南美术出版社，2008年。

赵晓芬：《畲族文化中的河洛意识》，《黄河科技大学学报》2008年第6期。

郭志超：《畲族文化述论》，北京：中国社会科学出版社，2009年。

张世元主编：《金华畲族》，北京：线装书局，2009年。

湖南省文学艺术界联合会编：《湖南民间故事集成(一)》，长沙：湖南文艺出版社，2009年。

林为民：《莫瑶的盘王神话传说与信仰——以粤北边阳(古连州)为研究区域》，广州：中山大学出版社，2009年。

雷志华、蓝兴发，钟昌尧：《闽东畲族文化全书·歌言卷》，北京：民族出版社，2009年。

伍云姬、沈瑞清：《湘西古丈瓦乡话调查报告》，上海：上海教育出版社，2010年。

郑焱霞:《湘桂边界南山乡话研究》，湖南师范大学博士论文，2010年。

越南老街省文化体育旅游厅编著:《越南瑶族民间古籍》(一)，北京:民族出版社，2011年。

刘兴禄:《跳香":还愿仪式的别样展演——湘西用坪“跳香”习俗调查》,《文化遗产》2011年第2期。

宣炳善:《牛郎织女》，北京:中国社会出版社，2011年。

徐客:《图解山海经》，南昌:江西科学技术出版社,2012年。

孟令法:《畲族图腾星宿考——关于盘瓠形象传统认识的原型批评》，温州大学硕士学位论文，2013年。

冯和一:《中国神话中的“天衣情结”探析——以牛郎织女神话之“天衣情结”为例》,《中北大学学报》2013年第6期。

孙琳:《“窫窳与蚩尤为一神说”献疑》,《鸡西大学学报》2013年第7期。

冯智明:《瑶族盘瓠神话及其崇拜流变——基于对广西红瑶的考察》,《文化遗产》2014年第1期。

廖明君主编:《中国节日志·蚂蜴节》，北京:光明日报出版社，2014年。

刘守华:《非物质文化遗产保护与民间文学》，武汉:华中师范大学出版社，2014年。

管仁福主编:《苏轼徐州诗文辑注》，徐州:中国矿业大学出版社，2014年。

陈立中:《湖南方言与文化》，北京:中国国际广播出版社，2014年。

莫超:《西北方言文献研究》,北京:北京大学出版社,2014年。

[汉]许慎撰;[清]段玉裁注;许惟贤整理:《说文解字注》,南京:凤凰出版社,2015年。

范宏贵、刘志强:《中越跨境民族研究》,北京:社会科学文献出版社,2015年。

徐松石:《粤江流域人民史》,哈尔滨:黑龙江教育出版社,2015年。

雷群芳、雷汤花等编著:《畲族长联歌选》,杭州:浙江大学出版社,2015年。

[汉]刘安著,刘少影译注:《淮南子》,北京:中国工人出版社,2016年。

贾若晨:《从商丘走出的盘瓠》,《京九晚报》2016年7月1日。

李辉:《苗族上古起源基因与文化综合解析》,"2016中国青岛海洋国际高峰论坛"会议论文。

孙有康、李和弟:《五指山传:黎族创世史诗》,北京:中国国际广播出版社,2016年。

过山榜编辑组:《过山榜选编》,北京:中国国际广播出版社,2016年。

郑焱霞、彭建国:《湖南城步巡头乡话研究》,长沙:湖南师范大学出版社,2016年。

[德]艾伯华著,王燕生、周祖生译:《中国民间故事类型》,北京:商务印书馆,2017年。

张振犁编著:《中原神话通鉴》,郑州:河南大学出版社,2017年。

"中国神话学"课题组编:《盘瓠神话文论集》,北京:学苑出版社，2017 年。

周翔编著:《盘瓠神话资料汇编》，北京：学苑出版社，2018 年。

李爱金:《浅谈苗族传统民歌〈盘皇歌〉及其艺术特征》，《第二届海南苗族文化论坛文稿汇编》，2019 年会议论文集，内部资料。

后　记

2017年，中国社会科学院启动了学科建设的登峰计划（战略），资助每个研究所的优势学科、重点学科、特殊学科等三类学科。民族文学研究所的重点学科为“中国神话学”，此学科的建设由我和王宪昭、毛巧晖、周翔、李斯颖等五人承担。无论是理论方法的探索，还是对具体问题的探究，对于一个学科来说，都是需要大量的人力物力以及时间，五人小组无疑是微小的。经过多次讨论，觉得只能从某个点切入，由点及面，逐渐铺开。我们选择了从影响较为深远的盘瓠神话入手，待盘瓠神话研究告一段落后，再转入其他的研究主题。试图通过对一个一个主题的集中研究，来带动其他方面的探索乃至理论方法的提升。

为了将研究持续推进，我们准备编写一套“盘瓠神话丛书”，每人都承担写作任务，每年出版一至两本专著。从步入研究领域起，我的研究兴趣与习惯一直保持在神话的溯源，每一个神话我都想知道它的来龙去脉。我知道溯源不是研究的全部，但我认为它一定是研究的重要组成部分，是基石。源头没有搞清楚，有些研究就无从做起。就盘瓠神话来说，其源头至今也没有一个定论，对盘瓠神话的故事情节，不仅是学者，就是不从事研究的民众，也很纠结，因为对某些民族来说，盘瓠神话涉及其日常生活。为此，这次我承担的写作任务还是追溯盘瓠神话的源头，梳理它的发展、变异。

本书的研究也受益于以前的一些思考与积累。我曾经写过一篇研究牛郎织女神话的论文，即《蚕蜕皮为牛郎织女神话之原型考》，在这篇论文的写作过程中，注意到有一则曾经流传于日本的牛郎织女神话异文，其中的牛郎是犬郎，而且天上的牛郎星也不叫牛郎星，而叫饲犬星。这让我意识到盘瓠神话其实也是从蚕蜕皮的神话故事发展变异过来的，当时想一起把这个问题作阐释，但由于篇幅太长，只好另写一篇，即《从蚕马神话到盘瓠神话的演变》。这是从故事结构的比较得出的结论，但这个结论并不能确定蚕马神话起源于哪里，由早期蚕马神话发展而来的盘瓠神话到底来自哪里依然得不到解决。

在小组进入研究的开始阶段，大家一起先搜集资料，资料是研究的基础。可以说，在少数民族民间文学中，具有汉文献记载的神话，盘瓠神话算是比较多的，从东汉时期就有，一直延续到清末民初。在这之后，由于研究人数的增加，资料更加丰富了，各民族一些活态的传说被记录下来，这些资料为深入研究提供了坚实的基础。在这之前，我对盘瓠神话有所涉猎，也写过对盘瓠名称的考证，以及对盘瓠神话中立战功问题是否真实历史的考证，但由于资料的局限性，限制了自己的视野。这次重新涉猎盘瓠神话，我与小组成员一起广泛搜罗汉文献记载资料外，还到广西、浙江、湖南等许多地方考察，另外我也单独到贵州、河南等地进行调研，搜集了很多以前没有见到的资料。这些资料对重新审视盘瓠神话非常重要，让我从原来狭窄的视野中解放出来，对盘瓠神话的源头做重新思考。尤其是河南商丘一带的资料，改变了我以前持有的观点，将盘瓠神话的源头锁定到了中原地区，并写就了《盘瓠神话源于中原考》《盘瓠神话的起源、传播与接纳》等两篇论文。

虽然有了一些先期的积累与课题研究的阶段性成果，但要把这些阶段性成果组合到一起成为一个有机的整体，完全不是想象的那么容易，因为这关系到它们之间的关联逻辑、重复部分的删减，以及空缺部分的补充与深挖等等。不过，田野调查在这方面起了很大作用，比如在浙江丽水学院博物馆里看畲族的祖图时，我注意到祖图中盘瓠死的时候是挂在树上的，因为有了前期关于蚕马神话的研究，让我对这一画面很敏感，觉得其中应该是有联系的。盘瓠是由蚕变化来的，而蚕是生活在树上的，蚕马神话中马皮裹走女子后，家人几天后是在树上找到变为蚕的女子。在湖南泸溪、凤凰调研时，村民把盘瓠叫作盘古的现象对我的研究很有帮助。虽然以前也知道瑶族民间关于盘瓠与盘古的关系有一些交错的现象，但一直不是很放在心上，没有引起深入的思考，以为这两个名称的音本身很相近，即使没有演变关系，也是容易引起混淆的。在湖南湘西泸溪县的辛女村下莫寨调查时，原辛女村主任张景元说，以前传说盘古是一只狗，后来改成盘瓠。当时我意识到问题不会像学者们说瑶族民间“混淆”两者关系那么简单，很可能以前确实就叫盘古。过几天，我们到凤凰县的麻冲村调查，村民们一再强调故事中狗的名字就叫盘古，不叫盘瓠，“盘瓠”一词他们是近些年才听说的，是有学者说他们村的一个山洞是盘瓠洞，他们才知道“盘瓠”这个词，这个洞他们原来另有叫法。两个地方的村民说法一致，让我确信“盘瓠”这个名称是由学者带过来的，比较晚才进入南方少数民族。

在调研、写作过程中，我经常与课题组一起讨论某些问题，得到了“中国神话学”小组成员的帮助，尤其是周翔编著的《盘瓠神话资料汇编》成了我写作的主要参考书目。这本资料集虽然不可能网罗所有的文本，但毕竟选取了比较有代表性的文本，而且尽量照顾到了民族与地理的分布情况。

在写过过程中我还经常通过微信、电话向孟令法、黄贵权、邱婧等学者咨询遇到的问题。孟令法硕士期间就研究盘瓠神话，后来在我工作的中国社会科学院读博士，又继续研究盘瓠神话，几乎走遍了畲族所有的地方，对畲族的盘瓠信仰情况十分了解。黄贵权是我大学期间的一位瑶族同学，毕业后在云南社会科学院工作，长期进行瑶族研究，对瑶族的情况也是了如指掌。邱婧在广东技术师范大学工作，对广东的瑶族很了解。而我恰好在畲族与瑶族方面了解不够深入，他们正好能弥补我的不足。另外，在调研过程中，得到了丽水学院施强、贺州学院朱其现、吉首大学明跃玲、中央民族大学张青仁、湖南泸溪侯自佳、吉首佘树兵等多位朋友的帮助，在此一并表示感谢。最后要感谢的是本书的编辑陈佳女士。“中国神话学”学科建设课题伊始，我们召开了一次盘瓠神话学术研讨会，并准备出版一本论文集，从那时起，她便一直参与到我们的出版中来，从封面的设计，到每本书的编辑，都十分认真负责，付出了艰辛的劳动，在此表示深深谢意！

2019 年 8 月 8 日于北京